W0205438

DAS LEICHENPUZZLE VON ANHALT

BERND KAUFHOLZ

DAS LEICHENPUZZLE VON ANHALT

Authentische Kriminalfälle

mitteldeutscher verlag

INHALT

VORWORT

»Back to the roots« – unter diesem Arbeitstitel habe ich mich 2017 auf die Spurensuche nach Kriminalfällen begeben, die in der DDR im Bezirk Halle für Aufsehen gesorgt haben.

»Zurück zu den Wurzeln« deshalb, weil ich mit meinen letzten zwei Büchern »fremdgegangen« bin. Nach den authentischen Kriminalfällen zwischen 1999 und 2010, die sich zum größten Teil mit wahren Fällen im Bezirk Magdeburg beschäftigt haben, war es die Familienanwältin und Privatdetektivin Tanja Papenburg, die sich auf Mördersuche begeben hat.

Ganz aus der fiktiven Luft gegriffen war die Handlung dieser beiden Bände jedoch auch nicht. Denn die Geschichten hangelten sich mehr oder weniger an zwei Nachwende-Fällen in Sachsen-Anhalt entlang, die bis heute ungeklärt sind.

Doch vor gut einem Jahr bekam ich die Gelegenheit, erneut nach DDR-Fällen graben zu können. Diesmal lag mein Fokus auf dem Süden Sachsen-Anhalts.

Das »Leichenpuzzle von Anhalt« schaut auf einen Zeitraum zwischen 1948 (damals noch sowjetisch besetzte Zone) und 1990 zurück. Die neun Fälle beleuchten Taten, die es nach sozialistischer Staatsdoktrin so gar nicht gegeben haben durfte. Bis auf wenige Straftaten, die für dermaßen große Unruhe unter der Bevölkerung gesorgt haben, dass sie nur schwer zu deckeln waren, erfuhr die Bevölkerung kaum etwas von diesen Geschehnissen.

Mit den Fällen werden nicht nur die Straftaten geschildert, die Motive der Täter beschrieben sowie Zeugen und Opfer charakterisiert, sie sind auch ein Stück Zeitgeschichte und werfen ein Licht auf die Arbeit der damaligen Ermittler.

Die Chronologie beginnt mit einem Mord in Bad Bibra im südlichsten Zipfel Sachsen-Anhalts. Dort wurde kurz nach dem Zweiten Weltkrieg ein Polizist erschossen. Wie die Jagd nach dem Schützen damals ablief, die sich über mehrere Jahrzehnte hinzog, beschreibt dieser Teil des Buches.

Der Titelfall ist ein ungewöhnlicher, schildert er doch, wie ein Mordopfer zerstückelt wurde, um es so besser verschwinden lassen zu können. Eine weder damals noch heute alltägliche Tat. Ein ähnliches »Nachtatverhalten« kenne ich nur aus einem Fall aus dem Jahr 1980. Als ein 17-Jähriger gemeinsam mit seiner doppelt so alten Geliebten in Wolmirstedt deren Ehemann ermordete, und dem »Kettensäger-Fall« von 2005, bei dem ein Magdeburger seine Freundin zerstückelt hatte.

Eine politische Dimension hat ein Rentnermord aus dem Jahr 1988. Vierzehn Jahre nach der Verurteilung des Täters aus Bernburg widmete sich Ministerpräsident Reinhard Höppner der Sache und wirbelte damit ziemlich viel Staub auf.

Abschließend ist es mir noch ein Bedürfnis, mich bei der Staatsanwaltschaft Halle für ihre Unterstützung bei dem Buchprojekt bedanken. Ohne die Leitende Oberstaatsanwältin Heike Geyer und Staatsanwalt Hendrik Weber wäre das nun vorliegende Buch nicht gedruckt worden.

Bernd Kaufholz
Oktober 2018

Mit Sternchen (*) versehene Namen in den Kriminalfällen wurden vom Autor geändert.

DER TOD DES OBERWACHTMEISTERS

Am 18. Februar 1948 kontrollieren Schutzpolizisten des Ortspolizeiamtes Bad Bibra in den Abend- und Nachtstunden die Straßen der Kleinstadt. In jüngster Zeit hatte es im Ort mehrere Einbrüche gegeben. Außerdem sehen sie auf Befehl ihrer vorgesetzten Dienststelle in Naumburg in den Lokalen der Umgebung nach dem Rechten.

Nach 21.30 Uhr lassen sich Polizeioberwachtmeister Kurt Jöck und Bruno Ragnitz auch in Steinbach, einem Örtchen wenige Kilometer südlich von Bad Bibra, von einigen Männern und Frauen, die sich im »Gasthaus Rühe« vergnügen, die Papiere zeigen. Der Hinweis, dass sich bei den beliebten Tanzveranstaltungen auch die eine oder andere zwielichtige Gestalt herumtreibt, war von Hermann Kleinsimon, dem Bürgermeister Bad Bibras, gekommen. Und das Ortsoberhaupt der Stadt nahe der Landesgrenze zum Thüringischen hat es sich auch nicht nehmen lassen, selbst an der Kontrolle teilzunehmen.

Doch in der Nacht zum 19. Februar ist alles in Ordnung. Kleinsimon und die beiden Schutzpolizisten fahren mit dem Dienstwagen des Bürgermeisters kurz nach Mitternacht zum staatlich anerkannten Erholungsort zurück. Am Steuer sitzt Arthur Paul*. Der 47 Jahre alte Montageleiter wird immer dann von der Stadtverwaltung angefordert, wenn ein Kraftfahrer benötigt wird. Routiniert lenkt er den Wagen durch den heftigen Schneesturm, der in der Zwischenzeit eingesetzt hat, und hält mit dem Pkw 0.15 Uhr unmittelbar hinter dem Bahnübergang in der Steinbachstraße. Der Bürgermeister wohnt nur ein paar Schritte entfernt. »Naja, das war wohl heute nichts«, verabschiedet er sich bei Jöck und Ragnitz. »Aber vielleicht sind die Leute ja schlauer geworden und führen jetzt alle ein ordentliches Leben.« Als er die verdutzten Blicke der Polizisten sieht, lacht

Der Tatort, das Ortspolizeiamt in Bad Bibra.
Vor den Schreibtischen liegt der erschossene Polizist.

er laut auf: »Das ist natürlich nicht mein Ernst. Also dann, bis demnächst. Und noch einen ruhigen Dienst.« Dass er einen der Wachtmeister zum letzten Mal sieht, ahnt Kleinsimon in diesem Augenblick nicht.

Bereits als er angehalten hat, ist Arthur Paul ein Auto aufgefallen, das auf dem linken Bürgersteig in Richtung Stadt steht. Der Dienstwagenfahrer sieht den Bürgermeister auf das Fahrzeug zugehen und hört, wie das Fenster heruntergekurbelt wird. Trotz des Schneesturms kann Paul verstehen, dass der Fahrer dem Bürgermeister erzählt, er komme nicht weiter, weil die Batterie den Geist aufgegeben habe. »Ich schlafe erstmal im Auto. Früh sehe ich dann weiter«, hört Paul den Mann hinter dem Lenkrad sagen. Mit dieser Erklärung gibt sich das Ortsoberhaupt zufrieden und geht in Richtung seiner Wohnung.

Doch den beiden Polizisten kommt die Sache nicht geheuer vor. Sie steigen beide aus, um den Fahrer zu kontrollieren. Auch ihnen erzählt der Mann im Auto die Geschichte von der streikenden Batterie. »Wo kommen Sie so spät in der Nacht her?«, will Jöck wissen. »Aus Naumburg«, so die Antwort. Doch dann korrigiert sich der Mann: »Ich meinte natürlich aus Camburg.« Das Misstrauen der Wachtmeister wird stärker, denn das Fahrzeug steht genau in der anderen Fahrtrichtung. Jöck hakt nach: »Nun noch mal: Woher kommen Sie?« Der Gefragte bietet eine dritte Version an: »Aus Eckartsberga.«

Das reicht, um Jöcks Misstrauen weiter zu steigern, zumal er auf dem Rücksitz Säcke und Koffer liegen sieht: »Bitte steigen Sie aus.« Nachdem der Fahrer dem Befehl des Polizeioberwachtmeisters Folge geleistet hat, setzt sich der Polizist selbst hinters Steuer und tritt den Starter durch. Der Motor springt sofort an. »Glück gehabt«, sagt der Mann mit den zum Mittelscheitel gekämmten brünetten Haaren.

»Bitte begleiten Sie uns zum Polizeibüro. Wir müssen den Sachverhalt klären«, so Jöck. Oberwachtmeister Ragnitz setzt sich auf die Hinterbank, der Autobesitzer neben Jöck auf den Beifahrersitz. Die drei Männer folgen im Privat-Pkw Arthur Paul, der den Dienstwagen der Stadt zum Büro in der Schenkenbergstraße steuert.

Im Dienstraum der Polizisten verlangt Ragnitz die Papiere des Mannes. Kraftfahrer Paul beobachtet an den Türrahmen gelehnt, wie der Mann, der hinter dem rechten Schreibtisch sitzt, dem Polizisten am gegenüberstehenden Schreibtisch zwei Dokumente reicht – die Fahrpapiere für Pkw und Motorrad. Ausgestellt sind sie auf den Namen Bruno Priest* aus Camburg in Thüringen. Ragnitz wiederholt die Frage, was er so spät in Bad Bibra zu suchen habe. »Ich will zu meinem Bruder nach Nebra zum Tabakschneiden«, antwortet Priest. Auf die folgenden Fragen antwortet der 30-Jährige auffällig widersprüchlich. Ragnitz hakt nach: »Sie sind doch sicher nicht allein gekommen?« Als Priest auch das vehement abstreitet und sich weiter in Widersprüche verstrickt, entscheidet Ragnitz, den 30-Jährigen bis zum nächsten Morgen im Revier zu behalten. Jöck erklärt dem Verdächtigen: »Bis spätestens drei Uhr wissen wir, ob Sie die Wahrheit gesagt haben. Wir bringen Sie jetzt in die Zelle.«

Ragnitz steht hinter dem linken Schreibtisch auf und geht in den Vorraum, um das Vorhängeschloss für die Arrestzelle zu holen. Als er zurückkommt, stellt er sich an den kleinen Schreibmaschinentisch neben dem linken Schreibtisch: »Folgen Sie mir!« Arthur Paul öffnet die Tür zum Vorraum, und tritt zur Seite. Jöck hält Ragnitz kurz zurück und sagt: »Lass uns erstmal die Taschen durchsuchen.«

In diesem Moment steht Priest auf und greift in die rechte Außentasche seines Mantels. Die Polizisten sind überzeugt, dass er seine Taschen entleeren will, doch Priest zieht eine Pistole und schießt sofort zweimal auf Ragnitz, der direkt vor ihm steht. Dann richtet er die Waffe auf Jöck und gibt mehrere Schüsse ab.

Sofort stürzt Ragnitz getroffen zu Boden. Jöck macht eine halbe Drehung nach rechts, bevor auch er zusammenbricht. Der Schütze schnappt sich die Papiere, die noch auf dem Schreibtisch liegen, und entwendet Ragnitz' Dienstwaffe aus dem Holster.

Paul gerät in Panik. Er rennt auf die Straße und versteckt sich hinter dem Nachbarhaus. Nach zwei, drei Minuten sieht er, wie Priest aus dem Revier kommt und zum Auto geht, das gegenüber dem Rathaus auf der Straßenseite in Richtung Kölleda steht. Der Wagen springt sofort an. Der Täter rast Richtung Naumburg davon.

Es ist 0.45 Uhr, als Paul zurück ins Polizeibüro eilt. Unmittelbar an der Tür zum Dienstraum liegt Jöck auf dem Rücken. Rechts neben dem Schreibtisch Ragnitz. Beide regen sich nicht. Der Kraftfahrer kniet sich erst neben den 28 Jahre alten Jöck, dann neben Ragnitz. Beide sind zwar bewusstlos, aber atmen noch.

Paul läuft auf die Straße, um Hilfe zu holen. Dabei trifft er auf Ewald Bruns*, der über den Diensträumen wohnt. »Laufen Sie zu Frau Dr. Hamann«, ruft er ihm zu. »Die beiden Polizisten wurden angeschossen.« Doch die Ärztin öffnet nicht, und Paul muss vom Revier aus einen anderen Arzt anrufen. Kostbare Zeit geht verloren. Als der angeforderte Mediziner Dr. Holter eintrifft, ist Ragnitz wieder bei Bewusstsein und sitzt stöhnend vor

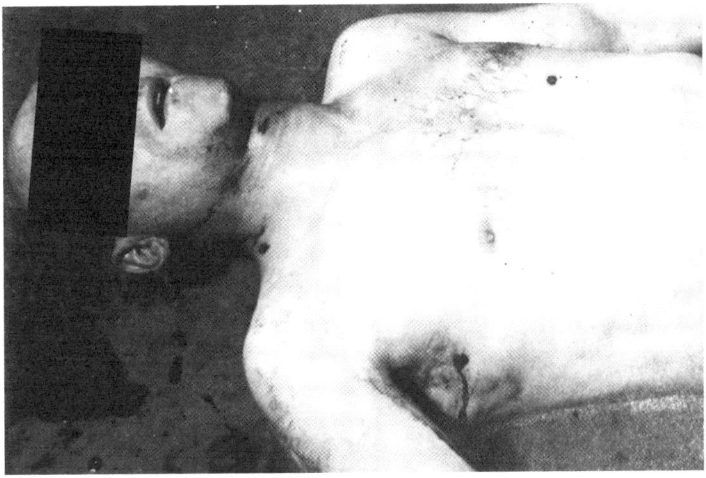

Die vier tödlichen Schussverletzungen

Schmerz auf einem Stuhl. Bei Jöck kann der Mediziner jedoch nur noch den Tod feststellen.

Gegen 1.30 Uhr klingelt bei Bürgermeister Kleinsimon das Telefon. Völlig aufgelöst erzählt ihm Paul, was sich im Polizeirevier zugetragen hat. Der 53-Jährige zieht sich schnell etwas über und geht zum Ortspolizeiamt. Dort verständigt er die Polizeidienststelle des Kreises in Kölleda. Kriminalobersekretär Bergmann und Kreisamtsleiter Grunatowski machen sich auf den Weg nach Bad Bibra. Telefonisch meldet Kleinsimon den Fall inzwischen ebenfalls dem Landpolizeiposten Burckersroda. Er teilt mit, dass der Täter ein gewisser Priest aus Camburg ist. »Aber passen Sie auf, der Täter hat zwei Pistolen dabei. Er hat nichts mehr zu verlieren.«

Um 3.48 Uhr geht in der Abteilung Mordkommission I in der Kriminaldirektion Halle eine sogenannte Ereignismeldung ein, die den nächtlichen Sachverhalt schildert. Kriminalobersekretär Schnelle und seine Mannschaft fahren nach Bad Bibra. Der erschossene Oberwachtmeister liegt noch im Revier, der schwerverletzte Ragnitz wartet indes immer noch auf den Transport ins Naumburger Krankenhaus. Ein Krankenwagen konnte »nicht

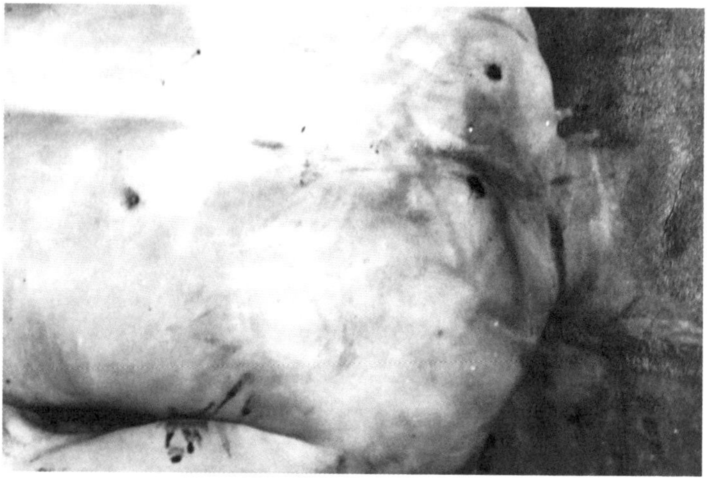

Der Rücken des Ermordeten mit drei Austrittswunden

beschafft werden«, wie es im Protokoll von Schnelle heißt. Kurz entschlossen wird Ragnitz mit dem Dienstwagen der Mordkommission zur Klinik gefahren.

Am Tatort können die Mordermittler an Jöcks totem Körper vier Einschüsse feststellen: unter dem Kinn in der Mitte des Halses, an der rechten Halsseite, unter der rechten Achselhöhle und in der linken Brusthälfte. Drei Austrittswunden werden im Nacken und im Bereich des rechten und des linken Schulterblattes gefunden. Das vierte Projektil ist nicht ausgetreten. Der Steckschuss in die Brust habe wahrscheinlich das Herz getroffen und so zum Tod des Oberwachtmeisters geführt, notiert Kriminalobersekretär Schnelle.

Die Untersuchung im Krankenhaus von Naumburg ergibt, dass Ragnitz' Oberarm von einem Projektil getroffen wurde. Die Verletzungen sind zwar schwer, aber nicht lebensgefährlich. Während die »Mord I« in Bad Bibra ermittelt, warten Beamte in Camburg vor der Wohnung des Schlossers Bruno Priest, um ihn festzunehmen. Wie sich später herausstellt, sind sie zu spät. Der Polizistenmörder war bereits gegen 5 Uhr, lange vor dem Eintreffen der Schutzpolizei, mit einem seiner Brüder in der Wohnung, hatte sich dort in großer Eile umgezogen und sie dann schnell wieder verlassen. Im Protokoll heißt es: »Es ist davon auszugehen, dass der Tatverdächtige über die Grenze in die Westzone flüchten will.« Das Kriminalamt in Weimar wird informiert und um »Mitfahndung« gebeten. Die Meldung wird an die Grenzstellen Heiligenstadt, Eisenach und Ellrich weitergeleitet. Dazu gehört auch die genaue Personenbeschreibung: »1,80 Meter groß, langes, schmales Gesicht, lange Haare, Fassonschnitt, längliche Nase, brünettes Haar, Mittelscheitel.«

Auch nach Bruno Priests Bruder Erich wird gefahndet. Inzwischen wird vermutet, dass der 27-Jährige an der Tat beteiligt war.

Fünf Tage nach den Schüssen, am Vormittag des 23. Februar, werden die Mordermittler in Bad Bibra von einer Mitteilung vom Ortspolizeiamt Camburg überrascht. Darin heißt es: »Die flüchtigen Brüder Erich und Ernst Priest haben sich in Camburg gestellt.« Die Aussage der Geschwister wird zitiert: »Wir drei Brüder waren am Freitag (20. Februar) in Naumburg und haben Bruno veranlasst, die Waffen abzugeben. Wir sind danach gemeinsam bis Saalfeld gefahren, dort haben wir Bruno alleine gelassen.«

Die Brüder sagen darin außerdem aus, dass Bruno nach München wollte. Sie sollten seiner Ehefrau mitteilen, dass sie alles stehen- und liegenlassen und sofort in die bayerische Landeshauptstadt kommen solle.

Außerdem werden die bislang ahnungslosen Beamten über die Vorgänge der letzten Tage informiert: Tatsächlich wurde von der Kriminaldienststelle Kölleda eine Meldung über eine Waffenabgabe an das Kriminalamt Halle weitergegeben. Der darin enthaltene Bericht deutet allerdings nicht grade auf saubere Arbeit der ermittelnden Organe hin. Im Aktenvermerk wird vom »21. Februar« gesprochen und davon, dass »die beiden Waffen durch Ernst und Erich Priest in Naumburg bei der Amtsanwaltschaft« abgegeben wurden. Und obwohl der Amtsanwaltschaft bekannt ist, dass »Waffensachen reine Angelegenheit der zuständigen Operativgruppe oder der Kriminalpolizei sind, wur-

Patronenhülse und Geschoss vom Kaliber 7,65 mm

den die Waffen ohne Vernehmungsverhandlung hinterlegt.«

Laut Bericht handelt es sich bei den Pistolen um eine »›08‹ mit Magazin und sechs Schuss Munition sowie einen angerosteten ›Browning‹ mit Magazin und zwei Schuss Munition«.

Es wird weiterhin hervorgehoben, dass die Beamten der Kriminaldienststelle Kölleda aufgrund der Informationen durch die Ortspolizisten in Camburg angewiesen wurden, Ernst und Erich Priest »sofort festzunehmen« und nach Kölleda zu überführen. Die Waffen wurden an die Kriminalobersekretäre Anders und Meister übergeben und umgehend nach Kölleda gebracht. Außerdem schaltete sich nun auch das Landeskriminalamt Halle mit der Forderung ein, alle Ermittlungsergebnisse unverzüglich an die Abteilung K 7 des LKA weiterzuleiten.

Ein Kurier brachte die Fotos des gesuchten Polizistenmörders und seiner Brüder nach Halle. Alle drei Geschwister wurden zur Fahndung ausgeschrieben.

Nachdem sie erfahren hatten, dass die Polizei nach ihnen sucht, stellten sich Erich und Ernst Priest am 22. Februar freiwillig in Camberg und wurden in Untersuchungshaft nach Kölleda überführt.

Während eines Verhörs am 24. Februar schildert der 47-jährige Ernst, der 1927 wegen Wilddieberei und Totschlags in Torgau zu 15 Jahren Zuchthaus verurteilt worden war, wie er den 18. Februar verbracht hat. Er sei mit seinem Bruder Bruno verabredet gewesen. »Wir wollten am Nachmittag nach Nebra fahren, um dort von einer Farm Fuchsfleisch zu holen. Ich habe dann meinen Bruder Erich gefragt, ob er Lust hätte, mitzukommen und unsere Verwandten in Nebra zu besuchen.

Um 16 Uhr fuhren wir los. Im Gasthaus von Steinbach tranken wir einen Kaffee und anschließend ging es weiter nach Bad Bibra. Dort wollte ich einen Koffer voll Rolltabak verarbeiten lassen.« Doch die Tabakschneiderei sei geschlossen worden. Nachdem er und seine Brüder eine Zeitlang vergeblich nach einer anderen Möglichkeit gesucht hätten, den Tabak schneiden zu lassen, seien sie nach Nebra weitergefahren. »Dort verbrachten wir den Tag mit unseren Geschwistern.«

Gegen 23.15 Uhr seien sie in Nebra abgefahren. »Wir wollten in Bad Bibra nochmal versuchen, einen Tabakschneider zu finden. Wir stellten den Wagen auf einer Straße mit Gefälle ab, weil die Batterie schwach war, und das Auto schlecht ansprang. Ich ging dann mit Erich in die Marktstraße und klopfte beim Tabakschneider an. Aber der hat nicht aufgemacht, und wir gingen zurück zum Auto.« Doch das habe nicht mehr dort gestanden, wo es abgestellt worden war. »Wir haben es gesucht und wussten nicht, warum Bruno weggefahren ist.«

»Aber Sie beide haben die Zeit noch genutzt, um in den Friseurladen in der Marktstraße 19 einzubrechen«, äußert der Kriminalsekretär, der den Arbeiter verhört, einen Verdacht. »Schließlich ist Ihr Bruder Erich ja Friseur und konnte die gestohlene Haarschneidemaschine, die acht Schneideköpfe und die drei Rasiermesser sowie die Effilierschere sicherlich gut gebrauchen? Außerdem waren Sie doch in der Tatnacht zumindest in unmittelbarer Nähe des Geschäftes.«

Doch der Verhörte streitet den Einbruch vehement ab: »Ich kann nur sagen, dass alles so gewesen ist, wie ich es gesagt habe.« Er habe auch nicht gewusst, dass Bruno eine Pistole dabeihatte.

»Nachdem wir das Auto eine ganze Weile gesucht haben, gingen wir wieder zu dem Platz, wo es gestanden hatte. Da kam Bruno angerast und bremste scharf neben uns ab.« Er habe gerufen: »Schnell, schnell! Wir müssen fort. Ich habe einen Zusammenstoß mit der Polizei gehabt!« Auf der Fahrt in Richtung

Steinbach habe der Bruder nur »unzusammenhängendes Zeug« geredet. Er sei von einem Polizisten geschlagen worden. Brunos Gesicht war mit Blut beschmiert und auf der rechten Seite aufgekratzt. Seine Unterlippe war aufgerissen. Kurz vor Camburg habe Bruno dann gesagt, dass er zwei Pistolen dabeihätte und schnell nach Hause fahren müsse, um sich umzuziehen. »Er gab dann auch zu, dass er bei einem Handgemenge ›blindlings um sich geschossen‹ hat. Er hat ›Warnschüsse‹ abgegeben und dabei wohl einen Polizisten getroffen.«

Bruno habe behauptet, man beschuldige ihn, auf Schieberware aus Steinbach zu warten. »Ich wurde mit der Pistole bedroht.« Auch vom Diebstahl der Dienstwaffe von Bruno Ragnitz habe er berichtet.

Beim Umziehen in der Wohnung habe Ernst Priest seinen Bruder aufgefordert, ihm die Pistolen zu geben. »Doch der wollte nicht.«

Dann schildert er den weiteren Verlauf der Tatnacht: »Wir waren dann noch bei unserem Bruder Erich. Von Dornburg fuhren wir mit dem Zug um 5 Uhr bis Saalfeld. Bruno wollte von dort bei Sonneberg über die Zonengrenze.« Bevor sich die Wege trennten, habe Bruno ihnen doch noch die Pistolen übergeben.

Der Kriminalsekretär hakt misstrauisch nach: »Es ist nicht besonders glaubwürdig, dass ein Mörder, der zum Äußersten entschlossen ist, seine Waffe aus der Hand gibt, sozusagen sein Verteidigungsmittel. Es handelt sich bei den Pistolen doch bestimmt um Ihre eigne Waffe und die Pistole Ihres Bruders Erich?«

Ernst Priest streitet auch diesen Vorwurf ab.

Am 21. Februar seien er und Erich nach Naumburg gefahren, um die Pistolen abzugeben. »Um 7.30 Uhr waren wir beim Rechtsanwalt Dr. Schnell. Der erklärte uns, dass es sich um einen ›schwierigen Fall‹ handelt.« Mit dem Bürovorsteher der Kanzlei seien sie dann zur Amtsanwaltschaft gegangen. Dort hätten sie die Pistolen gegen Quittung hinterlegt.

Auch Erich Priest wird in der Kreispolizeidienststelle Kölleda verhört. Wie sein Bruder sitzt er dort in Untersuchungshaft. Er schildert den Ablauf des Tattages wie Ernst und sagt ebenfalls aus, Bruno sei »ziemlich aufgeregt gewesen«, als sie in Bad Bibra wieder zu ihm ins Auto gestiegen seien. Der Bruder habe von einem »Handgemenge« und von Schüssen auf Polizisten gesprochen. Auch Erich war das Blut aufgefallen, mit dem Bruno »besudelt« war. Das Geschehen an den folgenden Tagen schildert er ebenfalls so wie sein Bruder Ernst. Er fügt allerdings an, er und Ernst hätten vergeblich versucht, Bruno zu überzeugen, mit zur Polizei zu kommen. »Und ihn mit Gewalt zur Polizei zu schleifen, das brachten wir nicht übers Herz. Er ist doch unser Bruder.«

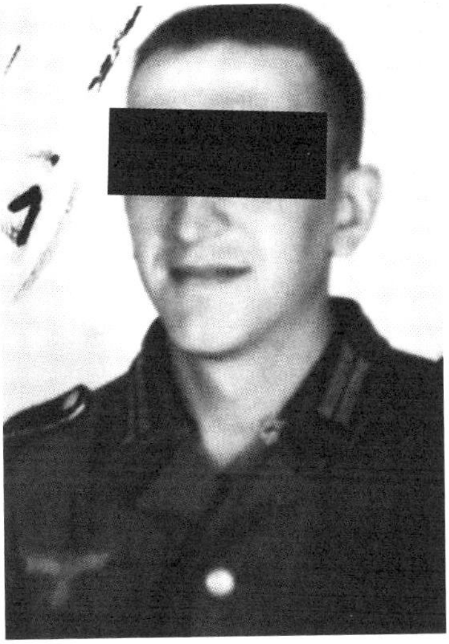

Der Täter in Wehrmachtsuniform

Der Mord an Oberwachtmeister Jöck zieht Kreise. Im Zuge der Ermittlungen findet die Polizei bei Verwandten des Täters Zucker und Soda – sogenannte schwarze Ware, die Mitglieder der Priest-Familie versteckt haben. Brisant ist eine Aussage von einem Mann aus Altenrode im Kreis Querfurt, der behauptet, er habe gehört, dass der gesuchte Polizistenmörder damit geprahlt haben soll, auch schon »einen Angehörigen der Roten Armee erschossen« zu haben. Die Abteilung 5 des Kriminalamtes in Halle geht dieser Aussage nach. Doch der 25 Jahre alte Maurer aus Nebra streitet beim Zeugenverhör am 28. Februar in der Kriminaldienststelle Kölleda ab, jemals solch eine Bemerkung gemacht zu haben. Er kenne die Gebrüder Priest viel zu wenig, um so etwas behaupten zu können. Auch, dass er erzählt haben soll, die Brüder hätten Zucker gestohlen, könne er nicht bestätigen. »Ich habe nichts Derartiges herumerzählt.«

Bei einer weiteren Vernehmung von Erich Priest Ende Februar versucht der Kriminalobersekretär herauszufinden, wohin sich der gesuchte Mörder abgesetzt haben könnte. »Wir haben keine Verwandten in den Westzonen«, beteuert der Friseur. »Nur unsere Schwester Martha in Bremen.« Allerdings sei Bruno während der Zeit beim Reichsarbeitsdienst in einem Ort bei München gewesen. »Aber ob er dahin noch Kontakte hat …?« Und auch Ernst Priest, der aus dem Polizeigefängnis vorgeführt wird, zuckt nur die Schultern, als er gefragt wird, wo Bruno sein könnte: »Er hat in Saalfeld nur gesagt, dass er nach München will.«

Die Fahndung wird auf andere Besatzungszonen ausgeweitet. Nachdem der Generalstaatsanwalt in Halle kategorisch ablehnt, das Verfahren gegen Bruno Priest einzustellen, erlässt das Amtsgericht Kölleda am 10. Mai 1948 gegen den Schlosser Bruno Priest Haftbefehl. Als aktueller Aufenthaltsort wurde laut der Akten Neukirchen im Kreis Ziegenhain bei Kassel in der amerikanischen Zone ermittelt.

Durch die Gendarmerie-Station Ziegenhain wird über die zuständige Staatsanwaltschaft in Marburg/Lahn einen Tag später mitgeteilt, dass die Fahndung in Neukirchen erfolglos war. »Unter der im Haftbefehl angegebenen Adresse, Bahnhofstraße 12, ist kein Bruno Priest gemeldet. Eine Person mit diesem Namen wohnt dort auch nicht.«

Der Haftbefehl und die Bitte um Fahndung gehen von Halle an das Kriminalpolizeiamt für die britische Zone in Hamburg. Aber auch dort ist nichts über den Gesuchten bekannt.

Obwohl die Staatsanwaltschaft sich intensiv um die Suche nach Bruno Priest bemüht und von der Kripo fast monatlich Ermittlungsberichte anfordert, läuft die Fahndung ins Leere. Die Brüder des gesuchten Mörders werden »aus der deutschen Gerichtsbarkeit entlassen«, aber nicht auf freien Fuß gesetzt. Ihnen war zwar weder im Zusammenhang mit den Schüssen auf den Polizisten noch mit dem Einbruchdiebstahl beim Friseur eine Straftat nachzuweisen, allerdings wird ihnen illegaler Waffenbesitz vorgeworfen, und der fällt unter Besatzerrecht. Sie warten im Polizeiarrest auf die Überstellung zum örtlichen NKWD, von dem sie zu mehreren Jahren Haft verurteilt werden. Erich Priest gelingt 1953 die Flucht aus dem Gefängnis Gräfentonna bei Gotha in Thüringen.

Am 20. November 1948 wird das Ermittlungsverfahren gegen Bruno Priest eingestellt.

In einem Schreiben des Oberstaatsanwalts der Stadt Halle an den Leiter der Mordkommission des Präsidiums der Saalestadt wird der Fall aber zwei Jahre später wieder thematisiert. Darin kritisiert der Oberstaatsanwalt, dass der Mord an den Polizisten immer noch ungesühnt ist, und erkundigt sich, ob die Ermittlungen gegebenenfalls wieder aufgenommen werden könnten. Die Antwort des Moko-Chefs lautet: »Infolge allgemeiner Arbeitsüberlastung konnten in der Mordsache Jöck bisher noch keine weiteren Ermittlungen getätigt werden.«

Zwei Jahre später wird der Fall ins Deutsche Fahndungsbuch des Bundeskriminalamtes aufgenommen. Allerdings lediglich als »Aufenthaltsermittlung«, da »kein beglaubigter Haftbefehl aus der DDR vorliegt«.

Die Jahre vergehen, und die Kriminalisten, die 1948 mit dem Polizistenmord in Bad Bibra zu tun hatten, gehen nach und nach in den Ruhestand. Fast 40 Jahre später, im September 1987, kommt dennoch ein letztes Mal Bewegung in den Fall. In einer »Verfügung« der Staatsanwaltschaft Halle an den Kripo-Leiter der Volkspolizei-Bezirksbehörde heißt es unter anderem: »In den folgenden Jahren sind die Fahndungsausschreibungen zur Verhaftung mehrfach verlängert worden, die letzte Verlängerung erfolgte 1984, ohne dass weitere Prüfungshandlungen vorgenommen wurden, ob Priest überhaupt noch am Leben ist.« Es wird darauf verwiesen, dass erneut Ermittlungen angeschoben werden müssen, um den Aufenthaltsort des Gesuchten festzustellen beziehungsweise die Frage zweifelsfrei zu beantworten, ob der inzwischen 70-Jährige noch lebe. Aus den Akten werden fünf Punkte zitiert, die mögliche Hinweise für die Ermittlungen sein könnten. Der vielversprechendste ist eine Liste mit Personen, darunter die Ehefrau Priests, die eventuell Angaben über seinen Verbleib machen können. »Die Ermittlungen müssten bis zum 31. Oktober 1987 abgeschlossen sein, da dann zu entscheiden ist, ob eine neue Fahndungs-/Verhaftungsausschreibung erfolgen muss«, endet das Schreiben an VP-Oberst Amler.

Einen Tag vor Ablauf der Frist wird der Staatsanwaltschaft mitgeteilt, dass »die im Oktober geführten Ermittlungen (...) keine neuen Hinweise ergeben haben«. Es sei mit 16 Verwandten des Polizistenmörders gesprochen worden. Keiner der noch in der DDR lebenden Befragten habe ein Lebenszeichen vom Gesuchten erhalten. »Es kann vermutet werden, dass Bruno Priest nicht mehr am Leben ist«, schreibt Kripo-Major Löser.

Ende 1994 glaubt die Staatsanwaltschaft Halle, nach nunmehr 46 Jahren, die Identität Priests festgestellt zu haben. Staatsanwalt Wölfel schreibt in seinem Bericht am 30. Januar 1995, dass Recherchen im Falle des Polizistenmordes den »dringenden Verdacht« ergeben hätten, dass ein gewisser »Hugo Walter Heinz Freitag in Dortmund unter falschem Namen gelebt hat«. Doch auch diese Hoffnung zerschlägt sich. Eine Verwandte des Gesuchten identifiziert Priest auf den Fotos, die ihr vorgelegt werden, nicht.

Im Jahr 2000 wird die Fahndung endgültig eingestellt. Staatsanwalt Hendrik Weber beantragt 2007 eine letzte Frist für zehn Jahre. 2017 werden die Akten dem Landeshauptarchiv in Merseburg übergeben. Bruno Priest, der Polizistenmörder von Bad Bibra, wäre in dem Falle, dass er noch lebt, zu diesem Zeitpunkt 100 Jahre alt gewesen.

DER SACK UNTERM KOHLEHAUFEN

Richard Räder* sitzt am Freitag, dem 22. Mai 1953, im Kommissariat Kriminaltechnik in Halle Polizeimeister Rasch gegenüber. »Ich möchte eine Vermisstenanzeige aufgeben«, sagt der 43-Jährige. »Am 20. Mai ist meine acht Jahre alte Tochter Helga nicht nach Hause gekommen. Sie sollte gegen 10.45 Uhr für eine Mieterin unseres Hauses im Kuttelhof eine Brause kaufen. Von diesem Weg zur Herrenstraße ist sie nicht zurückgekommen. Ich weiß nicht, wo sie sein könnte.«

»Wer ist die Bürgerin, für die Ihre Tochter einkaufen sollte?«

»Es handelt sich um Fräulein Ruth Banse*, die in unserem Haus wohnt. Sie kam am 20. Mai zu mir und sagte, dass sie schon eineinhalb Stunden auf Helga wartet.«

Vielleicht sei sie bei der Hitze baden gegangen, vermutet der Vater. »Sie hat wie im letzten Jahr einen Dauerbadeschein und badet öfter im Pionierpark auf der Peißnitz.«

»Haben Sie ein Foto Ihrer Tochter dabei? Und dann brauche ich noch eine Personenbeschreibung«, sagt der Polizeimeister.

Räder zieht ein Foto aus seiner Brieftasche und gibt es Rasch. »Helga ist schlank. Sie hat hellblondes Haar, links gescheitelt. Ihre Augenfarbe ist graublau, ihr Gesicht eher oval.«

»Und das Gebiss?«

»Lückenhaft.«

»Was hatte Ihre Tochter an, als sie das Haus verließ?«

»Eine schwarze Turnhose und einen rosa Schlüpfer. Kein Oberteil und keine Schuhe.«

Nachdem die Vermisstenanzeige aufgenommen wurde, informiert Unterwachtmeister Hesse gegen 15 Uhr Wasserschutz- und Transportpolizei. Das Jugendlager auf der Peißnitz-Insel wird in Kenntnis gesetzt. Die Leitung kann allerdings nicht weiterhelfen. Helga ist dort nicht gesehen worden.

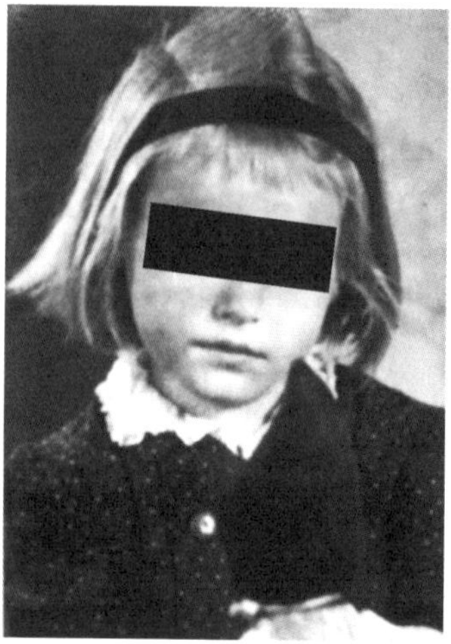

Helga Räder

Die Behörde in Halle schickt Fernschreiben an die Volkspolizeikreisämter in Bernburg, Merseburg, Eisleben, Köthen und Bitterfeld. Der Vorgang wird »zur weiteren Bearbeitung dem Kommissariat Allgemeine Kriminalität übergeben«.

Erste Ermittlungen in dem Vermisstenfall ergeben, dass das Mädchen das letzte Mal im Geschäft »Prenzlau« in der Herrenstraße gesehen wurde. Begleitet wurde sie dabei von der Tochter der Familie Krausche*. Die Freundin erzählt der Polizei, dass es im Geschäft in der Herrenstraße keine Limonade gegeben habe, und Helga dann ein paar Häuser weiter zum Konsum gegangen sei. Die Verkäuferinnen bestätigen, dass das Kind dort gewesen ist.

Else Räder*, die Mutter der Vermissten, antwortet auf die Frage, ob sie den Verdacht habe, dass jemand etwas mit dem Verschwinden Helgas zu tun haben könnte: »Eine Beschuldigung gegen jemanden kann ich nicht aussprechen. Ich kann nicht bestimmt sagen, dass ihr jemand etwas angetan hat. Eines möchte ich aber noch angeben: Mein Kind fährt sehr gerne mit Autos mit.«

Die 39-Jährige ist überzeugt davon, dass Helga »nur mit Menschen mitgeht, die sie kennt«. Dann äußert sie doch noch einen Verdacht: »Ich kenne einen Paul Wolff*, der früher neben uns im Kuttelhof gewohnt hat. Jetzt wohnt er in der Leipziger Straße, und er liegt mit seiner Frau in Scheidung. Es ist möglich, dass er Helga getroffen hat, und sie mit ihm gegangen ist, weil sie ihn kennt.«

Die Kripo ermittelt, dass Wolff wegen Sittlichkeitsdelikten vorbestraft ist. Richard Räder erinnert sich daran, dass er den beschäftigungslosen Epileptiker am Tag des Verschwindens seiner Tochter gegen 11.20 Uhr unter dem Fenster seiner Wohnung im Kuttelhof vorbeigehen sah.

Die Aussagen der Eltern sind für Rasch, den zuständigen Meister der Volkspolizei von der Abteilung Kriminaltechnik, Grund genug, Paul Wolff vorzuladen. Bereits um 17 Uhr wird er im Kommissariat AK 1 des Kreisamtes verhört. Bevor er zu dem Verschwinden des Mädchens befragt wird, soll er sich zu seinem persönlichen Werdegang äußern. Einen Beruf habe er nicht erlernt, so der Mann, der eines von 16 Geschwistern ist. »Ich habe ja meine Krankheit seit dem 12. Lebensjahr. Ich habe hin und wieder gebettelt, um mich davon zu ernähren.« 15 Jahre zuvor sei er »von der damaligen Regierung sterilisiert« worden.

Am Mittwoch dem 20. Mai, sei er zu seiner Frau auf den Kuttelhof gegangen, mit der er trotz der Scheidung »immer noch geschlechtlich verkehre, soweit ich den Geschlechtsverkehr aufgrund meiner Sterilisation ausführen kann«. Am betreffenden Tag sei er von 17 bis 21 Uhr bei ihr gewesen. Er habe danach seine Frau ein Stück auf ihrem Weg zur Arbeit begleitet. »Anschließend bin ich zu meiner Mutter gegangen, in die Leipziger Straße, wo ich wohne.« Ein kleines Mädchen habe er nicht getroffen.

Da der 46-Jährige weder schreiben noch lesen kann, wird ihm das Protokoll vorgelesen. Die Überprüfung seines Alibis ergibt, dass er mit dem Verschwinden der kleinen Helga nichts zu tun haben kann.

Am 26. Mai 1953 veröffentlicht die Bezirksbehörde der VP ein sogenanntes Mithilfeersuchen in der Tageszeitung »Freiheit«. Darin wird mitgeteilt, es werde davon ausgegangen, dass Helga zum Baden gegangen sei. Dabei habe sie eine leere Brauseflasche bei sich gehabt. »Wer hat das Mädchen auf dem Weg zum Bade gesehen?« Eine Personenbeschreibung und ein Foto Helgas werden abgedruckt.

Am 27. Mai glaubt die Kripo eine heiße Spur zu haben. Der neunjährige Uwe Meurer*, der wie Helga auf die Talamt-Schule in der Olariusstraße geht, behauptet, er habe das gesuchte

Mädchen am Marktplatz gesehen. Der Direktor der Schule und VP-Meister Rasch gehen gemeinsam mit dem Zweitklässler dorthin, um vor Ort die Angaben des Schülers zu überprüfen. Uwe hatte berichtet, er habe an der Ecke am HO gestanden und Helga mit einem Mann am Roten Turm gesehen. Er will gehört haben, dass der Unbekannte das Mädchen gefragt hat, ob sie mit ihm zum Thälmann-Platz fahren wolle. Beide seien in ein Auto gestiegen, das am Kraftdroschken-Platz gestanden habe. »Das Auto hat da gedreht und ist dann die Leipziger Straße hochgefahren.«

Allerdings stellt der Polizist schnell fest, dass die Angaben Uwes nicht stimmen können. Die Entfernung zwischen HO und Rotem Turm beträgt rund 35 Meter. »Es ist ausgeschlossen«, so Rasch in seiner Aktennotiz, »dass der Junge auf diese Entfernung etwas von dem Gespräch verstanden hat. Weiterhin wird ein Auto nicht an dieser belebten Straße drehen und verkehrswidrig um den Marktplatz die Einbahnstraße – Klement-Gottwald-Straße – hochfahren.«

Trotzdem wird der 9-Jährige noch einmal gründlich befragt. Er kenne die vermisste Helga, sagt er. »Meine Mutti ist Angestellte, die von Helga ist Reinemachefrau. Ich habe schon mit Helga gespielt. Jetzt spielt sie aber mit einem anderen Jungen.« Dann wiederholt er seine Angaben, die er im Zusammenhang mit dem Mädchen gemacht hat. Das Mädchen habe einen lila-dunklen Rock getragen und eine Bluse, die hell, fast weiß war. Schuhe und Strümpfe habe sie ebenfalls angehabt. »Der Mann hatte einen dunkelbraunen Anzug mit weißen Streifen an.« Das Auto sei »oben hellblau und unten weiß« gewesen.

Als ihn der Schulleiter, der bei der Vernehmung dabei ist, ermahnt: »Junge, bleib bei der Wahrheit!«, schaut Uwe betreten zu Boden: »Es kann auch ein anderes Mädchen gewesen sein. Ich habe ein bisschen geschwindelt«, rollen ihm dicke Tränen über die Wangen. Das Verhör wird abgebrochen, nachdem der 9-Jährige schluchzt: »Wir haben uns in der Schule über die Sache unterhalten. Ich habe gedacht, dass ich das sagen muss, weil das vielleicht die Helga war.«

Auch diese Spur verläuft also im Sand, doch am selben Tag gehen die Ermittler einer weiteren nach. Ein Mann meldet sich unter dem Namen Willi Horst* beim Kriminaldauerdienst im Polizeikreisamt und berichtet, ein Arbeitskollege habe am 25. Mai bei einem Spaziergang am Saaleufer an der Weinbergbrücke »einen Flausch Haar liegen sehen«. Die Haare seien »dunkel- und hellblond« gewesen. Wieder nichts: Die Polizei findet am beschriebenen Ort keine Haare.

Drei Tage später, am 28. Mai, greift die Kripo den Hinweis der Eltern auf, dass Helga gerne ins Luisen- und ins Kanal-Bad gegangen ist. Gemeinsam mit Feuerwehr und Wasserschutzpolizei startet die Kripo eine große Suchaktion. Um 7.30 Uhr beginnen die Einsatzkräfte am Luisenbad erst das zwei Kilometer lange Kanalgelände, dann das Sommerbad an den Pulverweiden abzusuchen. In Ufernähe sind Wasserschutzpolizisten in einem Holzboot unterwegs, in der Gewässermitte suchen Feuerwehrleute in einem Schlauchboot nach Hinweisen. Zwischen den beiden Booten ist eine Leine mit Such- und Schwimmankern gespannt. Die Kripo benutzt Spezialhaken, um am Ufer nach dem Mädchen zu forschen. Doch nach fünfeinhalb Stunden wird die Aktion abgebrochen.

Die Suchmannschaft setzt um und fährt auf einem Motorboot der »Wapo« die Saale zwischen Stadtschleuse und Trothaer Schleuse ab. Auch in diesem Bereich werden beide Uferseiten nach Hinweisen durchkämmt. Bootsverleiher und Schleusenwärter werden befragt. Gegen 15.30 Uhr weist der Einsatzleiter an: »Schluss, Genossen. Das bringt hier nicht. Als Nächstes werden wir uns die Heide vornehmen.«

Trotz intensiver Bemühungen der Einsatzkräfte ist das Mädchen auch nach drei Tagen nicht aufzufinden. Es kann nicht einmal die Frage beantwortet werden, ob ein tragischer Unfall oder ein Verbrechen vorliegt. Dass Helga nur von zu Hause weggelaufen ist, schließen die Ermittler hingegen aus.

Weitere Personen werden befragt. Am 6. Juni soll Ruth Banse, die Nachbarin, die das Kind zum Brauseholen geschickt hat, die Ereignisse am Tag des Verschwindens schildern. »Ich habe

Helga eine leere Flasche gegeben und 50 Pfennig und habe gesagt: ›Geh zum Kaufmann Petzold.‹ Als sie nach einer Stunde immer noch nicht zurück war, bin ich nachschauen gegangen. Frau Petzold hat dann auch bestätigt, dass Helga da war. Allerdings sei Brause gerade nicht am Lager gewesen. Sie habe gesagt, dass sie in einer Stunde wiederkommen soll.« Ruth Banse berichtet, sie habe dann noch am Hallmarkt nachgesehen, aber auch dort keine Spur von Helga entdeckt. »Es ist mir unverständlich, was mit dem Kind geschehen ist.«

Die Fahndung nach dem verschwundenen Mädchen geht weiter. Das Gelände zwischen Halle-Planena bis Wörmlitz-Böllberg wird entlang der Saale abgesucht. Ebenso der Bereich Rabeninsel bis zum Pionierpark. Am 5. Juni durchkämmen 160 Polizisten die Dölauer Heide. Doch auch dort gibt es nicht den kleinsten Hinweis auf das vermisste Mädchen.

Nicht zuletzt durch den Artikel in der Zeitung hat es sich in der Stadt herumgesprochen, dass ein »Kinderfänger« unterwegs ist. Die Menschen sind aufmerksam. Besonders Männer, die allein in der Innenstadt spazieren gehen, werden argwöhnisch beäugt. Aber auch Frauen, die sich »auffällig« benehmen, müssen damit rechnen, dass die Polizei auf sie aufmerksam gemacht wird: Das bekommt auch die 43-jährige Frührentnerin Charlotte Claus* zu spüren. Am 10. Juni will sie in der Reilstraße Butter kaufen. Auf dem Weg wird sie von einem kleinen Mädchen angesprochen. »Gehst Du zum Reileck, Tante? Ich traue mich nicht alleine.« Die tiefreligiöse Frau nimmt das Kind bei der Hand und geht mit ihm Richtung Reileck. Unterwegs fragt sie das Mädchen, ob es »ein Liedchen von Jesus« kenne. Als das Mädchen sie erstaunt ansieht, beginnt sie laut zu singen. Die Kleine ist so erschrocken, dass sie sich losreißt und anfängt, zu weinen. Die »Sängerin« kann sich diese Reaktion nicht erklären und bleibt verdutzt stehen. In der Zwischenzeit ist die Mutter des Kindes auf die Situation aufmerksam geworden. Panisch spricht sie einen Schutzpolizisten an, der sich in unmittelbarer Nähe befindet. Er nimmt Charlotte Claus mit zum Volkspolizeikreisamt.

Im Untersuchungsbericht schreibt der zuständige Meister der Volkspolizei Rasch: »Bei der Claus handelt es sich um eine sehr religiöse Frau. Sie versucht, allen Leuten den christlichen Glauben klar zu machen. Weiterhin singt sie Kindern, welche beim Spielen in der Anlage sind, Jesuslieder vor. Momente, die die Zugeführte belasten könnten, sind nicht vorhanden.«

Die Anzeigen häufen sich. Ebenfalls am 10. Juni meldet sich ein Mann aus der Dieskauer Straße auf dem Polizeiamt. Der Monteur Kurt Weimar* sagt aus, er habe am Vortag auf dem Weg von der Arbeit nach Hause in der Osendorfer Straße gegen 17 Uhr gesehen, wie sich ein »etwa 45 Jahre alter Mann mit einem kleinen Mädel, etwa sechs Jahre alt, unterhielt«. Er habe gehört, wie der Mann sagte: »Da staunste, wa? Das wird ein Kinderspielplatz.« »Als ich mich später noch mal umgesehen habe, habe ich gesehen, dass das Mädchen dem Mann weggelaufen war.« Er bereue es, dass er sich nicht den Namen von dem Mann habe geben lassen. »Auch hätte ich das Kind fragen müssen, was der Mann wollte.«

Drei Tage später, am 13. Juni, klingelt bei VP-Meister Rasch das Telefon. Ihm wird mitgeteilt, die Kinder vom »Rosengarten« hätten unmittelbar neben den Bahngleisen, die sich unweit des Heimes befinden, einen Mann beobachtet, der sich auffällig benommen habe. Er habe in einem Getreidefeld ein Loch gegraben und darin etwas versteckt.

Rasch und der Abschnittsbevollmächtigte der Polizei gehen mit dem Kind, das einer Mitarbeiterin des Heimes von dem Mann erzählt hatte, zu dem acht Morgen großen Feld an der Stalinallee. »Wir haben Verstecken gespielt. Dabei habe ich gesehen, wie der Mann eine Hacke benutzt hat.«

Das verrostete Arbeitsgerät wird auch tatsächlich gefunden. Allerdings keine Spur von Grabungen. Und der Schüler kann auch die Stelle nicht beschreiben, an der er den »Gräber« am Vorabend gesehen haben will.

Ein zweites Mal wird das Gebiet durchsucht. Dann befragen die Ermittler das Kind erneut. Der Junge ist nun mehr als verunsichert: »Es hat doch in der Zeitung gestanden, dass ein

Mädchen fehlt. Ich habe gedacht, dass der Mann ein totes Kind vergraben hat.«

Als seine Spielgefährten in seinem Beisein ebenfalls befragt werden, räumt er ein, »geschwindelt« zu haben. »Ich habe nur gesehen, dass einer eine Hacke da hingelegt hat.«

Die Suche nach dem vermissten Mädchen, die ganz Halle in Atem hält, ist Anfang 1953 allerdings nicht der einzige Fall, der die Menschen der Saalestadt beunruhigt: Gefahndet wird auch nach einem Triebtäter, der bereits mehrere Frauen überfallen hat.

Am 19. Januar hat die Krankenschwester Gertrud König* eigentlich ihren freien Tag, aber weil Zahltag ist, will die 20-Jährige trotzdem mit der Bahn zum Waldkrankenhaus fahren. Doch sie verpasst den Anschlusszug und muss vom Hettstedter Bahnhof mit der Linie 4 bis zur Endstation »Heide« fahren.

Die junge Frau kennt den Weg. Sie geht gegen 14.30 Uhr am »Waldkater« vorbei Richtung Dölau. Kurze Zeit später begegnet ihr ein Mann. Wortlos gehen sie aneinander vorbei, doch irgendetwas im Blick des etwa 17-Jährigen im blauen Trainingsanzug, beunruhigt sie. Ein paar Schritte später blickt sich die Krankenschwester um und sieht, dass er tatsächlich kehrtgemacht hat und ihr folgt. Sie beschleunigt ihre Schritte und meint schon, den Verfolger abgeschüttelt zu haben, als sie spürt, wie ihr von hinten etwas um den Hals geworfen wird. Später wird sich herausstellen, dass es eine Kordelschnur war. Der Angreifer reißt sie zu Boden. Gertrud König wehrt sich und ruft um Hilfe. Der Mann keucht: »Wenn du nicht die Schnauze hältst, erwürge ich dich!«

Der Täter versucht, sie zu Boden zu zwingen, aber Gertrud hat Glück: Durch die starke Gegenwehr reißt die Schnur. Als der Täter merkt, dass er sein Opfer nicht überwältigen kann, steht er auf und läuft Richtung Dölau. Dann verschwindet er im Wald.

Die 20-Jährige Krankenschwester ist völlig am Ende. Trotzdem tauscht sie im Krankenhaus nur kurz die verdrecke Kleidung aus und fährt sofort zum Volkspolizeikreisamt, um den Vorfall anzuzeigen.

Obwohl die vollkommen verstörte Frau sehr genaue Angaben macht, hat die Kriminalpolizei auch bei diesen Ermittlungen keinen Erfolg. Ende Februar werden sie vorläufig eingestellt.

Bereits ein paar Wochen später zeigt jedoch eine weitere Frau an, dass sie auf dem Weg zum Waldkrankenhaus Dölau überfallen worden ist.

Am 5. Mai bewirbt Hildegart Lothar* sich in der Klinik auf eine Arbeitsstelle. Auch sie verpasst den Zug, mit dem sie nach Halle zurückfahren will, und entschließt sich, durch die Heide zu gehen. Sie trifft auf einen jungen, schlanken Mann, der einen Trainingsanzug trägt und dunkle Haare hat. Er fährt eine Weile mit dem Fahrrad neben der 19-Jährigen her und versucht, ein Gespräch anzuknüpfen.

Als Hildegart Lothar ihm zu verstehen gibt, dass sie sich nicht unterhalten möchte, lässt sich der Fahrradfahrer etwas zurückfallen. Sekunden später umklammert er mit einer Hand den Hals der Frau, mit der anderen hält er ihr den Mund zu. Er zieht sein Opfer, das kaum noch Luft bekommt, ins Gebüsch und reißt ihr den Rock herunter. Die 19-Jährige wehrt sich heftig und schafft es, den Angreifer abzuwehren.

Die junge Frau rennt verängstigt durch den Wald. Ihren Rock hat sie bei dem Kampf mit Angreifer verloren. Als sie auf Spaziergänger trifft, schildert sie das Geschehen. Gemeinsam gehen sie zu der Stelle zurück, an der sie überfallen wurde. Dort lehnt ihre Aktentasche an einem Baum. Der Rock ist verschwunden.

Mitte Juni 1953 werden Hildegart Lothar Fotos aus dem »Verbrecheralbum« vorgelegt. Sie zeigen allesamt Männer, die bereits aufgrund von Sexualdelikten auffielen. Doch auf keinem erkennt sie den Mann wieder, der sie vergewaltigen wollte.

Dass der Fall der vermissten Helga und die versuchten »Notzuchtverbrechen« im Zusammenhang stehen, weiß noch niemand. Erst nach dem 4. August 1953 kommt ans Tageslicht, dass es ein wichtiges Verbindungsglied zwischen den drei Fällen gibt:

Am besagten Tag hat Tischlerlehrling Peter Kohl* Urlaub. »Das trifft sich gut«, hatte sein Vater am Vorabend gesagt, »dann

Das Grundstück An der Baderei 1 mit der Gastwirtschaft. Die beiden Fenster auf der rechten Seite gehören zum Keller des Täters.

kannst du gleich die Kohlen aus dem Keller von Otto Otte* holen. Du weißt ja, die Kneipe unten bei uns ist seit Ende Mai geschlossen, und der Wirt braucht sie nicht mehr. Weil er wegziehen will, hat er die Braunkohle an uns verkauft. Er will wohl am Töpferplan eine neue Gaststätte aufmachen.«

Der 15-Jährige ist nicht besonders erfreut über den Auftrag vom Vater. »Ich wollte eigentlich mit Werner etwas unternehmen«, versucht er einen Einwand. Doch der Vater gibt nicht nach: »Wenn du Werner mitnimmst, geht es schneller, und ihr könnt danach los.«

Am 4. August gegen 8 Uhr gibt Otto Otte den Kellerschlüssel bei den Kohls ab, und eineinhalb Stunden später machen sich Peter und sein zwölf Jahre alter Freund Werner Preuß* auf den Weg in den Keller des Hauses An der Baderei 1. Sie gehen die Treppen hinunter. Am Ende des Ganges auf der rechten Seite befindet sich hinter einer massiven Tür mit Vorhängeschloss der Otte-Keller. Im Raum ist es stickig und nicht besonders hell. Lediglich eine 40-Watt-Glühlampe im Gang spendet schummriges

Das Regal auf der linken Kellerseite. Die Tatwaffe ist mit »2« gekennzeichnet.

Licht. Bottiche und Eisentöpfe stehen auf dem Betonfußboden herum, Werkzeuge, Ofenrohre und ein Straßenbesen lehnen an der linken Wand. An der Wand daneben hängen zwei Fahrradschläuche und ein Fassreifen. Einige drei Meter lange Bretter dienen als einfaches Regal, auf dem ein 50-Liter-Weinballon, gehacktes Holz, ein Beil und eine verrostete Waage liegen.

Als Peter Kohl den Haufen mit den vier Zentnern Kohle unterhalb des schmalen Fensters sieht, stöhnt er auf: »Da haben wir ja bis morgen zu tun …« Doch sein Freund ermuntert ihn: »Los, lass uns anfangen! Umso schneller sind wir fertig.«

Die Jungs haben schon drei volle Körbe in den Keller der Kohls geschleppt und füllen gerade den vierten, da sieht Werner einen hellen Sack unter dem Kohlehaufen. Weil der Stoff ihnen beim Schippen im Wege ist, greift Peter danach und will ihn hervorziehen. Der Gestank, der den beiden Jungs augenblicklich entgegenschlägt, raubt ihnen fast den Atem. Entsetzt rennt der 15-Jährige nach oben zur Mutter und erzählt ihr von dem übelriechenden Fund.

Die eingewickelte Leiche des Mädchens von der linken Kellerseite aus gesehen

Hildegard Kohl* geht mit ihrem Sohn in den Keller zurück. Auf dem Weg dorthin klingelt die 47 Jahre alte Schneiderin an der Wohnungstür von Familie Otte. Horst, der Sohn der Familie, öffnet. Aufgeregt berichtet Hildegard Kohl dem jungen Mann im blauen Trainingsanzug, was Peter und Werner gefunden haben. Hildegard Kohl, Horst Otte* und eine Nachbarin gehen zum Fundort der Leiche. Otte nimmt eine Schaufel und sticht damit ein paar Mal in den fast zerfallenen und verfaulten Zuckersack. Sie schauen sich den schaurigen Fund genauer an und sehen nun, dass an der Seite des Stoffbehältnisses eine Hand herausguckt. Kurz darauf verlassen sie den Keller, den Hildegard Kohl mit einem Vorhängeschloss sichert.

Ein Mieter des Hauses verständigt die Polizei.

Wenig später ist die Mordkommission vor Ort. Besonders interessiert Polizeiunterkommissar Baberowski und Polizeimeister Grothe ein 40 Zentimeter langes Beil. Schon mit bloßem Auge sind zwei Haare zu erkennen, die sich dort befinden, wo die Klinge ins Holzgetrieben ist. »Schau mal den Stiel an«, macht Baberowski den VP-Meister aufmerksam. »Das sieht doch aus wie angetrocknetes Blut …«

Nachdem der zum Teil verklebte Sack entfernt wurde, entdecken die Mord-Ermittler eine Kinderleiche, um deren Hals ein dünnes Seil hängt. Blut- oder Kampfspuren werden in dem 18 Quadratmeter großen Raum nicht festgestellt.

Am 5. August werden dem Vater der vermissten Helga Räder Teile der Kleidung vorgelegt, die bei der Leiche gefunden wurden. Bereits am Vortag hatte ihn die Kripo darüber informiert, dass seine Tochter mit hoher Wahrscheinlichkeit tot aufgefunden wurde. Er erkennt die Stoffproben vom rosa Schlüpfer und der ausgewaschenen schwarzen Turnhose. Als ihm eine Haarprobe gezeigt wird, bricht Richard Ruhland beinahe zusammen. »Ja, diese Haarfarbe hatte Helga«, laufen ihm Tränen über die Wangen.

Zu diesem Zeitpunkt weiß die Mordkommission bereits Näheres über den Tod des Mädchens. Die Obduktion am Institut für gerichtliche Medizin und Kriminalistik der Universität Halle hat ergeben, dass der Schädel »linksseitig hochgradig« zertrümmert wurde. Die Gardinenschnur vom Hals des Kindes sei »in typischer Drossellage vorgefunden« worden. Die Rechtsmediziner

Die Tatwaffe

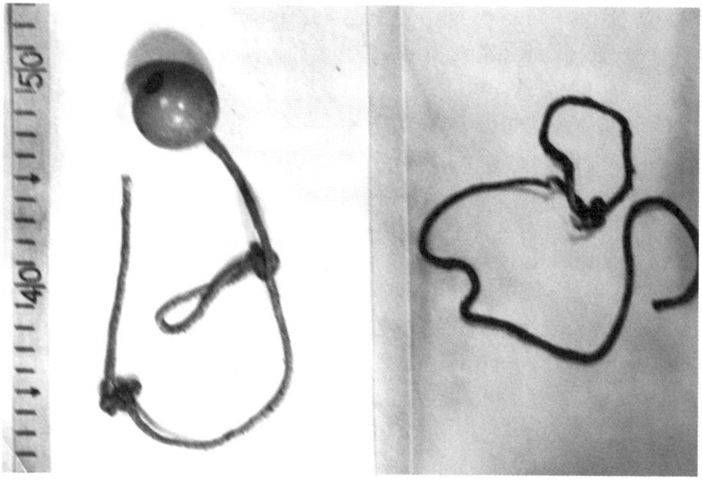

Links die Schnur, nachdem sie von der Leiche entfernt wurde. Daneben das Gegenstück der Gardinenschnur, von der die Schlinge abgeschnitten wurde.

gehen von einem »gewaltsamen Erstickungstod mit wahrscheinlich folgender stumpfer Gewalteinwirkung in Form von Hieben mit der stumpfen Beilseite« aus. Ein Todeszeitpunkt sei aufgrund des hohen Verwesungsgrades nicht mehr festzustellen.

Was im Haus vermutet wird, damit hält Hildegard Kohl bei ihrer Zeugenvernehmung nicht hinterm Berg. »Für uns gibt es keine Frage: Als Täter kommt nur der Horst – Horst Otte – in Frage.«

Als Unterkommissar Baberowski sie fragend anschaut, wird sie deutlicher: »Na, der hat sich doch im vorigen Jahr schon an ein Mädchen rangemacht. Er hat der Gisela aus unserem Haus, sie war damals 12 oder 13 Jahre alt, erzählt, dass er einen Brief für sie hat, und sie in seine Wohnung gelockt. Da hat er ihr den Schlüpfer runtergezogen und sie aufs Bett geworfen. Abgelassen von ihr hat er doch nur, weil sie sich gewehrt und laut geweint hat.«

Noch am selben Abend wird die Schülerin der 7. Klasse im Beisein ihrer Mutter befragt. Sie erzählt, dass sie Anfang Mai

1952 nach Hause gegangen sei. »Aus der Gaststube kam der Horst. ›Du, deine Großmutter hat geschrieben. Ich habe den Brief in meiner Wohnung. Komm mal mit‹, hat er gesagt.« Sie habe an der Korridortür gewartet. »Horst hat gerufen: ›Komm mal rein!‹ Als ich in der Wohnung war, hat er mich an den Schultern gepackt und mich aufs Bett geworfen. Er versuchte, mir den Schlüpfer herunterzuziehen. Ich strampelte und schrie. Horst drückte mir die Kehle zu. Im selben Moment klapperte es an der Wohnungstür.« Horst Otte habe dann gesagt: »Ich lasse dich gehen. Aber nur, wenn du keinem was sagst.«

Sie habe ihrer Mutter den Vorfall geschildert, unter dem sie »heute noch nervlich leidet«. »Meine Mutti hat dem Schulleiter, dem Sozialamt und unserem Schularzt die Sache erzählt. Eine Anzeige bei der Polizei hat sie nicht gemacht.«

Polizeirat Düben befragt am 4. August kurz vor 22 Uhr Anna Otte*. Die 47-Jährige berichtet, dass ihr Sohn Horst kein leibliches, sondern ein Adoptivkind ist. »Ich kann keine Kinder bekommen, darum haben wir 1935 Horst adoptiert. Da war er vier Wochen alt.« Nach seiner Kochlehre habe der 18-Jährige in der Gaststätte mitgearbeitet. »Nachdem klar war, dass wir die Pacht kündigen, hat sich Horst bei der Volkspolizei beworben. Er wurde angenommen und ist seit einer Woche beim Betriebsschutz in Leuna.«

Wie das tote Kind in ihren Keller gekommen ist, könne sie sich nicht erklären, sagt die Frau. Allerdings habe sie manchmal den Eindruck gehabt, dass der Keller offen gewesen sei. »Die Kohlen hochgeholt haben zumeist mein Sohn Horst oder die 23 Jahre alte Kellnerin Annemarie Zobel*.«

Auf die Fragen des Polizeirates, ob ihr Mann irgendeine spezielle sexuelle Ausrichtung habe, und ob sie ihm einen Mord zutraue, antwortet die Wirtin: »Mein Mann ist sehr ruhig und nach der Arbeit immer sehr abgespannt und müde.« Einen Mord traue sie ihm auf keinen Fall zu.

Auch ihrem Sohn Horst traue sie solch eine Gewalttat nicht zu. »In seinem Wesen ist er ruhig, zurückhaltend und verschlossen.« In »sexueller Hinsicht« sei ihr zu Ohren gekommen, dass

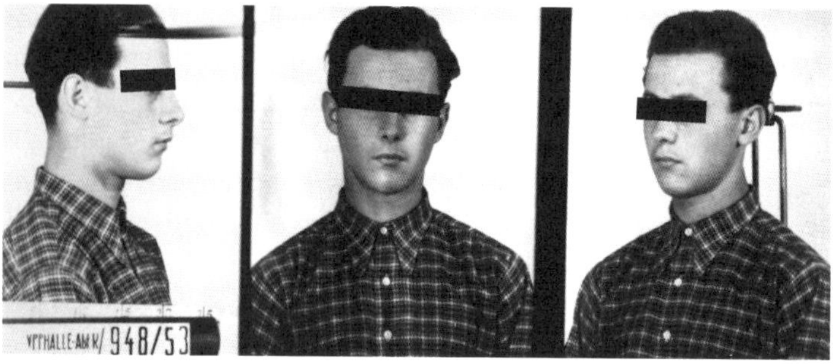

Polizeifoto des Täters Horst Otte, das nach seiner Festnahme gemacht wurde

sich Horst an einem Mädchen aus dem Haus »vergreifen wollte«. Genaueres sei ihr darüber nicht bekannt.

Am selben Abend muss Horst Otte auf die Fragen der Kriminalpolizei antworten. Nachdem die Leiche gefunden worden war, hatte er schnell seine Werkschutz-Uniform angezogen, um dadurch jeden Verdacht von sich abzulenken. Doch diese Strategie geht nur kurze Zeit auf, und bald schon gilt er bei der Polizei als Hauptverdächtiger.

Er räumt auch gleich ein, dass er 1951 einmal für vier Tage im Jugendheim in der Fischer-von-Erlach-Straße »festgehalten« wurde. »Ich hatte eine junge Frau an der Saale überfallen und versucht, sie zu vergewaltigen. Aber die Polizei hat mich festgenommen, bevor es zur Notzucht kam. Weil ich noch jugendlich war, habe ich keine Strafe gekriegt.«

»Das interessiert uns jetzt hier gar nicht«, fällt Polizeimeister Masthoff ihm energisch ins Wort. »Uns geht es hier einzig und allein um das tote Mädchen im Keller Ihrer Eltern. Und ich sage Ihnen gleich, um die ganze Sache abzukürzen: Sie haben ganz schlechte Karten. Bei Ihrem sexuellen Vorleben, das Sie hier ja gerade noch einmal angedeutet haben, und der Tatsache, dass Sie fast alleine Zugang zum Keller hatten, sind Sie hier der Hauptverdächtige.«

Der Vernehmer spürt, dass der Jungpolizist mit sich ringt. Nach einer Weile blickt der Verdächtige von der Tischplatte auf und sagt: »Ich gebe zu, dass ich am 20. Mai Helga Räder getötet habe.« Dann schildert er die Tat.

Horst Otte ist an jenem Mittwoch allein in der Gaststätte seiner Eltern. Gegen 12.45 Uhr betritt ein blondes Mädchen – der 18-Jährige schätzt es auf zehn bis zwölf Jahre – das Lokal. Das Kind ist lediglich mit einer schwarzen Turnhose bekleidet. Das erregt den Wirtssohn. »Habt ihr Brause?«, fragt das Mädchen. Otte reicht ihr die Limonade über die Theke. Dann geht er schnell um den Schanktisch herum und hält das Kind fest.

Helga schreit: »Mutti, Hilfe!«, und: »Lass mich los!« Aber der 18-Jährige, der immer erregter wird, lässt nicht ab von ihr und schließt die Gaststättentür ab. Er wirft das strampelnde Kind auf den Boden. Dann kniet er sich vor Helga und reißt ihr Hose und Unterhose herunter. Weil sie immer noch schreit, versucht er, sie zu würgen. Als ihm das nicht gelingt, erhebt er sich. Helga ist bereits halb ohnmächtig und kann nicht mehr aufstehen. Trotzdem geht der Täter zur Theke und nimmt aus einem Kästchen einen Rest Gardinenschnur mit hölzernen Zierelementen. In aller Ruhe schneidet er ein Stück davon ab, legt es dem weinenden Kind als Schlinge um den Hals und zieht zu. Später wird er aussagen, dass er mit Helga »geschlechtlich verkehren wollte, aber aufgrund der Gegenwehr des Mädchens nicht mehr dazu gekommen« sei.

Otte öffnet die Tür zum Hausflur und prüft, ob die Luft rein ist. Dann schaut er nach, ob jemand im Keller ist. Er klemmt sich die Sterbende unter den rechten Arm, geht in den Keller und legt das röchelnde Kind auf den Betonfußboden, schließt die Tür ab und geht nach oben. Vor der Gaststättentür warten Gäste. Er schenkt ihnen Bier aus und läuft anschließend wieder in den Keller. Helga atmet kaum noch. Otte nimmt das Beil vom Regal und schlägt damit auf das Kind ein.

Er räumt Kohlen beiseite, legt die nackte Tote in die Kuhle und bedeckt sie sofort wieder mit Braunkohlen. Im Gastraum widmet er sich nach seiner blutigen Tat erneut den Gästen, als ob nichts geschehen ist. Den Kellerschlüssel hängt er ans Schlüsselbrett.

Das Innere des Lokals nach der Schließung. Links neben dem Ofen stand das Büffet, wo das Opfer vom Täter gewürgt wurde.

Zwei Tage später, am Freitag, geht Otte in den Keller. In der Hand hält er zwei Säcke, die er zuvor vom Hausboden geholt hat. Den einen zieht er der Toten von unten über die Füße, den zweiten stülpt er ihr über den Kopf. Er steckt sowohl die Turnhose, als auch den rosa Schlüpfer in den ersten Sack. Danach vergräbt er die Leiche erneut im Kohlehaufen links unter dem Fenster.

Als die Vernehmer am Abend des 4. August den Druck erhöhen, räumt Otte ein: »Der Grund dafür, dass ich das Mädel umgebracht habe, ist, dass es sich gewehrt hat, als ich sie geschlechtlich gebrauchen wollte.«

Es bleibt nicht bei seinem Mordgeständnis. Ohne danach gefragt zu werden, gibt er »weitere strafbare Handlungen« zu: »Ich habe zweimal im Stadtwald Frauen überfallen. Einmal habe ich einen Strick benutzt. Ich wollte die Frauen vergewaltigen.« Er räumt auch ein, er habe einem Mädchen aus dem Haus den Hals zugedrückt und versucht, es zu vergewaltigen.

Am 5. August erlässt das Kreisgericht Halle, Bezirk I, Haftbefehl.

Einen Tag später wird der Untersuchungshäftling der Krankenschwester Gertrud König gegenübergestellt.

»Kennen Sie diesen Mann?«, fragt Polizeiunterkommissar Baberowski.

»Ja, ich erkenne diesen Mann als denjenigen, der mich im Januar 1953 kurz vor Dölau vergewaltigen wollte.«

Dann richtet sich der Polizist an Otte: »Erkennen Sie diese Frau als die, welche Sie vergewaltigen wollten, wieder?«

Das bejaht der Täter ebenfalls.

Er sei damals in die Heide gefahren, »um mir dort eine Frau zu schnappen und diese geschlechtlich zu gebrauchen«, sagt Otte. Deshalb habe er auch zu Hause eine Schnur eingesteckt, um sie der Frau um den Hals zu werfen.

»Ist Ihnen klar, dass die Frau umgekommen wäre, wenn die Schnur nicht gerissen wäre?«

»Ich hatte aber nicht die Absicht, die Frau zu töten. Ich wollte nur nicht, dass sie schreit.«

»Und am 5. Mai?«

»An diesem Tag hatte ich nicht die Absicht, eine Frau zu vergewaltigen. Ich wollte nur eine kleine Spazierfahrt mit dem Fahrrad machen.« Erst als ihn eine junge Frau gefragt habe, von wo die Straßenbahnlinie 4 abfahre, sei ihm der Gedanke gekommen.

Dann legt der Vernehmer das Tagebuch des Mörders auf den Tisch und schlagt es auf. »Was bedeuten die Kreuze an einigen Tagen?«

»Das am 20. Mai steht da, weil ich das Mädchen umgebracht habe. Die anderen haben nichts Besonderes zu bedeuten. Ich habe sie immer gemacht, wenn ich meine Freundin geküsst habe.«

Die Rätsel um das Verschwinden der kleinen Helga und um die Überfälle in der Heide sind gelöst, doch obwohl der Täter in Haft sitzt, bewegt der Fall weiterhin die Gemüter: Am 4. September geht bei der Staatsanwaltschaft Halle ein Brief ein, der mit »Stimme Hunderttausender« unterzeichnet ist. Darin steht: »Hier geht das Gerücht um, der Lustmörder Otte sei geflüchtet, um seine Verbrechen fortzusetzen. Wann werden die Schuldigen an der Misere, nebst Verschleppung des Verfahrens seit Mai, endlich verantwortlich gemacht, oder bekommen sie den Schildkrötenorden? Soll der gegenwärtige Tatbestand den vielen Tausend zählenden Interessenten auch weiterhin verschwiegen werden? Das macht böses Blut!« Der Schreiber verlangt, eine Abschrift des Briefes an Justizministerin Hilde Benjamin und den »Kinderfreund Wilhelm Pieck« (erster Präsident der DDR) weiterzuleiten.

Ende September 1953 liegt das nervenfachärztliche Gutachten zu Otte vor. Darin wird unter anderem hervorgehoben, dass es sich beim Täter »um einen in seiner Triebstruktur abnorm veranlagten, zu Brutalität und triebhaften Sexualausbrüchen neigenden Menschen handelt, wobei die willensmäßige Lenkung und Steuerung, bzw. Dämpfung dieser tieferen Triebschichten nur ungenügend entwickelt ist«. Otte wird als »psychopathische Persönlichkeit« bezeichnet. Allerdings wird betont, Psychopathie sei keine Krankheit im Sinne des § 51 (Zurechnungsfähigkeit). »Die Gesellschaft erwartet auch von Menschen mit psychopathischen Charakterzügen eine entsprechende Einordnung in die gesellschaftlichen Belange.«

Dennoch empfiehlt die Psychiatrie und Nervenklinik der Universität Halle beim Strafmaß zu beachten, dass Otte zum Zeitpunkt der Tat noch keine 18 Jahre alt war und darum dem § 3 des Jugendgesetzes unterliegt.

Am 19. Oktober 1953 teilt der Generalstaatsanwalt der DDR dem Bezirksstaatsanwalt in Halle mit, dass er »mit dem beabsichtigten Strafantrag – lebenslängliches Zuchthaus - einverstanden« ist. Dann geht der Vertreter der obersten Anklagebehörde auf einen Artikel vom 8. August in der »Freiheit« ein. »Darin wird von der Bevölkerung, besonders von den Frauen, für den Jugendlichen Horst Otte die Todesstrafe für das bestialische Verbrechen gefordert. Es wäre darum angebracht, dass von einem Staatsanwalt des Bezirkes Halle ein Artikel in die Zeitung gesetzt wird, in dem man darauf hinweist, dass gemäß §24 des Jugendgerichtsgesetzes bei Jugendlichen nicht auf Todesstrafe erkannt werden darf.«

Am 28. Oktober beginnt vor dem III. Strafsenat des Bezirksgerichts Halle der Mordprozess gegen Horst Otte. Der Vorsitzende, Oberrichter Wicha, verkündet am 5. November das Urteil: »Der Angeklagte wird wegen Mordes zu lebenslänglichem Zuchthaus verurteilt. Im Übrigen wird das Verfahren eingestellt.«

Täter Horst Otte

»Der Angeklagte sei zur Zeit der Tat nach seiner sittlichen und geistigen Entwicklung reif genug, die gesellschaftliche Gefährlichkeit seiner Tat einzusehen und nach dieser Einsicht zu handeln«, heißt es in der Urteilsbegründung. Nach Meinung des Senats werde das nicht nur durch die Tatsache bewiesen, dass Otte als drittbester Lehrling der Stadt Halle seine Berufsausbildung abgeschlossen hatte, sondern auch, mit welcher ruhigen Überlegung er insbesondere bei seinem ersten Vergewaltigungsversuch vorgegangen sei. »Auch der Mord an Helga Räder zeugt davon, mit welcher Besonnenheit und eiskalter Ruhe der Angeklagte alles bedacht und berücksichtigt hat, damit seine Tat nicht sofort entdeckt wird.«

Der Vorsitzende schließt: »Unsere Kinder sind die Zukunft unserer Nation. Ihnen sollen die Früchte unseres konsequenten Kampfes um die Einheit unseres Vaterlandes, um Frieden, Demokratie und Sozialismus zu Gute kommen. Sie sollen vollenden, was fleißige Hände in unermüdlicher Arbeit zu schaffen begonnen haben. Ihnen gilt deshalb auch die besondere Fürsorge unseres Staates.« Sich an Kindern zu vergreifen, sei »im höchsten Maße gesellschaftlich gefährlich«.

Dann direkt an Otte gewandt: »Ein volljähriger Täter hätte bei denselben Tatumständen die Todesstrafe erleiden müssen. Dass Sie davor bewahrt wurden, ist nur dem Umstand zu verdanken, dass Sie bei der Tat unter 18 Jahre alt waren.«

Die Verfahren wegen der versuchten Notzucht seien eingestellt worden, da weitere Einzelverfahren neben der erkannten lebenslänglichen Zuchthausstrafe nicht ins Gewicht fielen.

Im März 1970, sieben Jahre nach der Urteilsverkündung, schickt der Adoptivvater des Mörders ein Gnadengesuch an die Kanzlei des DDR-Staatsrates. Das Gesuch wird an die Gnadenkommission bei der Staatsanwaltschaft des Bezirks Halle weitergeleitet. Entsprechend der Gnadenordnung solle ein Gnadenverfahren vorbereitet werden, heißt es darin. Doch das Gesuch wird nicht befürwortet.

Zwei Jahre später bittet Anna Otte die Bezirksstaatsanwaltschaft darum, die Haftzeit ihres Adoptivsohnes zu überprüfen. Doch auch dieser Vorstoß ist erfolglos. In der Begründung heißt es: »Das liegt in der Schwere des Verbrechens Ihres Sohnes und auch in seinem Vorleben (vorangegangenen Straftaten).«

Erst nach der 2. Strafrechtsänderung wird Otte am 31. Mai 1977 aus dem Zuchthaus Brandenburg entlassen. Er ist 41 Jahre alt, hat während seiner Haftzeit den Facharbeiterbrief als Dreher erworben und einen Meisterlehrgang absolviert.

WIE IM »WEST-SCHMÖKER«

Am Nachmittag des 18. April 1960 nutzen Ruth Henning* und ihr Ehemann den 2. Osterfeiertag, um in Schlaitz (Kreis Bitterfeld) eine befreundete Familie zu besuchen. Doch während des gemütlichen Nachmittagskaffees mit den Berndts* dringt lautes Kinderweinen und Schreien aus der Nachbarwohnung des Flachbaus. Als das Jammern auch nach längerer Zeit nicht aufhört, wird Ruth Henning stutzig: »Da ist doch das Radio laut aufgedreht. Da muss doch wer zu Hause sein und sich um das Kind kümmern.« Hildegard Berndt* winkt nur ab. »Die Bollmanns* sind weggegangen. Das ist wie immer, die kümmern sich nicht um die kleine Karin.«

Doch das klägliche Wimmern lässt der 30-jährigen gelernten Arzthelferin Ruth keine Ruhe. Sie möchte einen Blick in die Nachbarwohnung werfen und geht in den Hof. Durch das Fenster erkennt sie, dass das herzerweichend weinende Kind nur etwa drei Monate alt ist. Es liegt allein im Kinderwagen. Ein älteres Kind liegt ruhig im Bett daneben.

Ruth Henning ist erschüttert. Gegen 18 Uhr macht sie sich gemeinsam mit ihrem Ehemann auf den Heimweg. Unterwegs treffen sie die Bollmanns. Empört spricht Ruth Henning die Mutter Margot Bollman* an: »Ihre Kleine hat stundenlang geweint. Sie müssen unbedingt gucken, was da los ist.« Die 20-Jährige antwortet nur schulterzuckend: »Die hört auch schon wieder auf.«

Und sie soll recht behalten: Am Mittag des 16. Mai klingelt Margot Bollmann in Schlaitz an der Wohnungstür der Gemeindeschwester Martha Grabau*. »Kommen Sie schnell mit. Bei mir zu Hause hat meine Kleine Starrkrampf. Ich habe schon mit meiner Nachbarin Frau Berndt gesprochen. Die meint auch, dass es Starrkrampf ist.« Der Gemeindeschwester ist das Kind vollkommen unbekannt. Sie weiß zwar, dass die Frau vor ein paar Monaten entbunden hat, aber in der Mütterberatung hat die 20-Jährige ihre jüngste Tochter nie vorgestellt. »Fahren Sie schnell wieder nach Hause«, ordnet Grabau an. »Ich komme gleich nach.«

Ungefähr zur selben Zeit schellt es an der Wohnungstür von Familie Henning. Als Ruth die Tür öffnet, gegen die mittlerweile aufgeregt gehämmert wird, steht der Sohn von Familie Berndt vor ihr. »Du musst schnell kommen«, sagt er, noch ehe die 30-Jährige etwas fragen kann. »Die Kleine von Bollmanns hat starke Krämpfe. Es sieht so aus, als ob sie stirbt.«

Ruth Henning schwingt sich auf ihr Fahrrad und rast zum Poucherweg. Dort sieht sie Hildegard Berndt völlig verstört mit dem Kind auf dem Arm in der Tür stehen. Die medizinisch ausgebildete Frau schaut auf das Kind, dann auf ihre Freundin. Sie schüttelt langsam den Kopf. »Das Baby ist tot«, sagt sie leise. Dann sieht sie sich den kleinen Leichnam näher an. Farbloser Schaum hat sich am Mund gebildet. Die Arzthelferin vermutet einen Herzinfarkt.

Mit dem toten Kind auf dem Arm betritt Ruth die Wohnung von Familie Bollmann und zieht ihm die völlig verschmutzte Kleidung aus. Auch der Raum ist verdreckt und unaufgeräumt. Es stinkt. Später protokolliert Polizeileutnant Krüger ihre Worte: »Nachdem ich dann das tote Kind entkleidet hatte, konnte ich die Feststellung treffen, dass sich der gesamte Körper des Kindes von Kopf bis Fuß in einem schmutzigen Zustand befand. Besonders im Unterleibsbereich.«

Karin ist wund und völlig unterernährt. Die Kindsmutter, die mittlerweile zu der Wohnung zurückgekehrt ist, behauptet aber, sie habe die Kleine »voll gestillt«. Außerdem habe ihre Tochter »sehr gut getrunken und keine Ernährungsstörungen«.

Die Arzthelferin schüttelt zweifelnd den Kopf. An der Schläfe und dem Jochbein des Säuglings sind blaue Flecken zu erkennen. »Was ist das denn hier?«, zeigt sie Margot Bollmann die Stellen. »Ach, da hat sich Karin wohl herumgerollt und ist mit dem Kopf an etwas Hartes gestoßen«, lautet die Antwort. Ruth Henning schenkt der Aussage der Mutter keinen Glauben. Sie

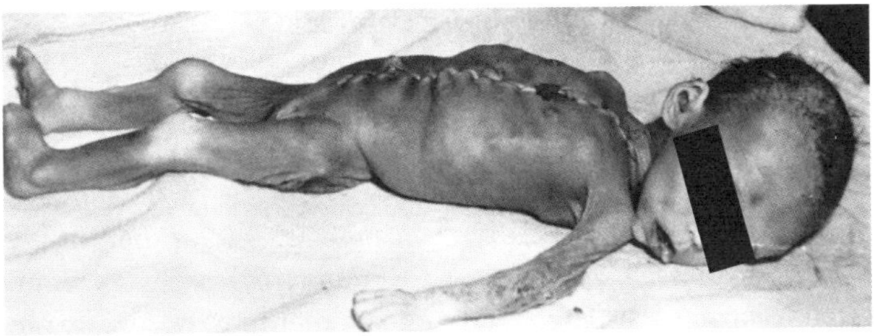

Die tote Karin. Das Kind starb völlig unterernährt.

vermutet, die Hämatome wurden durch Faustschläge ausgelöst, äußert diesen Verdacht aber nicht gegenüber der Mutter, die in diesem Moment in Tränen ausbricht. »Sie war doch meine Beste …«

»Aber dann hätten Sie die Kleine doch besser ernähren müssen«, entgegnet Ruth der schluchzenden Mutter. »Sie hatte es doch gut bei mir. Ich habe den beiden Kindern ja sogar Apfelsinen gekauft.« Dass sie und ihr Mann die Orangen alleine gegessen haben, verschweigt sie aber.

Nachdem Gemeindeschwester Grabau im sogenannten Außenbesitz-Poucherweg in Mühlbeck angekommen ist und sich das Baby angesehen hat, weiß sie sofort, dass jede Hilfe zu spät kommt. Das Entsetzen steht ihr im Gesicht geschrieben: »So etwas habe ich in meiner langjährigen Tätigkeit noch nicht erlebt«, sagt sie mit Blick auf den ausgezehrten Körper zu Ruth Henning. Dann setzt sie sich wieder auf ihr Fahrrad, fährt zur Gemeinde und verständigt von dort aus gegen 12.30 Uhr Dr. Wilhelmi, den Chefarzt des Landambulatoriums in Gossa. »Hier ist ein Säugling gestorben. Sie müssen sich die Sache unbedingt angucken.«

Wenig später ist der Arzt mit seiner Oberschwester Irene Säums* vor Ort. Zusätzlich zu den Hämatomen findet er eine Wirbelsäulenöffnung, um die sich ein Geschwür gebildet hat. Für ihn steht sofort fest: Das Kind wurde schon seit Wochen nicht mehr ordentlich gepflegt und versorgt. »So sieht kein Kind aus, das regelmäßig gestillt wird«, sagt er der Mutter auf den

Kopf zu. Während des folgenden Gesprächs räumt Margot Bollmann ein, sie sei am Vorabend »tüchtig feiern gewesen«. »Da muss es Karin wohl schon schlecht gegangen sein«, vermutet sie.

»Sie haben Ihr Kind ganz einfach verhungern lassen. Ich muss das der Staatsanwaltschaft melden«, sagt Wilhelmi völlig fassungslos. »Wenn ihr die Kinder verhungern lassen wollt, dann schafft euch doch erst gar keine an.« Weiter fragt er: »Wann hat das Baby zuletzt Essen bekommen?«

Sie sei »in der Nacht zweimal aufgestanden, um die Kleine zu füttern«, antwortet Margot Bollmann. Wütend tippt sich der 51-Jährige Arzt mit dem Zeigefinger an die Stirn. Er glaubt der Mutter kein Wort.

Im Totenschein gibt er »Lebensschwäche aufgrund von Verhungern« als Todesursache an. Trotzdem verneint er die Frage: »Besteht ein Grund der Leichenschau? Verdacht auf unnatürlichen Tod?«

Als Arzt und Schwester bereits im Gehen sind, sagt Werner Bollmann*, der Vater der kleinen Karin, noch: »Das Kind war sowieso nicht von mir. Meine Frau wird wohl selbst nicht wissen, wer ihr das gemacht hat.«

Genau wie der Arzt ist auch Ruth Henning davon überzeugt, dass das Kind verhungert ist. Am Tag nach dem Tod erstattet sie bei der Kriminalpolizei des VPKA Bitterfeld »Anzeige von Amtswegen«. Telefonisch teilt sie mit, dass »am 16. Mai in Mühlbeck ein Kind der Familie Bollmann verstorben ist«. Das Kind sei verhungert. Schuld am Tod des Mädchens könnten nur die Eltern sein. Der Leutnant der Volkspolizei, der die Anzeige entgegennimmt schreibt: »Den Totenschein hat der Arzt des Landambulatoriums in Gossa ausgestellt. Eine Untersuchung dieser Sache ist unbedingt notwendig.«

Er erkundigt sich umgehend, wohin der Leichnam gebracht worden sei, und erfährt, dass der Sarg auf dem Neuen Friedhof in Bitterfeld steht. Dort soll auch die Beisetzung stattfinden.

Am 18. Mai werden die Ärzte im Kreiskrankenhaus Bitterfeld befragt. Dorthin war Cornelia, die 14 Monate alte Schwester der verstorbenen Karin vor kurzem mit 40,3 Grad Fieber eingeliefert worden. »Angina und Mittelohrvereiterung« lautete die Diagnose. »Obwohl das Kind schon mehr als ein Jahr alt ist, sieht es wie ein sechs Monate altes Kind aus«, vermerken die Ermittler im Protokoll die Einschätzung der behandelnden Mediziner. Mit einem Gewicht von 4.700 Gramm liege das Gewicht von Cornelia Bollmann nur 700 Gramm über dem Geburtsgewicht. »Das Kind kann weder allein sitzen noch stehen oder laufen.« Inwieweit dies auf eine schlechte Versorgung durch die Eltern zurück zu führen sei, könne man jedoch nicht sagen.

Am 21. Mai wird im Polizeikreisamt Bitterfeld die »Anzeige eines unnatürlichen Todesfalls« von einem Leutnant der Volkspolizei unterzeichnet. Darin wird auf den »schlechten Ernährungs- und Wartungszustand« von Karin hingewiesen. Es bestehe »der Verdacht einer strafbaren Handlung durch die Eltern«.

Drei Tage später wird der Leichnam im Institut für gerichtliche Medizin und Kriminalistik der Martin-Luther-Universität Halle-Wittenberg im Beisein des Oberarztes Dr. Simon geöffnet. Die Obduktion ergibt, »dass der Tod des Kindes in ursächlichem Zusammenhang mit der mangelhaften Ernährung steht.« Zu ermitteln sei, »inwieweit eine Vernachlässigung seitens der Eltern bzw. Erziehungsberechtigten vorliegt, ob der Säugling in ärztlicher Behandlung stand und seitens der Erziehungsberechtigten alles getan wurde, den Tod des Säuglings abzuwenden«.

Ein Ermittlungsverfahren gegen Margot Bollmann wird eingeleitet.

Unmittelbar danach wird Hildegard Berndt, die Nachbarin der Bollmanns, als Zeugin vernommen. Die 40 Jahre alte Hausfrau stellt der Mutter des verstorbenen Kindes kein gutes Zeugnis aus. »Frau Bollmann kam meistens erst gegen 10 Uhr oder am Mittag aus dem Bett. Erst dann hat sie sich um ihre laut weinenden Kinder gekümmert.« Auch an Karins Todestag sei sie gegen 11 Uhr aufgestanden.

Zum Pflegezustand befragt, sagt sie: »Auf dem Hof steht eine Zinkbadewanne. Aber sie ist unbenutzt.« Margot Bollmann sei abends oft aus gewesen – im Kino oder zum Tanzen. »Damit

Das Tathaus in Mühlbeck (heute Gemeinde Muldestausee), in dem die Familie Bollmann ein Zimmer (Pfeil) bewohnte. Rechts (Pfeil) die unbenutzte Kinderbadewanne.

es so aussieht, als ob jemand zu Hause ist, und um das Weinen der Kinder zu übertönen, hat sie immer das Radio ganz laut gestellt.« Die schmutzigen Windeln hätten bis zu einer Woche lang eingeweicht im Wasser gelegen. »Erst, als ich sie fragte, ob sie die nicht mal waschen will, hat sie das getan.«

Auch Werner Bollmann, der 21 Jahre alte Ehemann von Margot Bollmann, sei »nicht besser als seine Frau«, gibt die Nachbarin zu Protokoll. »Er benimmt sich nicht wie ein Vater von zwei Kindern, sondern wie ein 16-jähriger Jugendlicher.«

Zum Geschehen am 16. Mai berichtet Berndt, dass ihre Nachbarin kurz nach 11 Uhr mit dem Baby auf dem Arm auf den Hof gekommen sei. »Sie hat mich angesprochen: ›Guck doch mal, ob Karin noch lebt.‹ Ich habe festgestellt, dass die Kleine nur noch ganz schwach geatmet hat, und meinen 21 Jahr alten Sohn Dieter sofort zu Frau Henning geschickt, weil ich wusste, dass sie beim Roten Kreuz ist.« Während sie auf die Arzthelferin gewartet habe, sei das Baby gestorben.

Am 21. Mai besichtigen die Kriminaltechniker, Polizeiunterleutnant Blödtner und VP-Meister Fink, die gut zwölf Quadratmeter große Einzimmerwohnung von Familie Bollmann. Eine Wand ist feucht, als Lampe dient eine verschmutzte Glühbirne. Insgesamt kommen die Ermittler zu dem Schluss: »Unsauber und reparaturbedürftiger Zustand. Zum Aufenthalt für Kinder völlig ungeeignet.«

Die Polizei lädt auch den Wirt der Gaststätte »Zum Schwan« vor, der das Lokal seit 1949 in Schlaitz führt. Erich Schmidt* soll etwas zum »Freizeitverhalten« des Ehepaars Bollmann sagen. Sie seien regelmäßig in die Gaststätte gekommen, berichtet der 50-Jährige. »Dienstags und freitags. Immer dann, wenn im Saal Kino war. Anschließend saßen sie dann noch im Gastraum.« Dabei hätten sie jedes Mal »zwischen sechs und sieben Mark« ausgegeben. Er legt Wert auf die Feststellung, dass sich die Bollmanns »immer anständig verhalten« hätten.

Polizeiliche Nachfragen bei der Abteilung Gesundheitswesen Referat Mutter und Kind ergeben, dass dort nichts über die Zustände bekannt war, die von der Polizei vorgefunden wurden. Der Ratsvorsitzende weist an, dass sich die betreffende Abteilung umgehend mit der Fürsorgestelle bei der Poliklinik Bitterfeld in Verbindung setzt und die Unterlagen der Kinder innerhalb von vier Tagen dem Kreisamt der Volkspolizei zusendet.

Auch die Auswertungen der Papiere, die unter dem Namen Karin Bollmann in der Poliklinik geführt werden, zeugen von der Vernachlässigung des Kindes. In ihnen gibt es keinerlei Eintragungen. Karins Mutter hat keine einzige Beratung oder Sprechstunde aufgesucht.

In einem Bericht der Fürsorgestelle heißt es, dass, »wie sonst üblich ein Hausbesuch bei Familie Bollmann seitens der Fürsorgerin hätte durchgeführt werden müssen.« Die Wohnung liege allerdings »abseits vom Wege, mitten im Wald. Die Gegend war der Fürsorgerin völlig unbekannt«. Außerdem sei »anzumerken, dass man nicht gern alleine einen einsamen Waldspaziergang macht«. Deshalb sei »von einem Besuch Abstand genommen« worden. »Über die herrschenden Zustände war der Fürsorge nichts bekannt.«

Die Leiterin der Stelle gibt aber an, der Tod des Babys habe dazu geführt, die Arbeitsweise der Fürsorge zu überdenken: »Nach Bekanntwerden dieser fast nicht zu glaubenden Tatsache haben der Chefarzt des Kreiskrankenhauses, die Gemeindeschwester von Mühlbeck und ich zusammengesessen und beratschlagt, wie man in Zukunft dergleichen unerhörte Vorkommnisse verhindern kann.« Fazit: Die Zusammenarbeit der einzelnen Institutionen müsse eine »noch wesentlich engere sein«.

Die Fürsorgestelle kümmert sich nun aber um die Pflege von Karins Schwester Cornelia. »Die Verhandlungen betreffs eines Dauerheimplatzes laufen.« Bis dahin wird sie in einer Wochenkrippe untergebracht und an den Wochenenden von der Großmutter Anna Bollmann* betreut.

Die Großmutter des toten Kindes sitzt in Bitterfeld am Fenster ihres Wohnzimmers und schaut in den Regen. Das Wetter an diesem letzten Maitag passt zu ihrer Stimmung. Von Anfang an war sie dagegen, dass ihr Sohn Werner Margot heiratet. »Aber, er hat ja nicht auf mich gehört«, geht ihr durch den Kopf. Was Werner dieser Person in die Arme getrieben hat, kann sie bis heute nicht verstehen. Und schon gar nicht, dass er den Kontakt zur Mutter fast vollständig abgebrochen hat. Bis zum heutigen Tag war sie nicht in der Wohnung des Ehepaars.

Cornelia hatte sie das letzte Mal gesehen, als ihre Enkelin drei, vier Monate alt war. »Menschenskind, hatte die Kleine damals Hunger«, erinnert sie sich. Als sie ihre Schwiegertochter darauf angesprochen hatte, war es gleich wieder zum Streit gekommen.

Zerknirscht war ihr Sohn ihr in die Küche gefolgt, in die sie sich zum Kaffeekochen zurückgezogen hatte. »Du hast ja Recht, Mama«, sagte er kleinlaut. »Mir ist das ja auch schon aufgefallen. Ich stelle mich nach der Nachtschicht oft stundenlang nach Obst an …« Ob es dem Sohn und seiner Frau denn mit dem Kind »zu viel« werde, wollte sie damals wissen. Aber Werner verneinte.

Anna Bollmann hat genug vom Regen und setzt sich in einen Sessel. So recht geglaubt hat sie den beiden nicht, dass alles rund läuft. Hatte sich Cornelia im Krankenhaus nicht auch weggedreht, als die Mutter das Zimmer betrat, während sie sich über den Besuch des Vaters richtig gefreut hatte?

Ihren Sohn und seine Frau sah Anna Bollmann erst nach Karins Tod wieder. Die beiden hatten sie einen Tag danach besucht. »Karin konnte noch nicht beerdigt werden«, sagte Werner. »Die

Polizei interessiert sich für den Fall.« Bei diesen Worten war ihre Schwiegertochter kreidebleich geworden und in sich zusammengesackt. »Da ist es ihr wohl plötzlich klar geworden, dass sie schuld am Tode von Karin war«, grübelt sie weiter.

Ihren Sohn hält sie für unschuldig. Dass er ein anständiger Mensch ist, bestätigt auch sein Betrieb. Das Kollektiv der Baggerbesatzung 74 des VEB Einheit stellt Werner Bollmann ein gutes Arbeitszeugnis aus. Seitdem er am 9. Dezember 1959 im Betriebsteil Goitzsche angefangen hatte, habe er gewissenhaft gearbeitet. Er gilt als »ruhig und wissbegierig« und wird bald in eine höhere Lohngruppe eingestuft.

Probleme gab es lediglich mit der Wohnung der Familie Bollmann. Werner Bollmann beschwerte sich bei den Betriebsleitern über die Steinbaracke, »in der er und seine Familie hausen müssen«. Solange diese Situation nicht geändert werden würde, könne er keine Nachtschicht mehr machen. Sogar an den Präsidenten Wilhelm Pieck schrieb er diesbezüglich einen Brief. In der Antwort des DDR-Staatsoberhauptes hieß es aber, dass »dieses Problem von der Wohnungskommission des VEB Einheit geklärt werden muss«. Oberreferent Lange vom Präsidialamt hatte die Leitung des VEB zudem darum gebeten, mit Werner Bollmann über den Eintritt in eine Arbeiter-Wohnungsbau-Genossenschaft zu sprechen. Danach wäre es möglich, ihn mit einer »Übergangswohnung zu unterstützen«. »Über das Veranlasste wollen Sie uns bitte bis zum 21. Mai 1960 informieren«, hieß es am Schluss des Schreibens.

Bereits zwei Tage vor Ablauf dieser Frist antwortete der Hauptsachbearbeiter des VEB: »Es ist uns leider nicht möglich, die in letzter Zeit gestellten Anträge sofort zu erledigen, da wir aus den Jahren 1954–1955 noch ca. 80 Wohnungssuchende mit Wohnraum versorgen müssen.«

Am 20. Mai erlässt das Kreisgericht Bitterfeld Haftbefehl gegen Margot Bollmann. Haftgrund ist »begründeter Fluchtverdacht«. Der zuständige Richter unterschreibt: »Sie wird beschuldigt, ihrem Kind Karin, geb. am 12.2.60, vorsätzlich unzureichende

Nahrung gegeben und das Kind dadurch getötet zu haben.« Wegen Verdachts auf Totschlag wird die 20-Jährige in die Haftanstalt der Polizei in Bitterfeld eingeliefert.

Noch in derselben Nacht wird sie von Staatsanwalt Naumann und Polizeileutnant Krüger verhört. Bevor sie zur Sache selbst befragt wird, soll die gelernte Schäferin, die sich später zur Laborantin qualifiziert hat, über ihren bisherigen Lebensweg Auskunft geben. Sie gibt an, sie habe »als nicht berufstätige Hausfrau die erforderliche Zeit, sich um die zwei Töchter zu kümmern«. Karin habe »bis zu ihrem Tode keine ernstlichen Krankheiten« gehabt.

Erst als Krüger sie mit den eindeutigen Hinweisen auf den Hungertod von Karin konfrontiert, sagt die Tatverdächtige aus: »Vor zirka vier Wochen kam mein Mann betrunken nach Hause.« Das habe sich dann »gehäuft, so dass es in der folgenden Zeit zu Streitigkeiten zwischen uns kam«. Sie sei so ärgerlich darüber gewesen, dass ihr Mann ständig in der Kneipe war, während sie zu Hause bleiben musste, dass sie sogar eine Scheidung in Erwägung gezogen habe.

Dann habe sie aber einfach beschlossen, ebenfalls auszugehen. »Ich bin dann meistens zwischen 19 und 24 Uhr weg gewesen. Ich gebe zu, dass ich meine Kinder dadurch vernachlässigt habe.« Die Unterernährung von Karin könne sie sich jedoch »bis heute nicht erklären«.

Als sie der Vernehmer fragt, wie sie sich erkläre, dass Karin, die bei ihrer Geburt 3.500 Gramm gewogen habe, bei ihrem Tod nur noch ein Gewicht von 2.670 Gramm hatte, zuckt Margot Bollmann mit den Schultern: »Ich bleibe dabei, dass ich sie vier-, fünfmal am Tag versorgt habe.«

Um 6 Uhr morgens wird die Vernehmung unterbrochen. Als sie zwei Stunden später fortgesetzt wird, räumt die Beschuldigte plötzlich ein: »Ich sehe ein, dass mein weiteres Leugnen zwecklos ist, und bin bereit, folgende wahrheitsgemäße Schilderung zum Sachverhalt zu machen:« Weil Werner sie trotz ihres Zustands nicht heiraten wollte, habe sie während der Schwangerschaft an Abtreibung gedacht. Aber auch nach der dann doch vollzogenen Hochzeit wollte sie die Schwangerschaft unterbrechen. »Ich wollte ja ein Kind. Aber nicht in der ersten Zeit.« Nur weil ihr Mann kategorisch abgelehnte, dass sie »das Kind wegmacht«, habe sie von einer Abtreibung abgesehen.

»Nachdem Cornelia dann geboren war, hatte ich vor, alles zu unternehmen, damit das Kind nicht am Leben bleibt.« Sie stillte ihr Baby zwar viermal am Tage, gab ihm aber »nicht so viel (…) wie es gebraucht hätte«. Nach einem Monat gab sie Cornelia die Flasche. Jedoch immer nur 150 Gramm. Das Kind zeigte bald »Schwächen in seiner körperlichen Entwicklung«. Sie sei, berichtet die Angeklagte, jedoch bei ihrem Entschluss geblieben und habe manche Mahlzeiten »nur mit Wasser zubereitet«.

Während sie die Misshandlungen an ihrer Tochter schildert, laufen ihr Tränen über die Wangen. Sie schnäuzt in ein kariertes Taschentuch und schluchzt: »Aber dann habe ich Cornelia liebgewonnen. Ich habe mich mit ihr abgefunden. Aber ein zweites Kind wollte ich auf keinen Fall haben.«

Doch ihr Mann habe sie schon vier Wochen nach der Geburt »erneut in den Schwangerschaftszustand versetzt, weil wir im gegenseitigen Einverständnis die sechswöchige Schonfrist nicht eingehalten haben«. Nach der Geburt Karins zweifelte Werner aber an, dass das Kind von ihm sei. »Er hat gesagt: ›Die hat ja gar nichts von mir!‹«

Daraufhin entschloss sie sich erneut, sich »des Kindes zu entledigen«. Dazu wandte sie »dieselbe Methode an, wie schon bei Cornelia. Ich wollte das Kind langsam verhungern lassen«. Auch sonst kümmerte sie sich kaum um das Baby. »Ich habe es höchstens fünfmal gebadet und auch mit dem Windelwechseln habe ich es nicht so genau genommen.« Ihr sei es »egal gewesen, was aus Karin wird«.

Zu der lauten Radiomusik, die ihrer Nachbarin aufgefallen war, sagt die 20-Jährige, sie habe, wenn sie abends ausging, »wohldurchdacht, das Radio auf voller Lautstärke spielen zu lassen, damit die Nachbarn nicht auf das Weinen der Kinder aufmerksam werden«. Natürlich bemerkte sie, dass das Kind wund war und in den zwei Wochen vor dem Tod stark an Gewicht verloren hatte, aber sie sei »nicht zum Arzt gegangen, weil ich das Kind loswerden wollte«.

Mit Verweis auf »den Vorgang gegen Margot Bollmann wegen vorsätzlicher Kindstötung« fragt das Kreisamt der Volkspolizei am 2. Juni 1960 in den Lehrlingswohnheimen in Halberstadt und Quedlinburg nach, ob dort etwas »gegen sie vorliegt«. Die Beschuldigte war hier bis zu ihrer Hochzeit mit Werner untergebracht. Die Ermittler interessiert besonders: Wie war das Verhalten im Heim und auf den Arbeitsstellen? Wie war der Lebenswandel? Ist sie als glaubwürdig anzusehen? Ist bekannt, ob Westschundliteratur gelesen oder verbreitet wurde? Falls ja, welcher Art? Wie war ihr Verhältnis zu Männern?

Im Lehrlingswohnheim »August Bebel« in Quedlinburg kann man sich allerdings nur daran erinnern, dass »in schulischer Hinsicht nichts an ihr auszusetzen« war.

Während der vierten Vernehmung sagt Margot Bollmann aus, sie habe vor der Geburt ihrer ersten Tochter »verschiedene Abenteuerhefte westdeutscher Herkunft gelesen«. »In einem wurde geschildert, dass es zwischen einem Ehepaar aufgrund des Lebenswandels Auseinandersetzungen gegeben hat. Das hat dazu geführt, dass die Mutter ihr Kleinkind verhungern ließ.« Diese Geschichte sei für sie so etwas wie eine Inspiration gewesen.

Sie habe auf ihren Ehemann »einen Hass« gehabt, der dann auch »auf Cornelia übergriff, sodass ich in der Endkonsequenz beschlossen habe, mich des Kindes zu entledigen.« Genauso wie sie es in dem »West-Schmöker« gelesen hatte. Darin sei beschrieben worden, wie »eine Kindsmutter ihren persönlichen Freuden nachging, sich sehr oft außer Haus befand. Sie vernachlässigte Wartung und Nahrung ihres Kindes. Nachdem sie das Kind dann tot auffand, hat sie sich aufgehängt.«

Während des Verhörs am 2. Juni 1960 beichtet sie VP-Leutnant Krüger auch, woher das »blaue Auge« stammt, das die Rechtsmedizin bei der Obduktion des Säuglings festgestellt hatte. »Zwei Tage vor ihrem Tod lag Karin in der Mitte unserer zwei Betten. Nach 7 Uhr bin ich durch das Schreien des Kindes munter geworden. Am Abend zuvor hatte ich mich mit meinem Mann gezankt und davon geträumt. Als ich das Schreien hörte, habe ich mit dem Knöchel meiner rechten Faust gegen Karins Schläfe gehauen.« Bezweckt habe sie mit dem Schlag nichts.

Doch das glaubt der Kriminalist nicht. »Die Sektion sagt etwas anderes. Da geht es nicht nur um einen Schlag.«

Nun räumt Margot Bollmann ein, dass es »im Halbschlaf auch mehrere Schläge gewesen sein« könnten.

Inzwischen hat die Staatsanwaltschaft auch gegen den Vater des toten Babys ein Verfahren wegen »Gefährdung des körperlichen und sittlichen Wohls seines Kindes« eingeleitet. Weil »Verdunklungs- und Fluchtverdacht« besteht, wird er vorläufig festgenommen. Im Haftbefehl, der am nächsten Tag erlassen wird, heißt es, der 22-Jährige habe »in gewissenloser Weise die Fürsorge und Erziehungspflicht seiner beiden Kinder verletzt«.

Beim Verhör gibt der Baggerschmierer vom VEB Werk Einheit zu Protokoll: »Wenn ich zu Hause war, hat meine Ehefrau den Kindern das Essen später geben wollen, als vorgesehen. Ich habe sie deshalb des Öfteren zur Ordnung rufen müssen«. Es sei auch vorgekommen, dass er selbst den Mädchen zu essen gegeben habe. »Manchmal, wenn wir bei den Nachbarn zu Besuch waren, habe ich meine Frau aufgefordert, die Kinder zu füttern. Wenn sie das trotz meiner Ermahnungen nicht tat, habe ich für Cornelia den Brei gekocht. Karin konnte ich jedoch nichts geben, weil ihr Fläschchen nicht vorbereitet war.« Dass seine Ehefrau die Kinder öfter allein ließ, davon wisse er aber nichts.

Bollmann räumt ein, dass er mit seiner Frau häufig in der Schlaitzer Gaststätte war, und die Kinder dann fünf Stunden alleine waren. Zumeist seien er und seine Frau angetrunken aus der Kneipe gekommen. »Manchmal musste ich nach Haus gebracht werden, weil ich aufgrund meines Zustands nicht mehr laufen konnte.« Er gibt zu, er habe gesehen, dass Karin »immer mehr abgemagert ist«. Er sei allerdings »nie auf die Idee gekommen, dass meine Ehefrau Karin absichtlich so wenig zu essen gibt, dass sie verhungert«. Das habe er erst durch den Arzt erfahren, von dem er den Totenschein abgeholt habe.

Gegen »die Unzulänglichkeiten« bei der Kinderbetreuung habe er nichts unternommen, obwohl sie ihm bekannt waren. »Ich hätte meine Schwester, meine Mutter oder staatliche Dienststellen unterrichten können, um mir Hilfe zu holen. Aber ich wollte mit meiner Frau keine Streitigkeiten haben.«

Am 22. Juni 1960 schließt die Kripo die »Akte Bollmann«. In den 13-seitigen Schlussbericht schreibt der Leiter der Abteilung K bei der Bezirkspolizei in Halle, VP-Major Navè, dass Margot Bollmann »in beiden Fällen vorsätzlich gehandelt hat. Sie hatte vom ersten Augenblick an vor, Cornelia und Karin zu töten«. Mit ihrem Verhalten habe Margot Bollmann »das Tatmerkmal der Grausamkeit erfüllt. Die Beschuldigte handelte aus niedrigen Beweggründen« und erfülle damit den Tatbestand des Mordes.

Der Kindsvater sei seiner Pflicht, Gesundheit und Leben seiner Kinder zu fördern, nicht nachgekommen. »Nicht zu beweisen war, dass er den Tod des Kindes gewünscht oder damit gerechnet hatte.«

Nach eingehender Untersuchung und Befragung von Margot Bollmann legt Dr. Frenzel, Oberarzt des Krankenhauses für Psychiatrie Altscherbitz, ein psychiatrisches Gutachten vor. Die Analyse ihrer Persönlichkeit weise »gewisse charakterliche Veränderungen« auf, »die unter dem Begriff der Psychopathie einzureihen sind«. Unter »Psychopathen« verstehe man »Persönlichkeitstypen, die nur insofern abnorm sind, als sie von einer Norm nach irgendeiner Seite abweichen«. Diese »menschlichen Variationen« seien jedoch keineswegs als Geisteskrankheit zu werten. Bezogen auf den Tathergang spricht der Psychiater zwar von einer »abnormen charakterlichen Veranlagung«, von »Gefühlskälte« und »Gefühlsrohheit«, strafrechtlich sei Margot Bollmann aus ärztlicher Sicht jedoch voll verantwortlich.

Am 28. September 1960 beginnt der Prozess gegen das Ehepaar. Nach drei Verhandlungstagen verkündet Richter Altendorf, Vorsitzender des II. Strafsenats am Bezirksgericht Halle, das Urteil: »Die Hausfrau Margot Bollmann wird wegen Totschlags und versuchten Totschlags zu lebenslangem Zuchthaus verurteilt. Der Angeklagte Werner Bollmann wird wegen fahrlässiger Körperverletzung und wegen Körperverletzung mit tödlichem Ausgang zu drei Jahren und einem Monat Zuchthaus verurteilt.«

Einer Prozessaussage Margot Bollmanns, mit der sie sich von ihrem vorherigen Geständnis distanzieren will, schenkt die Kammer keinen Glauben. Darin behauptet sie, sie habe ihre ältere Tochter Cornelia nicht töten, sondern mit der »Schwächung des Kindes« nur ihren Ehemann dazu bringen wollen, sich mehr um seine Familie zu kümmern. Der vorsitzende Richter bezeichnet diese Äußerung rundweg als »abwegig«.

Dennoch legt Margot Bollmanns Rechtsanwalt Berufung ein. Insbesondere sieht er den versuchten Totschlag als nicht bewiesen an. Zudem sei die lebenslange Haftstrafe zu hoch. Er beantragt eine zeitlich begrenzte Strafe.

Das Oberste Gericht der DDR verwirft die Berufung am 27. Oktober 1960 als unbegründet. Das Urteil des II. Strafsenats endet mit den Sätzen: »Angesichts der mit den humanistischen Prinzipien unserer Gesellschaftsordnung sowie ihren Pflichten als Mutter unvereinbaren Verhaltensweisen der Angeklagten gegenüber ihren der Hilfe und Fürsorge besonders bedürftigen Kleinkindern, ist eine Herabsetzung der erkannten Strafe auch unter Berücksichtigung der Tatsache nicht zu vertreten, dass die Angeklagte in ihrer Jugend der elterlichen Fürsorge entbehren musste.«

Werner Bollmann wird am 19. Juni 1963 in den Kreis Bitterfeld entlassen. Seine Ehefrau kommt 14 Jahre später – am 30. November 1977 – aufgrund eines »Gnadenentscheids« wieder auf freien Fuß. Bei ihrer Entlassung ist sie 37 Jahre alt.

DAS LEICHENPUZZLE VON ANHALT

Wie an jedem Tag schäumt am 24. März 1962 das Wasser am Mulde-Wehr des VEB Papier- und Kartonfabrik Bitterfeld, gleich neben der Biermannschen Villa, durch die eisernen Stäbe, die als Müllfänger dienen. Aber an jenem kalten Frühlingstag gerät kurz nach 11.30 Uhr ein »Paket« in den Sog der Wasseranlage und treibt langsam auf die Wehrstufe zu. Es ist gut 30 Zentimeter lang und etwa 35 Zentimeter breit.

Meister Otto Meier* und zwei Kollegen, die ebenfalls in der Bauabteilung des Kartonwerks arbeiten, denken sich nichts dabei, als sie das Paket am Wehr hin und her schlingern sehen. Sie reden weiter über Fußball und über den Manfred-Krug-Film »Auf der Sonnenseite«, der gerade in den Kinos läuft.

Die drei Männer gehen über den Steg der Anlage, der sich an der Seite des Gebäudes befindet. Rund 75 Meter weiter wollen sie eine schadhafte Stelle am Wehr instand setzen, damit die Turbine des Werks ordnungsgemäß arbeiten kann.

Als das Paket gut zehn Minuten später auf dem Rückweg des Trios immer noch in einer Ecke zwischen dem Mauerwerk des Gebäudes und dem Wehr auf dem Wasser schaukelt, sagt Paul Trost*, der vornweg läuft: »Was ist denn das für ein Ding? Das ist mir doch vorhin schon aufgefallen.«

»Das wird wohl wieder ein totes Schwein sein«, winkt Meier ab, denn die wurden in der Vergangenheit schon öfter hier angeschwemmt. Die Männer holen Eisenhaken und ziehen damit das Päckchen ins flache Wasser. Es ist mit einem alten Läufer umwickelt, der in der Mitte mit einem Strick zusammengebunden ist. Meier zieht eine Kneifzange aus seiner Tasche und durchtrennt den Strick. Zum Vorschein kommt ein Kartoffelsack, in dem die Kartonwerker ein »Stück Fleisch« finden.

Übersichtsaufnahme vom Muldewehr und der Muldebrücke bei Bitterfeld von der Kartonfabrik aus gesehen

»Seht ihr, ein kleines Schwein, wie ich schon vermutet habe«, sagt der Meister.

Doch Hermann Werth* schüttelt nur den Kopf und dreht sich zu seinen Kollegen um: »Das sieht mir eher wie'n Menschenhintern aus.«

Meier und Trost glauben an einen dummen Scherz. Trost tippt sich sogar mit dem Zeigefinger an die Stirn und murmelt: »Du spinnst …«

Doch als der Betriebsmaurer den Sack vollständig geöffnet hat, gefriert den Männern, die eben noch Witze gerissen haben, das Blut in den Adern. Vor ihnen liegt der Unterkörper eines Mannes. Er ist etwa vier Zentimeter über dem Nabel vom restlichen Körper abgetrennt worden.

»Mensch, das is ja 'n Ding!« Der 49-jährige Meister findet als Erster die Sprache wieder. »Den hat doch einer kaltgemacht«, stößt Werth hervor. »Da müssen wir die VP verständigen.«

Meier geht zur Werkstatt des Betriebes zurück. Er überlegt, dass der Unterkörper noch nicht sehr lange im Wasser gelegen

Das Nadelwehr vor der Kartonfabrik (rechts). Der Pfeil kennzeichnet den Ort, wo der Sack mit dem Leichenteil angeschwemmt wurde.

haben kann. Er hat schon des Öfteren Tote, die am Wehr angeschwemmt wurden, aus der Mulde gezogen und weiß, wie Leichen aussehen, wenn sie Tage im Wasser getrieben sind. In der Werkstatt wählt er die 110. Danach geht er zum Fundort zurück und wartet gemeinsam mit seinen Kollegen auf die Polizei.

Kurz vor 12.30 Uhr treffen die Polizeileutnants Pittschaft und Klicke sowie Polizeimeister Meier am sogenannten Nebenwehr ein. Über einen Brettersteg mit Rundeisen-Geländer gelangen sie zu dem Leichenteil. Kriminaltechniker Klicke notiert: »Die beiden unteren Gliedmaßen (Beine) sind unmittelbar am Rumpf abgetrennt. Besondere Kennzeichen wie Narben oder Leberflecken sind nicht festzustellen.« Der Kriminalist schätzt das Alter des Toten auf »etwa 30 Jahre«, äußert aber gegenüber Pittschaft: »Da muss ein Gerichtsmediziner ran. Ich kann mit dem Alter auch danebenliegen.«

Schriftlich wird festgehalten, dass die Verwesung des Körperteils »aufgrund der niedrigen Wassertemperatur von 6 Grad«

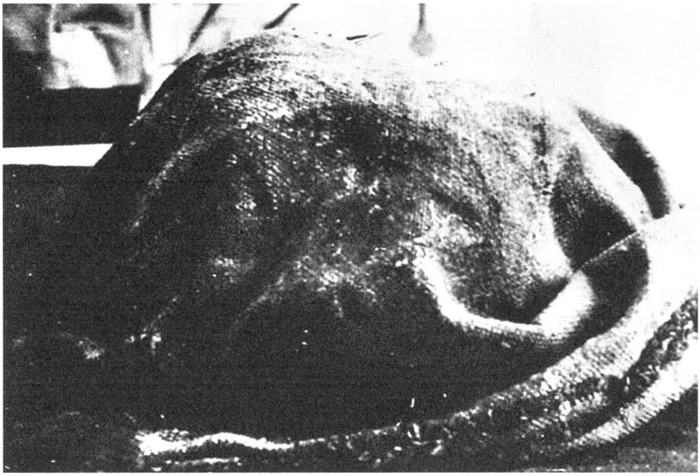

Der Sack mit dem Leichenteil

noch nicht eingesetzt hat. Noch am Tatort ergibt eine erste Untersuchung, dass das Leichenteil »zwischen zehn Stunden und sechs Tagen« im Wasser gelegen haben muss. Außerdem findet der hinzugezogene Arzt ein besonderes Detail, das bei der Identifizierung des Toten hilfreich sein könnte: »Drei kleine, vernarbte, nebeneinander liegende Operationsmale neben dem Ansatz der Gesäßfalte.«

Während der Untersuchung durch den Mediziner schaut sich Polizeimeister Meier den Jutesack und das Teppichstück genauer an, die neben dem Unterkörper liegen. »Die Farbe des Läufers ist nicht feststellbar«, sagt er mehr zu sich selbst und notiert: »farbig-gestreift (eventuell Brauntöne)«. Der Strick, mit dem das »Paket« verschnürt war, ist ein acht Millimeter dickes, geflochtenes Seil.

Dann zeichnet er eine Skizze vom Fundort und der näheren Umgebung und schreibt: »In der Nähe der Fundstelle ist die Mulde etwa 100 Meter breit. Durch das Wehr bekommt sie in Höhe der Fundstelle ein ziemlich starkes Gefälle. Gegen den Strom gesehen, befindet sich in einer Entfernung von rund 350 Metern die Muldebrücke, über die die Fernstraße 100 verläuft.«

Die Mordkommission des Bezirks Halle wird eingeschaltet. Zunächst gilt es, die Identität des Toten festzustellen. Dazu erhoffen sich die Bezirksermittler Hilfe vom Institut für Gerichtliche Medizin der Martin-Luther-Universität Halle-Wittenberg.

Das Leichenteil ist knapp zwanzig Kilogramm schwer. Auffällig für die Obduzenten ist, dass sie an den Durchtrennungsstellen »keinerlei vitale Reaktionen finden«, also keine Unterblutungen des Unterhautfettgewebes oder tieferer Weichteilpartien. Demnach war der Mensch bereits tot, bevor der Rumpf abgetrennt wurde.

Aufgrund der »bis zu zehn Zentimeter langen, oberflächlichen, kratzerhaften Abschürfungen« nahe der Durchtrennungslinien gehen die Rechtsmediziner davon aus, dass es sich bei der Tatwaffe der »Leichenzerstückelung« um eine Säge gehandelt haben muss. Spuren an den Knochen ergeben zudem, dass diese »nach dem Ansägen zuletzt möglicherweise mit einem massiven Tatwerkzeug (Hammer oder Beil) auseinandergeschlagen wurden«.

Die Blutgruppe wird mit »A 1, Rhesussystem D positiv« bestimmt. Die Liegezeit im Wasser kann nun genauer auf »ein bis zwei Tage« eingegrenzt werden.

Noch wichtiger für die Ermittler ist der Zeitpunkt des Todes. Institutsdirektor Professor Milan Vamosi geht von »5 bis 14 Tagen vor dem Auffinden des Unterkörperteils« aus. Die Todesursache des Mannes, dessen Alter mittlerweile auf zwischen 35 und 45 Jahren bestimmt wurde, bleibt aber weiterhin unklar.

Ebenso unklar bleibt die Identität. Zu wem gehörte das Körperteil, das in der Mulde angeschwemmt wurde?

Auf der Suche nach weiteren Leichenteilen durchkämmen Einsatzkräfte am 25. März die Westseite der Mulde von der Kreisgrenze Delitzsch bis zur Flussbrücke Bitterfeld. Zu den Schutzpolizisten gehören auch vier Hundeführer mit ihren Tieren. Im Abstand von etwa 70 Metern suchen sie den Uferbereich ab und nehmen besonders das Weidengestrüpp unter die Lupe. Da nicht ausgeschlossen werden kann, dass die fehlenden Körperteile vergraben wurden, stochern die Einsatzkräfte hin und

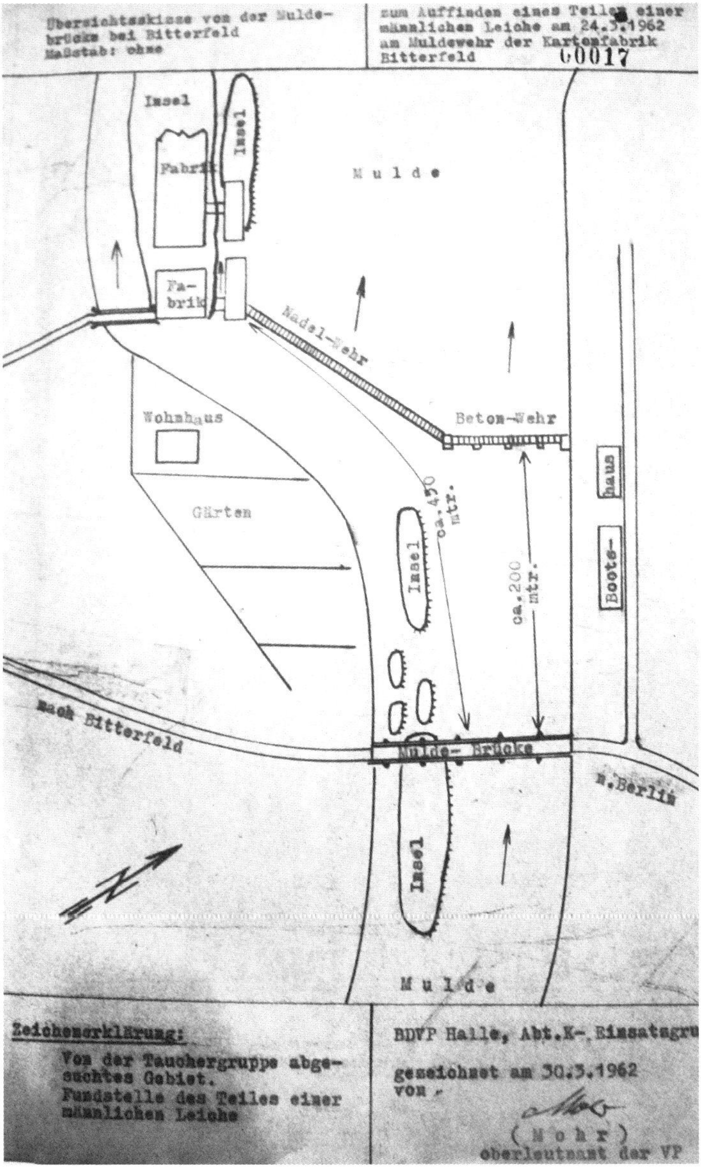

Übersichtsskizze von der Muldebrücke bei Bitterfeld mit dem Wehr der Kartonfabrik

wieder mit Suchstangen im Boden. Doch nach vier Stunden bricht Leutnant Böhm, der Leiter des Trupps, den erfolglosen Einsatz ab.

Die Suche nach weiteren Körperteilen wird aber fortgesetzt: Um sich ein besseres Bild von der Mulde in der Nähe des Fundorts machen zu können, befragt die Kripo den Flussmeister Heinz Goos*. Der Arbeitsbereich des 35-jährigen Mitarbeiters der Wasserwirtschaftsdirektion Obere Elbe-Mulde befindet sich zwischen dem sogenannten Grundablass an der Kartonfabrik und dem Kreis Dessau. Er erklärt den Beamten, dass der Flusslauf »vom Eintritt in den Kreis Bitterfeld bis zum Wehr am Kartonwerk keinerlei Staustufen, Pumpwerke, Turbinensaugvorrichtungen oder Mühlen hat. Die Mulde ist auf dieser Strecke ganz natürlich erhalten.«

»Einen speziellen Ort, an dem aufgrund der Flussbeschaffenheit immer wieder Leichen oder Tierkadaver angespült werden, gibt es meines Wissens nicht«, weshalb er nicht mit Sicherheit sagen könne, ob an den kleinen Inseln weitere Leichenteile angeschwemmt wurden.

Weiter gibt er an, dass die Strömungsgeschwindigkeit der Mulde zurzeit »im Schnitt bei 1,2 Metern pro Sekunde« liege.

Über den Weg des »Pakets« sagt der Flussmeister: »Es muss mit der Strömung entlang dem rechten Ufer geschwommen sein, durch den Hauptarm. Der Nebenarm, der durch die Inseln vom Hauptweg des Wassers abgetrennt ist, kommt nicht in Frage, weil es dort flach ist und die Strömung gering.«

Am selben Tag werden sowohl das andere Ufer der Mulde als auch sieben kleine Flussinseln in Augenschein genommen. Doch auch dieser Trupp vermeldet um 15.30 Uhr: »Keine besonderen Vorkommnisse!«

Das »Schnellkommando« der Volkspolizei sucht von der Mulde-Brücke bis zur Kartonfabrik. Aber auch ihre Suchstangen stechen ins Leere. Zwei kurzzeitig rekrutierte Wassersportler der SG »Chemie«, die mit ihren Booten die rechte Flussseite absuchen, finden ebenfalls keinen Hinweis, der die Ermittlungen voranbringen könnten.

Der ermordete Hans Senft

Außer dass es sich um einen Mann mittleren Alters handelt, der wahrscheinlich aus der Umgebung kommt, weiß die Mordkommission wenig über den Toten. Dennoch stoßen sie bei einem Abgleich der Vermisstenanzeigen auf einen Namen: Hans Senft* aus Mühlbeck bei Bitterfeld.

In der Anzeige ist vermerkt: »Seit dem 19.3.1962 unbekannten Aufenthalts«.

Besonders stutzig werden die Beamten, als ihnen ein Telegramm in die Hände fällt, das der 40-Jährige am Tag seines Verschwindens um 15.30 Uhr bei der Post in Bitterfeld aufgegeben hat: »Ab 20.3. Urlaub, meine Frau krank, Geld nach Heimatadresse«, Unterschrift: »Hans Senft«. Gerichtet war das Telegramm an den VEB Förderanlagen Calbe, dem Betrieb in dem der Monteur arbeitete.

Eine Überprüfung der Angaben im Telegramm durch die Kriminalpolizei ergibt, dass die darin erwähnte Ehefrau Anneliese Senft* zu dem angegebenen Zeitpunkt nicht krank war.

Außerdem wird durch telefonische Nachfrage im VEB Förderanlagen Calbe ermittelt, dass Hans Senft seine Arbeit auf der Außenstelle des Kombinats »Schwarze Pumpe« bereits am 19. beziehungsweise 20. März 1962 wieder aufnehmen sollte.

Nach einer Dienstberatung der Morduntersuchungskommission wird ein Ermittlungsverfahren gegen die Ehefrau des Vermissten eingeleitet.

Die Meinungen der Sachbearbeiter sind geteilt. Während einige Kriminalisten meinen, die Indizienlage sei zu dünn für eine Festnahme, halten die meisten das schnelle Vorgehen aber für die richtige Entscheidung, denn bei Anneliese Senft handelt es sich um kein unbeschriebenes Blatt: Aus den Akten geht hervor, dass sich die 31-Jährige vor Jahren für Liebesdienste bezahlen ließ und vorbestraft ist.

Der VP-Oberst Heinze weist an, sie aufgrund der Widersprüche, die sich aus den bisherigen Ermittlungen ergeben haben, vorläufig festzunehmen.

Als die Leiterin der HO-Universal in Bitterfeld am 26. März gegen 18 Uhr gerade die Tür abschließen will, betreten Männer in Zivil die Verkaufsstelle: »Kriminalpolizei«, geben sie sich zu erkennen »Frau Senft? Anneliese Senft?«, vergewissert sich einer der Beamten, bevor er fortfährt: »Bitte begleiten Sie uns zur Klärung eines Sachverhalts in die Dienststelle. Gegen Sie liegt ein Ermittlungsverfahren wegen Totschlags vor.«

Der 31-Jährigen weicht die Farbe aus dem Gesicht. Um nicht zusammenzusinken, muss sie sich am Verkaufstisch festhalten. Dann nickt sie kaum merklich und flüstert: »Kann ich meinen Mantel holen?« Ein Schutzpolizist begleitet sie in den Nebenraum.

Kurze Zeit später sitzt Anneliese Senft den Polizeihauptleuten Heinze und Düben im Verhör gegenüber. Zuerst beschreibt die »dringend Tatverdächtige«, die nach der 8. Klasse der Volksschule erst ein Jahr in der Landwirtschaft, dann als Streckenläuferin bei der Reichsbahn gearbeitet hat, ihre persönliche Entwicklung.

Sie berichtet, dass sie vom Stiefvater, der keiner Arbeit nachgegangen sei, »häufig Schläge bekommen« habe und ihm ihren »gesamten Verdienst abgeben« musste. Einmal sei sie über Nacht in den Stall gesperrt worden, weil sie trotz seines Verbots am Betriebsausflug ihrer Reichsbahn-Brigade nach Bad Schandau teilgenommen habe.

Daraufhin sei sie nach Frankfurt/Oder gegangen. »Ein Schneidermeister und seine Frau nahmen mich auf. Aber meine Mutter kriegte über die Polizei heraus, wo ich war, und überredete mich, wieder nach Hause nach Doberlug-Kirchhain bei Brandenburg kommen. Das war 1950.«

Ihre nächsten Arbeitsplätze seien eine Gärtnerei und eine MTS-Werkstatt gewesen.

Die 31-Jährige schildert, wie der Stiefvater nach dem Tod ihrer Mutter im Jahr 1951 versucht habe, sie »eines Nachts geschlechtlich zu gebrauchen«. Sie habe sich gewehrt, sei nur mit einem Nachthemd bekleidet von zu Hause weggelaufen und in der Stadt bei einer alten Frau untergekommen.

1953 sei sie »straffällig« geworden. »Ich hatte wenige Sachen und wenig Geld. Für meine Arbeit bei der Reichsbahn kriegte ich nicht viel. Da habe ich in einem Lokal einen Pelzmantel mitgehen lassen.« Hinzugekommen sei, dass sie erfahren habe, dass ein »junger Kollege Lohngelder unterschlagen wollte und das nicht angezeigt habe«.

Nach der Verurteilung arbeitete Anneliese Senft als Strafgefangene in Senftenberg, Guben und zuletzt im Haftarbeitslager Bitterfeld, in der Farbenfabrik Wolfen und im Elektrochemischen Kombinat Bitterfeld. Nach 14 Monaten wurde sie vorzeitig entlassen.

1954 heiratete sie ihren ersten Mann. Doch die Ehe währte nicht lange. Noch während des Scheidungsverfahrens, lernte sie Hans Senft kennen. 1957 heiratete sie den Monteur vom Förderanlagenbau Calbe, nachdem sie bereits zwei Jahre mit ihm zusammengelebt hatte. Er brachte zwei Kinder – Gudrun und Hans-Joachim – mit in die Ehe.

Die Ehe war nach ihren Worten ein ständiges Auf und Ab. Am Anfang sei ihr Zusammenleben »etwa bis zum Herbst 1956 ein Liebesverhältnis« gewesen. Danach sei Senft, der bereits seine erste Ehefrau geschlagen haben soll, immer öfter gewalttätig geworden. Er habe sie und die drei Kinder verprügelt – »aus unbegründeter Eifersucht«, wie sie sagt.

Die Verdächtige schildert anhand verschiedener Begebenheiten, die Misshandlungen durch ihren Ehemann. Einmal habe er sie »die Treppe hinuntergestoßen. Dabei habe ich mir das ganze Gesicht aufgeschlagen und Prellungen an den Armen und am Körper zugezogen. Das Nasenbein war gebrochen.«

Übersichtsaufnahme von der Karl-Marx-Straße in Mühlbeck. Die drei Fenster im Parterre gehören zur Tatwohnung.

Auch zu ihrer Tochter aus erster Ehe sei er »äußerst brutal« gewesen. Durch die Schläge habe Cornelia »ernstlich Schaden genommen, sodass sie später die Hilfsschule besuchen musste«. Der Kinderarzt habe Hans Senft angezeigt, woraufhin dieser im Herbst 1956 zu drei Monaten Haft verurteilt worden sei, die zwei Jahre zur Bewährung ausgesetzt wurden.

Als sie hochschwanger war, habe ihr Mann sie gezwungen »100 Zentner Rohkohle mit Eimern in den Keller zu schleppen. Dabei hat er aus dem Fenster zugeguckt.«

Das Kind, das sie zwei Wochen später zur Welt gebracht hatte, sei acht Monate später gestorben. Zwei Monate lang habe die Tochter mit einem schweren Herzfehler in der Universitätsklinik Halle gelegen.

Nachdem sie fünf Kilometer von der Kreisstadt Bitterfeld entfernt nach Mühlbeck ins Parterre eines zweistöckigen Hauses eingezogen seien, habe sich ihr Verhältnis immer mehr verschlechtert. »Er schlug mich so sehr, dass ihn die Polizei aus der

Wohnung abgeführt hat.« Zudem sei »das geschlechtliche Verlangen« ihres Mannes immer größer geworden – bis zur Brutalität. »Er verlangte abnormen Verkehr von mir und sagte, dass andere Frauen das auch tun würden. Wenn ich ihn liebhätte, würde ich das auch machen.«

Selbst wenn die Kinder dabei waren, habe er keine Zurückhaltung gekannt. »Er sagte nur: ›Was gehen mich die Kinder an?‹« Sie sei »grün und blau geschlagen« gewesen und ihr seien »Gegenstände hinterhergeworfen« worden. »Gudrun, die Tochter meines Mannes, ist zum ABV Herrn Hehring gelaufen und hat ihn zu Hilfe geholt.«

Ab 1960, nachdem sie erfahren habe, dass ihr Mann Verhältnisse mit anderen Frauen hat, »bin ich ebenfalls meiner eigenen Wege gegangen und habe mehrere Männerbekanntschaften unterhalten, da ich durch das Verhalten meines Mannes keinerlei Hemmungen mehr hatte«.

Zu den Liebhabern der jungen Frau gehörten zwischen 1959 und 1962 außer einem Abschnittsbevollmächtigten der Polizei auch zwei Arbeitskollegen sowie ein Mann aus Jeßnitz, einer aus Bitterfeld, einer aus Greppin und einer aus Leipzig.

»Und was ist nun mit Ihrem Mann passiert?«, fragt Hauptmann Düben, nachdem Anneliese Senft über ihre »gesellschaftliche und persönliche Entwicklung« gesprochen hat. Die Verkäuferin streicht sich eine blonde Haarsträhne aus dem Gesicht, faltet ihre Hände auf dem Holztisch und schaut für einige Sekunden auf den Ermittler, der das Protokoll führt. Dann beginnt sie zu erzählen:

Am Abend des 11. März kommt Hans Senft auf Wochenendurlaub aus Cottbus, wo er seit einiger Zeit auf Montage arbeitet. Er wirft seine Reisetasche in die Ecke und ohne Gruß tritt er auf seine Frau zu. »Darf ich dich jetzt mal vögeln? Oder nicht?«, sagt er. Doch die 31-Jährige, die von ihrem Ehemann schon lange die Nase voll hat, zischt ihn an: »Hau ab! Du ekelst mich an!« Senft macht auf dem Absatz kehrt, nimmt Hut und Mantel und knallt die Wohnungstür zu.

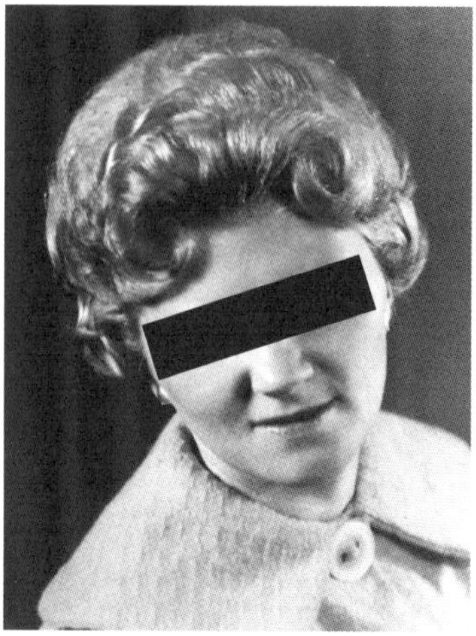

Die Täterin Anneliese Senft

Gudrun, die die Szene im Kinderzimmer mitbekommen hat, kommt eingeschüchtert in die Stube und sagt: »Ich weiß, warum Vati weggegangen ist, weil er bei dir unten nicht spielen durfte.«

Der Abend hat ein Nachspiel. Am Sonntagmorgen schlägt Senft brutal auf seine Tochter und seine Ehefrau ein. Dabei schreit er seine Kinder an: »Haltet man weiter zu eurer Stiefmutter. Ich bringe euch ins Heim. Dann bin ich euch wenigstens los! Von mir aus könnt ihr verrecken.«

Gudruns Kopf ist stark angeschwollen ist, weshalb die Stiefmutter das Kind, das auf einem Ohr taub ist, am Montag zur Schule begleitet. Dort erzählt sie dem Direktor der Schwerhörigen-Einrichtung in Halle, was am Vortag passiert ist. Er protokolliert ihre Schilderung.

Um 18.30 Uhr desselben Tages kommt Anneliese Senft nach Hause. Um eine erneute Eskalation der Situation zu verhindern, geht sie in der Küche freundlich auf ihren Mann zu. Doch der schlägt die gereichte Hand aus: »Von mir kriegst du keine Hand.«

Als seine Frau ihn fragend ansieht, zeigt er auf einen Pralinenkasten, der in einem Päckchen liegt. Absender ist ein Mann aus Berlin. Anneliese Senft versucht die Zusammenhänge zu erklären und beteuert dem eifersüchtigen Ehemann, dass es nur das Dankeschön eines Kunden sei, dem sie eine von ihm gekaufte Rolle Maschendraht nachgeschickt habe. Doch Hans Senft lässt sich nicht beruhigen. Immer wieder stichelt er und wird laut. Zu seinen Kindern sagt er: »Wie wär's? Ich bringe euch eine neue Mutti mit. Die ist jünger und auch hübscher als die

Mutti.« Als Gudrun antwortete: »Nein, wir bleiben bei unserer Mutti, die wir jetzt haben«, schimpft er: »Dann bleib bei deiner Stiefmutter. Von mir aus kannst du verrecken.« Er fordert die drei Mark zurück, die er Gudrun für gute Zensuren gegeben hat: »Lass dir das Geld von deiner Stiefmutter zurückgeben.«

Gegen 20.15 Uhr sind die Kinder schlafengegangen. Anneliese Senft rührt in der Küche Kuchenteig ein und bohnert danach den Fußboden. Ihr Ehemann steckt die Nase durch die Tür und sagt: »Kommst du nicht bald rein. Ich will mit dir ein Glas Wein trinken und mich mit dir aussprechen.«

Kurz nach 21 Uhr geht sie ins Wohnzimmer. Dort sitzt Hans frisch gebadet im Bademantel auf einem Stuhl und sieht fern. Er hat zwei Gläser Wein eingeschenkt. Die 31-Jährige greift zu dem Glas, das vor ihr auf dem Tisch steht, doch ihr Mann tauscht es mit den Worten »Das ist nicht dein Glas!« aus und prostet ihr zu: »Trink aus!« Als Anneliese Senft aber nur ein wenig daran nippt, schlägt Hans Senft mit der Faust auf den Tisch: »So, jetzt hast du bewiesen, dass du mich nicht mehr liebst.« Dann lässt er seinen Bademantel fallen und verlangt von seiner Frau, ihren Morgenrock auszuziehen. Er will sie zum Oralverkehr nötigen, versucht, ihr die Sachen herunterzureißen und sie auf den Sessel zu drängen. Sie wehrt sich und schlägt ihm ins Gesicht. Hans Senft springt auf und läuft zur Tür: »Jetzt werde ich's dir zeigen.«

Als er wieder in die Stube kommt, hält er in der rechten Hand ein kurzes Beil, mit dem sonst das Holz ofenfertig gemacht wird. Seine Frau sitzt im Sessel und schaut ihn mit weit aufgerissenen Augen an. Er hebt das Beil und grinst: »Sag bloß, ich traue mich nicht, zuzuschlagen.« Anneliese Senft steht auf und ergreift mit der linken Hand Senfts erhobenen rechten Arm: »Mensch, mach doch keinen Quatsch. Denk an deine Kinder!« Gesicht an Gesicht keucht er: »Ich habe nichts zu verlieren und schlage zu.« Mit der linken Hand holt er aus und schlägt seiner Frau ins Gesicht.

Die 31-Jährige versucht zu entkommen und läuft um den Tisch zur Tür. Kurz bevor sie die erreicht, surrt das Beil haar-

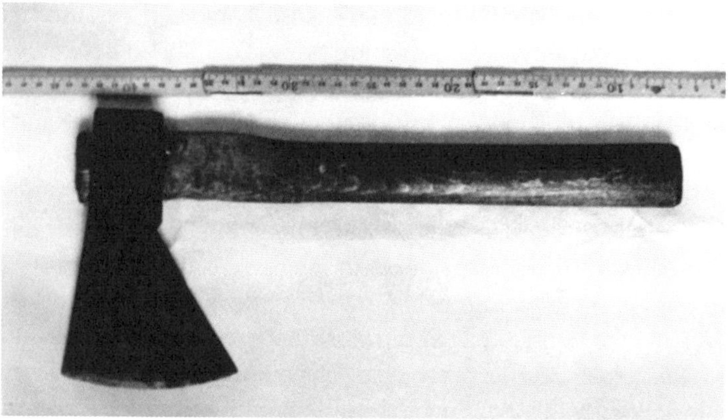

Das kleine Handbeil

scharf an ihr vorbei und rutscht unters Sofa. Die Schrecksekunde nutzt der Mann aus, um sie zu ergreifen und auf den Fußboden zu werfen. Dann legt er sich auf sie und versucht, sie zu vergewaltigen. Als sie sich wehrt, würgt er sie. Anneliese Senft bekommt den Stiel des Handbeils zu fassen, der unter dem Sofa hervorschaut. Sie schlägt ihm mit der stumpfen Seite gegen den Kopf. Blut spritzt, und Hans Senft kippt links von seiner Frau herunter.

Anneliese Senft rappelt sich auf und steht vor ihrem röchelnden Ehemann. Große Wut überkommt sie: »Du Hund, du verfluchter, jetzt kannst du mich nicht mehr ärgern«, schreit sie hysterisch. Dann schlägt sie weiter mit dem Beil auf seinen Kopf ein.

Es ist 22.45 Uhr als sie ihren Mann auf den Rücken dreht und das Blut sieht, das ihm übers Gesicht läuft. Das bringt sie zur Besinnung: »Mein Gott, was hast du getan?«, denkt sie. Wie in Trance schlurft sie in die Küche. Im zerrissenen Morgenmantel steht sie vor dem Herd und starrt auf die Kochplatte mit dem kleinen Eisen- und dem großen Einkochtopf – zehn Minuten, zwanzig, eine halbe Stunde. Sie versucht, darüber nachzudenken, wie es weitergehen soll, läuft in die Stube und schaltet den Fernseher ab. Danach wäscht sie sich in der Küche die blutigen Hände und legt sich ins Bett. Aber sie findet keinen Schlaf, wälzt sich nur von einer auf die andere Seite. »Du musst ihn wegschaffen«, geht ihr durch den Kopf.

Gegen vier Uhr steht sie auf. In der Hoffnung, dass Hans Senft vielleicht nur besinnungslos ist, berührt sie seine Hand. Sie ist kalt und steif.

Mit Wasser wischt sie das Blut auf, in dem sein Kopf liegt, und fasst einen Entschluss: Er muss in den Keller. Sie versucht den Leichnam an den Armen wegzuziehen, kann ihn aber kaum bewegen. Sie wartet ein paar Stunden bis die Hausbewohner zur Arbeit sind, schließt dann die Haustür ab und die Kellertür auf.

Bis zur Steintreppe im Flur kann sie den leblosen Körper zerren, bevor ihre Kräfte sie fast vollständig verlassen. Zitternd dreht sie den Toten so, dass er mit dem Kopf in Richtung Kellertür liegt. Dann zieht sie ihn an den Beinen die Kellertreppe hinunter, wo er etwa auf der Hälfte liegenbleibt, und schleppt ihn mit letzter Kraft in den Keller links von der Treppe. Dort bedeckt sie die Leiche mit einem alten Läufer, verhängt das Kellerfenster mit einem Sack und schließt die Lattentür ab, die innen mit Pappe vernagelt ist.

Um die Spuren zu verwischen, scheuert sie Treppe und Hausflur mit warmem Wasser und reinigt anschließend auch die Stube. Sie versucht die blutige Tapete über dem Sofa mit »Gemol Rapid«, einem Bleichsoda, zu säubern, doch mit der scharfen Lösung verschmiert sie die Flecken nur, und die Wand wird schwarz. Es ist lange nach 7 Uhr, als sie mit dem Putzen fertig ist. Sie schickt Gudrun zur Schule, dann zieht sie Hans-Joachim an. »Der Vati ist wohl schon zur Arbeit gegangen?«, fragt der Junge. Anneliese Senft versagt die Stimme. Sie dreht sich zur Seite. Als das Kind zum zweiten Mal fragt, antwortet sie leise: »Ja.«

Dann kümmert sie sich sie um Holger, den Jüngsten, und schickt ihn in den Kindergarten.

Albtraumhaft und wie in Zeitlupe ziehen die nächsten Tage an Anneliese Senft vorbei. Kollegen fällt mehrfach auf, dass sie ziellos von einer Ecke zur anderen läuft. Wird sie darauf angesprochen, antwortet sie jedes Mal unwirsch: »Ach, lasst mich doch in Ruhe!«

Um die Ermittlungen der Polizei zu erschweren, schickt sie Tage nach der Tat, am Montag, den 19. März, nachmittags ein Telegramm zum Stammbetrieb ihres Mannes nach Calbe.

Am 20. März bleibt Annelies Senft daheim. Sie hatte für diesen Tag schon längere Zeit einen Haushaltstag angemeldet. Während sie die Gardinen abnimmt, denkt sie über Kriminalfilme nach, in denen die Mörder ebenfalls vor dem Problem standen, eine Leiche verschwinden zu lassen. Das scheint gar nicht so einfach zu sein, denn in jedem der Filme ist das Opfer früher oder später gefunden worden. Panisch scheuert sie noch einmal die Kellertreppe, um auch die letzten Spuren zu beseitigen.

Sie grübelt weiter, bis ihr der Gedanke an einen Fleischer kommt. Der zerlegt und zersägt doch auch alles. Kurzentschlossen sucht sie den Fuchsschwanz, eine kleine Säge, die neben der Küche in der Speisekammer auf dem Handwerkskasten liegt. Sie will den Toten zerstückeln, die einzelnen Teile verpacken und irgendwo gefahrlos entsorgen.

Kurz vor 17 Uhr geht sie mit der Säge in der Hand in den Keller und macht sich ans Werk. Zuerst durchtrennt sie den Leib in Höhe des Nabels. Die Beine sägt sie unterhalb des Knies ab. Dann die Oberschenkel bis unter das Gesäß. Zuletzt nimmt sie sich die Arme vor. Schweißperlen stehen ihr auf der Stirn – vor Ekel und vor Angst. Weil sie manche Knochen nicht mit dem Fuchsschwanz zersägen kann, greift sie zum großen Beil, das im Keller liegt.

Danach verstaut sie alles in Säcke, die sie bereitgelegt hat. Das Gesäß steckt sie in einen alten Lumpensack und rollt ihn in ein Stück eines alten Läufers ein. Die anderen Säcke, in denen sich Brust und Kopf sowie Arme und Beine befinden, schnürt sie zu.

Mit warmem Wasser reinigt sie die Säge und scheuert den Keller, bevor sie ihn abschließt. Den Schlüssel steckt sie ein und trägt ihn von nun an immer bei sich.

Am Mittwoch, dem 21. März, gegen 21 Uhr, schnürt sie das Paket mit dem Kopf auf den Gepäckhalter des Motorrollers »Wiesel«. Dann fährt sie zur Muldebrücke bei Bitterfeld. Sie hält

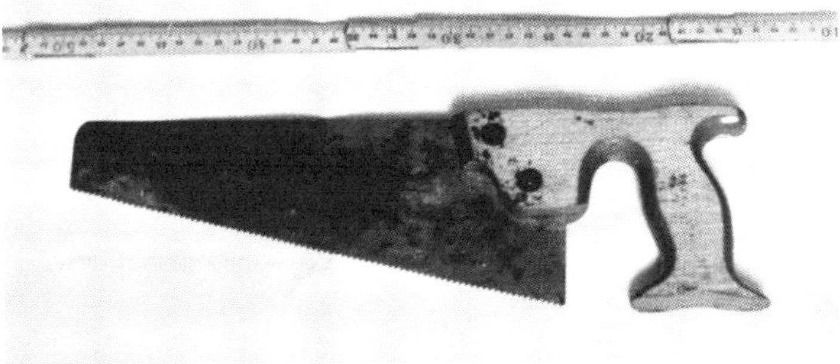

Der »Fuchsschwanz«, mit dem die Leiche zersägt wurde

in der Mitte an, vergewissert sich, dass niemand in der Nähe ist, und wirft den ersten Sack über die Brüstung auf der Seite, die in Richtung Gräfenhainichen liegt. Anschließend fährt sie zurück nach Hause und holt den zweiten Sack, den sie kurze Zeit später an derselben Stelle »entsorgt«. Bei dem dritten Sack, in dem das Gesäß steckt, verlassen sie die Kräfte.

Erst am nächsten Tag, dem 22. März, fasste sie neuen Mut. Das Paket, das in den Läufer eingerollt ist, hat sie diesmal auf dem Gepäckträger ihres Fahrrads. Sie wirft es etwa in Höhe des letzten Brückenbogens auf der Seite ins Wasser, die dem Wehr abgewandt ist. Zu ihrem Entsetzen sieht sie, dass das Paket nicht untergeht, sondern auf das Wehr zutreibt.

Während Anneliese Senft die ersten Tage im Untersuchungsgefängnis verbringt, suchen die Ermittler die anderen Pakete mit den übrigen Körperteilen des Getöteten. Da die Suchaktion der Feuerwehr keinen Erfolg hat, entschließt sich die Morduntersuchungskommission zu anderen Mitteln, um den Fall auf der alten Muldebrücke zu rekonstruieren.

Die Kripo besorgt sich bei der Abdeckerei eine 22 Kilogramm und eine 33 Kilogramm schwere Schweinekeule. Beim ersten Versuch wird die leichtere Keule in einen Sack gesteckt, der mit einer sechs Meter langen Wäscheleine zugebunden wird. Am langen Ende werden im Abstand von je einem Meter sechs Korkstücken befestigt, die den Ermittlern helfe sollen, den Weg des Sackes zu verfolgen. Das Behältnis versinkt sofort, treibt jedoch unter Wasser zwanzig Meter weiter und rutscht problemlos über die schräge Stauwand des Wehrs. Dahinter treibt es unter Wasser weiter. Nach hundert Metern wird der Versuch abgebrochen.

Die 33-Kilo-Keule wird ebenso präpariert wie die erste. Allerdings wird der Sack diesmal in einen Koffer gelegt.

Grund dafür, dass diesmal ein Koffer für den Versuch genommen wird, sind die Aussagen eines jungen Kollegen der Tatverdächtigen, die den Angaben der 31-Jährigen in vielen Punkten widersprechen:

Der 16-Jährige gibt an, Annelise Senft habe ihn überredet, ihr zu helfen, »alte Sachen« wegzubringen. Bei einem Verhör schildert Fritz Lummer* der Polizei auch ausführlich seine Version der Vorgeschichte:

»Ich hatte gehört, dass der Mann von Frau Senft in China auf Montage sein soll.« Er selbst bemerkte in den Tagen Mitte März »nichts Auffälliges« an der Frau, die er zum Beginn ihrer Bekanntschaft »im Spaß Mutter und sie mich Sohn nannte«. »Im Gegenteil«, sagt Fritz Lummer aus. »Sie war lustig wie immer und hat mir gesagt, dass sie zu unserem bevorstehenden Kaufhaus-Betriebsfest am 17. März als Indianer kommen will.«

Zur Feier war sie dann in einer »roten Perlonbluse erschienen, durch die der Büstenhalter durchschimmerte«. Besonders unter den anwesenden Männern habe das zu großem Getuschel geführt.

Im Verlaufe des Abends winkte Senft ihn an ihren Tisch heran und »deckte« ihn »ordentlich mit Getränken ein«. Nach einigen Gläsern »Harzer Juwel« flüsterte ihm die fast doppelt so alte Frau zu, dass sie eigentlich nur seinetwegen zum Fest gekommen sei. »Dabei hat sie gelächelt, und ich wusste nicht, was ich davon halten sollte.«

Später stand Senft auf, schaute ihn dabei vielsagend an und machte eine Kopfbewegung Richtung Ausgang. Er folgte ihr in die Gemeinschaftstoilette, wo die ältere Frau ihn aufgeforderte, sie zu küssen.

Der Aufprall des Versuchssacks aufs Wasser bei der Rekonstruktion des Falls

Nachdem sich die Festgemeinschaft im Aufenthaltsraum des Kaufhauses kostümiert hatte, tanzte Lummer einige Male mit seiner Chefin. »Dabei sagte sie leise zu mir: ›Pass auf, dass ich dich heute Abend nicht verführe!‹«

Gegen 23.30 Uhr bat Anneliese Senft ihn, ihr im Umkleideraum beim Umziehen zu helfen. Dabei war es jedoch »nicht zum Austausch von Zärtlichkeiten gekommen«.

Kurz nach 24 Uhr machte sich der 16-Jährige auf den Heimweg. Zu diesem Zeitpunkt hatte Senft die Feier bereits in Begleitung eines Kollegen durch den Hinterausgang verlassen. Der angetrunkene Lummer, dem das Paar auf der Straße entgegenkam, versteckte sich schnell in einem Hauseingang, um nicht von ihnen gesehen zu werden.

Zwei Tage später erzählte ihm die Chefin im Universal-Kaufhaus, dass sie nur ein Stück des Nachhausewegs mit dem älteren Kollegen gegangen sei und ihm eine Ohrfeige gegeben habe, weil er aufdringlich wurde.

»Am Mittag des 19. März ist Frau Senft in den Aufenthaltsraum gekommen, als ich gerade Pause machte. Sie hat mich gefragt, ob ich sie nicht mal zu Hause besuchen will. Weil meine Eltern kein Gerät haben, habe ich gesagt: ›Ja gerne, zum Fernsehgucken.‹« Aber Anneliese Senft lachte nur und sagte: »Ja, ja, du und Fernsehgucken …«

Am selben Tag sei er gegen 14.30 Uhr für seine Chefin zur Post gegangen, um ein Telegramm aufzugeben »Sie hat mir den Text aufgeschrieben, der aufs Telegramm sollte, und hat mir einen 20-Mark-Schein mitgegeben.« Er gibt an, sich noch an den Wortlaut erinnern zu können, und zitiert beinahe aufs Wort genau den Inhalt des Telegramms, das die Ermittler Tage zuvor stutzig gemacht hatte. Später wird die Mörderin sagen, dass sie durch das fingierte Schreiben »Zeit gewinnen« wollte. Ihr Mann hatte noch siebenundzwanzig Tage Urlaub, und sie habe gehofft, dass das Verschwinden Hans Senfts erst nach diesen vier Wochen auffallen würde.

Der Jugendliche sagt aus, dass er noch am selben Abend mit dem Rad von Bitterfeld nach Mühlbeck gefahren ist. Dort empfing Anneliese ihn mit den Worten: »Mensch sowas, das hätte ich jetzt aber nicht gedacht!« und schenkte aus einer halbvollen Flasche Rotwein zwei Gläser ein. Sie erzählte ihm, sie sei geschieden und bliebe nun auf einem Ferienplatz für zwei Personen sitzen. Ob er sie nicht begleiten möchte. Besonders, nachdem sie beide Beine über die Sessellehne gelegt hatte, bekam der junge Mann immer mehr den Eindruck, dass seine Chefin mit ihm »geschlechtlich verkehren wollte«.

Im selben Augenblick sah er aber über dem Sofa einen großen bräunlichen Fleck. Als die Wohnungsinhaberin den fragenden Blick des Jungen sah, lachte sie und sagte: »Da wollte der Kleine, das Schwein, mit seinem Tuschkasten die Wohnung neu anpinseln.«

Dann beugte sie sich zu ihrem Gast hinüber und sagte: »Ich habe ja heute noch gar keinen Kuss gekriegt.«

Verlegen versuchte der junge Mann, das Gespräch in eine andere Richtung zu lenken: »Wir haben uns auch über Geldsachen unterhalten. Ich habe gesagt, dass ich nie Geld in der Tasche habe. Da ist sie aufgestanden, aus dem Zimmer gegangen und mit einer Tüte zurückgekommen. Die hat sie auf den Tisch ausgelehrt. Es waren lauter Geldscheine.« Anneliese Senft behauptete, es seien 8.000 Mark. »So viel auf einem Haufen habe ich noch nie gesehen«, sagte der junge Mann beeindruckt. »Davon

Die Tatrekonstruktion am 19. April 1962. Anneliese Senft zeigt, wie sie ihrem Mann Hans das Schlafmittel »Dormalon« ins Weinglas füllt.

könnte ich ein Stückchen gebrauchen.« Seine Chefin versuchte daraufhin, von einem Schein ein Stück abzureißen, was ihr jedoch nicht gelang.

Später holte sie eine zweite Flasche Wein. Nachdem sie den »Harzer Juwel« zur Hälfte ausgetrunken hatten, legte sich Senft aufs Sofa. Als Lummer sie küsste und ihre Brust berührte, sagte sie: »Wenn du älter wärst, würde ich dich heiraten.« Gegen 0.30 Uhr fuhr er dann nach Hause.

In der Vernehmung durch die Polizei schildert Lummer auch detailliert die folgenden Tage: Am 21. März sei Senft dann gegen 16 Uhr zu ihm ins Lager gekommen und habe gefragt: »Weißt du nicht, wer eine Säge hat, womit man Fleisch durchtrennen kann?« Ihre Freundin habe Wild geschenkt bekommen, das wolle sie zerteilen, rechtfertigte sie die ungewöhnliche Frage.

Einen Tag später, am 22. März, nahm die 31-Jährige den Lagerarbeiter im Kaufhaus zur Seite. Sie vergewisserte sich, dass niemand in der Nähe war, und sagte dann sehr leise: »Mein Bruder war bei der Volkspolizei und ist in Uniform nach Westberlin abgehauen. Ich habe ihm dabei geholfen, und ich habe noch ein paar Sachen von ihm im Schrank – eine Uniform und Abzeichen. Ich bin gewarnt worden, dass die meine Wohnung durchsuchen wollen. Das Zeug muss weg. Hilfst du mir, die Sachen mit dem Handwagen nach Jeßnitz zur Muldebrücke zu fahren?«

Der 16-Jährige zögerte einen Moment, sagte dann aber zu. Als er sich abends in der Wohnung Senft an die Arbeit machte, schlug er vor, mit dem Motorroller zu fahren, den er in der Garage neben einem defekten »Wartburg« gesehen hatte. Seine Chefin willigte ein und ging in den Keller hinunter, um »die Pakete fertig zu machen«. Dann rief sie ihn zur Kellertreppe, auf deren unterster Stufe ein blauer Koffer stand. »Etwa 79 × 40 × 30 Zentimeter« erinnert er sich bei der Polizei und schätzt das Gewicht auf »rund 35 Kilo«. Was er damals nicht wusste: Eingepackt in einem Sack befanden sich darin Arme und Beine. Er ahnte auch nicht, dass die Frau bereits am Vortag den Kopf ihres Ehemannes in den Fluss geworfen hatte.

Arglos schnallte Lummer die schwere Last auf den Gepäckträger. An der alten Muldebrücke öffnete Anneliese Senft den Koffer und nahm einen Sack heraus, den sie dann gemeinsam mit Lummer an den Zipfeln bis zum »vierten Teil des Brückenbogens auf der rechten Seite Richtung Jeßnitz« trug. Dort warfen sie den Sack in den Fluss. »Hoffentlich geht er unter«, sagte Anneliese noch nachdenklich.

Auf der Rückfahrt fragte die Frau auf dem Sozius: »Was bringt denn das, was wir hier machen?« Und antwortete auch gleich selbst: »Wohl nicht unter 15 Jahre«.

»Ich wunderte mich sehr darüber, denn wir hatten doch nur alte Sachen in die Mulde geworfen«, gibt ihr unwissender Helfer später bei der Polizei zu Protokoll.

Gegen 19.45 Uhr kamen sie wieder in Mühlbeck an und gingen gemeinsam in den Keller. Den »muffigen Geruch«, der ihnen entgegenschlug, erklärte die 31-Jährige mit »verfaulten Kartoffeln«.

Neben den Kartoffeln lagen zwei Säcke, von denen Senft einen unter großer Anstrengung in den Koffer legte. »Der hat wohl so einen Zentner gewogen.« Als er fragte, was sich noch in dem Koffer befände, antwortete Senft: »Auch noch zwei alte Luftgewehre, die ich zerhackt habe.« Das genügte Lummer als Antwort, und ohne weitere Fragen zu stellen, schleppte er den blauen Koffer nach oben. Kurze Zeit später spritzte das Wasser neben der Brücke erneut auf. Diesmal hatte er den gesamten Koffer in die Mulde geworfen. Darin befand sich der Oberkörper des Toten.

Als sie nach vollbrachter Tat kurz vor 21 Uhr in der Küche Kaffee tranken, sagte Anneliese Senft: »Den Rest bringe ich alleine weg.« Am nächsten Tag erzählte sie, dass sie den dritten Sack gegen 4 Uhr von der Muldebrücke geworfen habe. Darin lag der Unterkörper, der später am Muldewehr gefunden wurde.

Bei der Rekonstruktion an der Muldebrücke schwimmt der Koffer knapp 30 Meter an der Flussoberfläche bis zum Wehr. Auch er treibt darüber, versinkt allerdings 30 Meter dahinter. Auf einem Floßsack verfolgen Feuerwehrleute die Korkstücke auf der Wasseroberfläche. Nach einer guten halben Stunde hat der Behälter 1.400 Meter zurückgelegt. Dann treibt er in einem Muldebogen ans rechte Ufer und bleibt dort hängen. Auch diese Ermittlungsmaßnahme bleibt ergebnislos. Von den restlichen Teilen der Leiche fehlt weiter jede Spur.

Am 19. April geht der 32-jährige Werner Lach* in seiner Mittagspause stromaufwärts die Elbe entlang. Der Bootsführer vom Wasserstraßenamt Wittenberg arbeitet mit einigen Kollegen im Dessauer Leopoldshafen und will seine Pause dazu nutzen, mit einem Luftgewehr auf Krähen zu schießen. Hin und wieder schaut Lach dabei aufs Wasser. In Höhe von Kilometer 261 entdeckt er einen »Kadaver«, der zwischen zwei Steinhaufen eingeklemmt ist. Er tritt näher heran und erkennt, dass es sich um ein menschliches Leichenteil handelt, das teils an Land, teils im Wasser liegt.

Der Mann, der schon öfter Wasserleichen gesehen hat, ruft über die Dienstleitung das Wasserstraßenamt. Von dort geht die Meldung weiter zur Polizei nach Dessau.

Gegen 15.45 Uhr klingelt bei der MUK in Halle das Telefon. Am anderen Ende ist ein Kriminalist des Volkspolizeikreisamts in Dessau. »Du, ich glaube, wir haben etwas für euch«, sagt er. »Arbeiter, die an der Elbe bei Dessau die Ufer befestigt haben, haben einen Oberkörper, ohne Kopf und ohne Arme, herausgefischt. Ihr sucht doch im Bitterfelder Fall noch nach Körperteilen?«

Eine knappe Stunde später ist die Einsatzgruppe am Fundort. Er befindet sich zwei Kilometer vor der Einmündung der Mulde in die Elbe hinter Wallwitzhafen in Höhe des Kornhauses in Ziebigk. Die stark verwesten menschlichen Überreste sind bereits in die Leichenhalle des Friedhofs III in Dessau überführt worden. Wie die Ermittler erfahren, befand sich der Oberkörper in keinem Behältnis.

Die Rechtsmedizin in Halle stellt fest, dass der Unterkörper, der an der Bitterfelder Papierfabrik gefunden wurde, und der Oberkörper aus der Elbe demselben Toten zuzuordnen sind.

Inzwischen gelingt es der Kriminalpolizei, den Tathergang immer deutlicher zu rekonstruieren. In jeder Vernehmung gibt Anneliese Senft nicht nur mehr Details zum Mord an ihrem Mann preis, sie korrigiert auch die eigene Lebensgeschichte in eine weniger geschönte Version: So erzählt sie, dass sie Ende der 1940er Jahre, während einer Anstellung als Haushaltshilfe in Doberlug-Kirchhain, unter falschem Namen Brot eingekauft und gefälschte Lebensmittelkarten verkauft habe. Bei einem Schuhdiebstahl sei sie ertappt und in die Landesanstalt Görden/Brandenburg eingewiesen worden.

Später änderte sie ihren Namen in Annemarie Beil. Sie nahm erneut eine Stellung als Haushaltshilfe an und stahl dort Bekleidung und Kaninchen. Wieder kam sie vor Gericht und wurde vom Amtsgericht Fürstenwalde zu sechs Monaten Gefängnis verurteilt.

Danach folgten häufige Wohnungswechsel. Mal lebte sie bei ihrer Mutter, mal in Frankfurt/Oder, wo sie wieder wegen Diebstahls zu zwei Monaten Haft verurteilt wurde. Später zog sie gemeinsam mit ihrem Verlobten erst nach Hennigsdorf und später nach Oranienburg. 1952 trennte sie sich noch in der der Schwangerschaft von dem Vater des Kindes und ging nach Neuruppin. Nach der Geburt ihrer Tochter Cornelia zog sie nach Finsterwalde, wo sie im März 1953 wegen des Diebstahls eines Pelzmantels wieder für sechs Monate ins Gefängnis ging.

Das Zerstückeln der Leiche beschreibt sie ähnlich wie beim ersten Mal. Diesmal fügt sie allerdings hinzu, sie habe sich bei einem Bekannten erkundigt, »wo die Mulde am tiefsten ist« und die Antwort erhalten: »Bei Jeßnitz.« Erst habe sie diesen Freund um Hilfe bei der Entsorgung des Paketes bitten wollen, aber dann sei ihr der Lagerarbeiter Fritz Lummer über den Weg gelaufen. Mit dieser Aussage bestätigt sie die Angaben des 16-Jährigen.

Den dritten Behälter, in dem sich weitere Leichenteile befanden, schildert Senft konkreter: »Ich habe den Sack mit einem Stück Teppich umhüllt und mit einem starken Bindfaden festgebunden. An der Muldebrücke kurz vor Bitterfeld habe ich das Bündel am 23. März in den alten Muldearm geworfen. Ich habe beobachtet, dass es in Richtung Kartonagenfabrik schwimmt.«

»Und was ist mit dem Kopf passiert?«, fragt Hauptmann Müller.

»Den habe ich schon Mittwoch früh, also am 21. März, von der Muldebrücke ins Wasser geworfen.«

Als die Kriminalbeamten wieder auf die Tötung des Mannes zu sprechen kommen, räumt die 31-Jährige ein, aufgrund der ständigen Auseinandersetzungen mit ihrem Mann und dessen Tätlichkeiten gegen sie und die Kinder »bereits am 11. Februar 1962 den Entschluss gefasst« zu haben, ihn umzubringen. »Beim nächsten Mal passiert es«, habe sie sich vorgenommen. Aber wie genau sie das bewerkstelligen wolle, habe sie damals noch nicht gewusst.

Die Entscheidung sei endgültig gefallen, nachdem sie ihren Ehemann am 11. März zum Bahnhof begleitet habe, weil er wieder auf Montage musste. »Er hat mir gesagt: ›In Cottbus wartet schon eine Frau auf mich.‹«

Wieder zu Hause, beginnt Anneliese Senft, konkrete Pläne zur Ermordung ihres Mannes zu schmieden. Nach langem

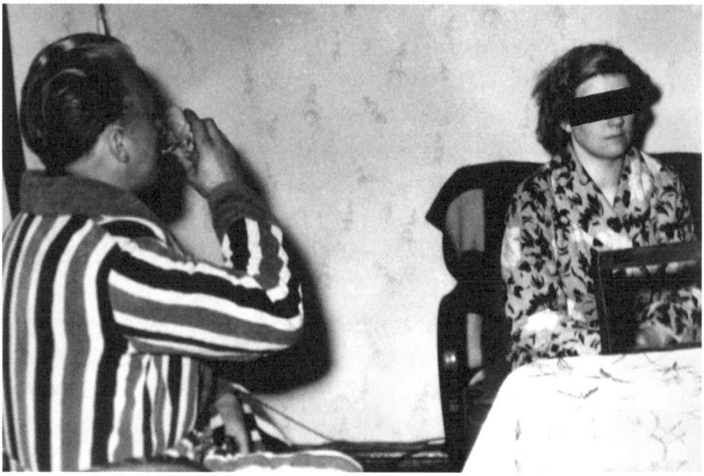

Hans Senft – bei der Rekonstruktion von einem Kriminalisten dargestellt – trinkt den Wein, in dem sich das Schlafmittel befindet

Grübeln kommt sie auf die Idee, dass die Überdosierung eines Schlafmittels ein unauffälliges Ableben herbeiführen könnte. Um an das entsprechende Mittel zu gelangen, sucht sie am 16. März die Bitterfelder Ärztin Frau Dr. Lindemann auf, der sie vortäuscht, schon länger an Schlaflosigkeit zu leiden. Der Plan gelingt! Mit verschreibungspflichtigen Tropfen in der Tasche fährt sie nach Hause, wo ihr Mann sie schon übel gelaunt erwartet. Wie fast jeden Tag kommt es zum Streit und zu Handgreiflichkeiten.

Doch diesmal machen ihr die Schläge weniger aus. Sie weiß: Heute Abend ist das letzte Mal, dass er ihr etwas anhaben wird.

Kurze Zeit später macht es sich ihr Mann nach einem Bad mit offenem Bademantel auf der Couch bequem. Anneliese nimmt das Fläschchen aus dem Versteck in der Küche, steckt es in die Tasche ihres Morgenrocks und setzt sich zu ihm.

Auf dem Tisch stehen eine Flasche Wein und zwei Gläser. Als Hans Senft für einen Augenblick die Stube verlässt, schüttet sie den halben Flascheninhalt in eines der Gläser und füllte mit

Die Täterin zeigt bei der Rekonstruktion, wie sie ihren Mann Hans auf dem Sofa beobachtete, nachdem dieser den Wein mit dem Schlafmittel getrunken hatte

Wein auf. Kaum ist er zurück, stürzt Hans es in einem Zug herunter. Der Mörderin triumphiert innerlich.

Hans Senft legt sich nackt aufs Sofa und sieht fern. Er fordert seine Frau auf, sich zu ihm zu legen, zieht ihr den Morgenrock herunter und beginnt, sie zu berühren. Dabei beobachtet Anneliese Senft, wie ihm die Augen zufallen und seine Griffe unsicher werden. Nach kurzer Zeit ist er eingeschlafen.

Als sie ihn liegen sieht, die Hände auf seinem Geschlechtsteil, wallt noch größerer Hass in ihr auf. Sie will die begonnene Tat unbedingt zu Ende bringen, läuft in die Speisekammer und holt das Handbeil. Dann schlägt sie mit voller Wucht gegen die rechte Stirnseite des Schlafenden. Doch Hans Senft ist nicht tot. Er springt auf, taumelt und versucht seine Frau zu greifen, die das Beil hinter ihrem Rücken versteckt. Er blutet, macht einen Schritt auf sie zu und bricht dann vor dem Ofen zusammen. Anneliese schlägt weiter auf den Liegenden ein. Das Röcheln hört nicht auf. Sie flieht in die Küche und kehrt erst wieder zurück ins Wohnzimmer, als sie von dort kein Geräusch mehr hört.

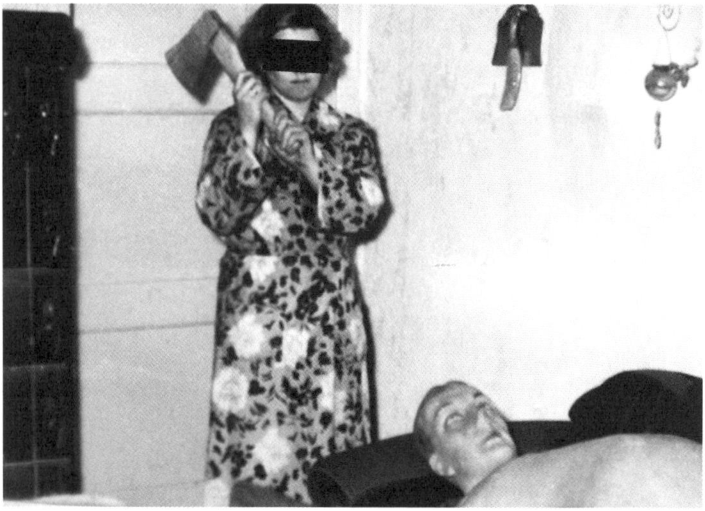

Die Mörderin umfasst das Tatbeil mit beiden Händen und zeigt, wie sie zugeschlagen hat. Auf dem Sofa liegt eine Puppe von ähnlicher Statur, wie sie das Opfer hatte.

Am 5. Juni steht Anneliese Senft wieder in ihrer Wohnung in der Karl-Marx-Straße. Sie trägt den gleichen Pelzmantel wie am Tag der Tat. Oberleutnant Mohr hält den Fotoapparat schussbereit. Er wird im Laufe der Tatrekonstruktion einundfünfzigmal auf den Auslöser drücken und so ein detailliertes Fotodokument anfertigen, mit dem der Tathergang nachgezeichnet werden soll.

Es beginnt damit, dass die 31-Jährige, noch mit der Jacke bekleidet, auf dem Sessel neben der Stehlampe mit dem kleinen Tisch sitzt. Auf dem Tisch eine Flasche Wein.

Bild 3: In der Küche nimmt sie aus der Handtasche das Schlafmittel »Dormalon«.

Bild 4: Anneliese hockt vor der Chaiselongue, auf der ein kariertes Kissen und eine gestreifte Decke liegen. In der Hand hält sie das bräunliche Fläschchen.

Bild 6: Senft wirft die Verpackung der Arznei in den Küchenherd, auf dem zwei Kochtöpfe stehen.

Bild 13: Die Blondine mit dem runden Gesicht im geblümten Hausmantel schüttet das »Dormalon« in das Weinglas rechts von ihr.

Bild 19: Die Mörderin sitzt rechts neben dem Kachelofen. Auf dem Sofa schläft ihr Mann – dargestellt durch eine Schaufensterpuppe.

Bild 24: Senft steht zwischen Ofen und Kopfende der Couch und hält das Beil, das sie vom Ofen geholt hat, in beiden Händen über ihrer Schulter. Die stumpfe Seite zeigt nach vorn.

Die folgenden Aufnahmen zeigen, wie sie zuschlägt, die Wohnung reinigt und den Toten über die Treppe in den Keller bringt.

Auf dem 51. und letzten Foto hält sie den Fuchsschwanz an den Hals der Puppe.

Die Mordermittlungen sind abgeschlossen. Doch der Fall Anneliese Senft ist es noch nicht.

Vier Jahre zuvor: Am 16. Juni 1958 wird gegen 20.30 Uhr ein Arzt in die Jeßnitzer Nordstraße gerufen. Anneliese Senft hat ihre Schwiegermutter, Elsa Senft*, die sie pflegt, tot aufgefunden. Sie berichtet, die 70-Jährige habe im Bett auf dem Bauch gelegen und ein eingedrehtes schwarz-gelb-gemustertes Tuch um den Hals gehabt.

Dr. Ziegler stellt am Hals der schwerkranken Frau, die unter anderem an Lungentuberkulose leidet, eine »Strangulationsnarbe mit flächenhafter Hautverletzung oberhalb des Kehlkopfes« fest.

Senft erzählt dem Arzt, ihre Schwiegermutter habe bereits zwei Tage zuvor heimlich versucht, sich umzubringen, sei dabei jedoch von ihr überrascht und abgehalten worden.

In der »Anzeige über die Aufhebung einer Leiche« schreibt Dr. Ziegler, dass eine Obduktion der Leiche aufgrund der »merkwürdigen Todesumstände« notwendig sei. Zu Anneliese Senft sagt er: »Hier muss erstmal die Mordkommission ran«, und füllt den Totenschein nicht aus.

Gegenüber der hinzugezogenen Kriminalpolizei gibt Dr. Ziegler an, er bezweifele, dass sich die Verstorbene die Verletzungen selbst zugefügt hat. »Von der Strangulation oder durch eigenes Kratzen können die auffälligen Male am Hals ebenfalls nicht stammen«, ist sich der Arzt sicher.

Zwei Kriminalisten des Bitterfelder Volkspolizeikreisamtes sehen sich in der Wohnung des Dreifamilienhauses um. An der Schlafzimmertür schlägt den Ermittlern »ein kaum zu ertragener Urin- und Kotgeruch« entgegen. Im Doppelbett auf der völlig mit Fäkalien durchtränkten Seite liegt noch immer die Tote.

Abgesehen von den Verletzungen am Hals finden die Kriminalisten keine weiteren Spuren direkter körperlicher Gewalt. Allerdings weist die Leiche einen »sehr schlechten Allgemeinzustand« auf. Kriminaltechniker VP-Leutnant Klicks, erklärt seinem Chef, Oberleutnant Schneller: »Das sieht ja so aus, als ob die Frau verhungert ist.« Das schwarz-gelb gemusterte Tuch finden sie am Fußende des Bettes.

Die Sektion ergibt zweifelsfrei, dass der Tod der Rentnerin »durch Erdrosseln eingetreten« ist. Außerdem wird am Hals eine Strangulationsmarke gefunden, die nach Meinung der Obduzenten »etwa zwei Tage alt« ist.

Die Ermittler streichen eine Passage im Bericht rot an: »Anzeichen einer verbrecherischen Einwirkung von dritter Hand konnten durch die Sektion allein nicht erwiesen werden. Bei zweimaliger Umschlingung des Halses durch das Halstuch und eventuelles Festhalten desselben mit beiden Händen ist eine Selbsterdrosselung durchaus möglich.«

Aufgrund der schweren Erkrankung der 70-Jährigen sei damit zu rechnen gewesen, dass sie innerhalb der nächsten Tage eines natürlichen Todes gestorben wäre.

Zur Person der damals 27 Jahre alten Anneliese Senft, die seit acht Tagen ihre Schwiegermutter pflegt, weist das Protokoll darauf hin, dass es sich bei ihr um eine »ehemalige Prostituierte« handele, deren »Leumund nach ihrer Haftentlassung nicht besser wurde. Sie trieb sich laufend mit Eisenbahnmitarbeitern herum«.

Anneliese Senft wird verhört. Sie schildert, wie sie die 70-Jährige bei deren ersten Suizidversuch am 13. Juni gefunden hatte. »An einem Eisenrohr des Bettgiebels war eine Schnur festgemacht. Die Schlinge am anderen Ende hatte meine Schwiegermutter um den Hals. Ihr Kopf hing aus dem Bett. Ich habe schnell aus der Küche eine Schere geholt und sie losgeschnitten. Dann habe ich sie gerüttelt, bis ich merkte, dass alles wieder in Ordnung ist.«

»Haben Sie die Schnur noch?«

»Leider nicht. Die habe ich gleich in den Ofen geworfen.«

Dann gibt sie Auskunft darüber, was am darauffolgenden Sonntag passiert ist.

»Warum haben Sie erst am nächsten Tag einen Arzt davon informiert, dass Ihre Schwiegermutter tot ist?«, fragt VP-Unterleutnant Eschke verblüfft.

»Ich war so aufgeregt und musste mich doch auch um meine Kinder kümmern«, antwortet Senft. Außerdem sei ihr Mann Hans auf Urlaub im Ostharz gewesen und habe sie nicht unterstützen können.

Die Gerüchteküche brodelt. Besonders unter den Mitarbeitern der Filmfabrik Wolfen. Da wird zum Beispiel die vermeintliche Äußerung der Leichenwäscherin weitergetragen: »Das war Mord. An die Leiche gehe ich nicht, die wasche ich nicht. Hier stimmt was nicht. Da sind noch Fingerabdrücke dran.«

Es wird erzählt, dass »die junge Frau Senft verhaftet wurde«.

»Die Gerüchte werden mit Sensation gepfeffert«, schreibt Unterleutnant Eschke in seinem Bericht am 25. Juni. Anhaltspunkt für eine Straftat gebe es aber nicht. Es liege Selbstmord vor.

Mit dieser Einschätzung wird der Fall einen Tag später abgeschlossen. Allerdings wird hinzugefügt: »Der Suizid ist nicht hundertprozentig erwiesen, denn Anneliese Senft ist die Einzige, die Angaben zum Tod ihrer Schwiegermutter machen kann.«

Im Totenschein, der erst ausgestellt wird, nachdem die Ermittlung der Umstände, die zum Tod der Schwiegermutter geführt haben, offiziell als abgeschlossen gilt, wird als Todesursache »Selbsterdrosselung bei schwerer Krankheit« angegeben.

Doch im Zusammenhang mit dem Mord an Hans Senft wird der Vorgang mit der Aktennummer 643/58K wieder aufgerollt. Der Bitterfelder Kreisstaatsanwalt fordert die Akte an. VP-Hauptmann Müller von der Einsatzgruppe der Bezirkspolizei Halle schreibt im Juni 1962: »Bei der Durcharbeitung des Selbstmordvorgangs gelangt man aufgrund bestimmter Momente zu der Überzeugung, dass in diesem Falle kein Selbstmord vorliegt, sondern durch ein Einwirken der Beschuldigten (Anneliese Senft) der Tod der Frau Elsa Senft herbeigeführt wurde.«

Der Kriminalist verweist unter anderem darauf, dass die Schwiegertochter das Tuch, mit dem sich die Rentnerin erdrosselt haben soll, vom Hals entfernt und erst einen Tag später einen Arzt gerufen hat.

Nachdem die abgeschlossenen Ermittlungen im Mordfall Hans Senft Anneliese Senft als Mörderin überführt haben, müsse nun auch der vermeintliche Suizid noch einmal aufgegriffen werden.

Die Ermittler befragen eine Nachbarin der Verstorbenen. Eva Racke* erinnert sich, dass Anneliese Senft am 16. April 1958 nach dem Tod der Schwiegermutter geäußert habe, dass Elsa Senft am Vorabend gestorben sei. »Woran, hat sie mir nicht gesagt. Auch nicht, dass es Selbstmord war. Als ich sie gefragt habe, warum sie nicht schon Polizei und Arzt alarmiert hat, hat sie gesagt: Das war doch schon zu spät. Da wäre sowieso keiner mehr gekommen.« Dann fügt sie an: »Das Verhältnis der beiden war nicht besonders …«

VP-Leutnant Hübner spricht auch noch einmal mit Dr. Ziegler, der vier Jahre zuvor die Kripo über den Tod der Rentnerin informiert hatte. Gefragt wurde der Praktische Arzt zudem über den Tod des Kindes von Anneliese Senft. Nachforschungen bestätigen aber, dass die kleine Sieglinde am 24. Oktober 1958 an einem angeborenen Herzfehler gestorben ist.

Bei der Zeugenvernehmung von Johanna Meier*, die im selben Haus wohnt, stößt die Kripo auf Ungereimtheiten in den Aussagen von Anneliese Senft zum Tode ihrer Schwiegermutter. »Frau Senft hat mir gesagt, dass ihre Schwiegermutter tot im

Bett lag und ihr Kopf am Bettpfosten heruntergehangen habe. Sie hat daraufhin den Kopf der Toten mit einem Tuch hochgebunden.«

Luise Limburg*, eine weitere Nachbarin, berichtet, dass Anneliese Senft am Todesabend in ihre Wohnung gekommen sei und sie informiert habe: »Ich will nur mal sagen, dass unsere Oma jetzt eingeschlafen ist. Ich habe ihre Arme ordentlich hingelegt und ihr ein Tuch um den Kopf gebunden, damit der Mund nicht offen steht.«

Nachdem sie mit ihren Kindern vom Rummelplatz gekommen sei, habe die Rentnerin stark geröchelt und sei kurz darauf gestorben.

Johanna Meier hatte sie allerdings gesagt, dass die alte Frau schon tot war, als sie nach Hause kam.

Unterleutnant Becker erkundigt sich auf dem Friedhof Jeßnitz, auf dem Elsa Senft im Juni 1958 beigesetzt worden ist. Friedhofswärter Paul Hansen* schaut in den Unterlagen nach und zeigt dem Polizisten die Eintragung zum Namen Senft: »Quartier 2, Reihe 7, Grab 26«.

Er erinnert sich: »1960 kam eine Frau zu mir, die hat mir gesagt, dass ich das Grab einebnen kann. Das hat mich noch sehr gewundert, weil die Beerdigung doch erst knapp zwei Jahre her war. Aber gepflegt worden ist die Stelle sowieso nie.« Beschreiben könne er die Betreffende allerdings nicht, und ihren Namen habe sie nicht gesagt.

Die beiden Männer gehen zur Grabstelle ohne Stein, die lediglich ein eingefallener Hügel ist, der von hohem Unkraut überwuchert wird.

Bei dem nächsten Verhör im Volkspolizeikreisamt in Halle wird Anneliese Senft direkt mit dem Vorwurf konfrontiert, sie habe vier Jahre zuvor auch ihre Schwiegermutter umgebracht.

Sofort räumt die überführte Gattenmörderin ein: »Ich habe meiner Schwiegermutter am 15. Juni 1958 zwanzig Schlaftabletten und Rattengift gegeben und sie später erdrosselt.«

Als Gründe nennt sie, dass sie von Elsa Senft »nie als Schwiegertochter anerkannt« wurde. »Sie behandelte auch unsere

Die Packung des Rattengifts »Rattekal«-Paste

Kinder sehr schlecht.« Trotzdem habe sie die Kranke Anfang Juni 1958 zu sich nach Hause geholt, um sie zu pflegen. »Aber sie hat nur geschimpft, genörgelt und alle Schränke durchwühlt. Sie machte unter sich, und ich hatte sehr viel Arbeit mit ihr.« Außerdem habe ihr Mann, der damals gerade im Harz im Urlaub war, verboten, die 70-Jährige in seinen vier Wänden zu pflegen.

Am 13. Juni hatte sie deshalb den Entschluss gefasst, ihre Schwiegermutter umzubringen. In Halle kaufte sie am Bahnhof zwei Schachteln Schlaftabletten. Das »Rattekal« in der Drogerie Maute in Jeßnitz.

Zwei Tage darauf kochte sie der Kranken mittags Milchsuppe und rührte die Hälfte der Tabletten ein. Dann ging sie mit den Kindern bis ungefähr 18 Uhr zum Rummel.

»Etwa um 19 Uhr wollte meine Schwiegermutter etwas trinken. Da habe ich die restlichen zehn Tabletten in den Tee gegeben. Als auch das nicht gewirkt hat, habe ich ihr etwa fünf Zentimeter der graubraunen Rattenpaste in den halboffenen Mund gedrückt.«

Als sie anderthalb Stunden später wieder in das Zimmer kam, sah sie, dass die Kranke noch nicht schlief, aber die Tabletten bereits wirkten. »Sie hat mit dem Kopf gewackelt und ihre Hände und Arme zuckten. Sie hat halblaut gestöhnt.« Sie habe am Fußende gestanden und gedacht: »Mein Gott, muss sie sich denn so quälen?«

Dann sah sie sich im Zimmer um. »Meine Schwiegermutter lag auf einer Decke mit vier Quasten dran. Die machte ich ab und knotete sie zusammen. Ich legte sie unter den Nacken, zog fest zu und machte erst einen einfachen Knoten und dann eine Schleife. Meine Schwiegermutter hat keine Reaktion gezeigt.«

Später, nachdem sie die Kinder ins Bett gebracht hatte, überzeugte sie sich davon, dass Elsa Senft nicht mehr atmete. »Die Quasten habe ich in der Küchenfeuerung verbrannt. Die leeren Tablettenschachteln auch.« Dann legte sie sich schlafen. »Ich wollte Fingerspuren beseitigen und habe deshalb das Gesicht der Toten mit Desinfektionswasser abgerieben. Auch den Mund, damit man keine Spuren des Giftes findet. Weil die Furchen am Hals nicht zurückgingen und sich bläulich verfärbten, habe ich das Halstuch geholt, ihr umgelegt und fest zugezogen. Deshalb habe ich auch so lange gewartet, bis ich den Arzt geholt habe.«

Ihrem Ehemann habe sie den Mord im Sommer 1961 gebeichtet: »Ich hatte ein schlechtes Gewissen. Aber Hans hat nur gesagt: ›Das hätte ich dir nicht zugetraut. Aber etwas anderes war sie ja nicht wert. Sie hat es verdient.‹«

Bei dieser Vernehmung kommen auch neue Motive des Mords an Hans Senft an Licht: »Bei jedem Streit hat er mir von nun an gesagt: ›Du hast meine Mutter auf dem Gewissen.‹ Er hat mir gedroht, zur Polizei zu gehen. Das war der Grund, dass ich ihn am 16. März 1962 ebenfalls umgebracht habe.«

Außerdem gesteht Senft nun auch, sie habe ihrem Ehemann nicht nur Schlaftropfen in den Wein geschüttet, sondern – inspiriert durch den Mord an der Schwiegermutter – ebenfalls Rattengift. Diesmal allerdings flüssiges der Marke »Delicia«. »Als mein Mann schon auf der Couch schlief, habe ich etwa ein Schnapsglas voll in ein kleines Milchkännchen gefüllt und es meinem Mann eingeflößt.«

Am 13. Juni 1962 wird der kleine Friedhof von Jeßnitz bereits in den frühen Morgenstunden abgesperrt. Friedhofswärter Paul Hansen gräbt in Anwesenheit von zwei Rechtsmedizinern aus Halle, Kreisstaatsanwalt Schumann sowie der drei Bezirkskriminalisten Müller, Mohr und Becker in Reihe 7 das Grab 26 aus, in dem Elsa Senft vier Jahre zuvor beerdigt wurde.

Die Exhumierung verläuft jedoch ergebnislos, da an der mittlerweile völlig skelettierten Leiche keine giftigen Substanzen festgestellt werden können.

Dennoch wird Anneliese Senft der Mord an ihrer Schwiegermutter angelastet. Am 29. November 1962 beginnt vor dem II. Strafsenat des Bezirksgerichts Halle der Mordprozess gegen die Verkäuferin. Fünf Tage später spricht Oberrichter Klünder das Urteil: »Die Angeklagte wird wegen zweifachen Mordes zu lebenslangem Zuchthaus verurteilt.«

In seiner Urteilsbegründung hebt der Vorsitzende Richter hervor, dass Senft beide Menschen »vorsätzlich getötet hat«. Der Senat habe festgestellt, dass die Angeklagte »besonders verwerflich, nämlich heimtückisch gehandelt hat«. Beide Opfer hätten ihr vertraut und nicht damit gerechnet, dass ihnen Senft »irgendein Leid zufügt, oder ihnen gar nach dem Leben getrachtet werden könnte«. Klünder weist darauf hin, dass die Perversitäten und Widerwärtigkeiten, die die Verurteilte während ihrer Ehe erdulden musste, keine Entschuldigung für die Tat seien.

Im Falle der Schwiegermutter kämen erschwerend »niedrige Beweggründe« hinzu, denn »die Pflege der Schwiegermutter war ihr unangenehm und unbequem«.

Der Sarg der ermordeten Elsa Senft, der Schwiegermutter der Täterin, am Tag der Exhumierung auf dem Friedhof Jeßnitz

Im Raum habe die Todesstrafe gestanden, so der Richter. Allerdings sei von ihr abgesehen worden, weil »die Verbrechen der Angeklagten auf den Bereich der Familie beschränkt geblieben sind und nicht den Bestand der gesellschaftlichen Ordnung gefährdet haben.« Es sei verständlich, dass die Taten »in der Bevölkerung größten Abscheu erregt haben. Das darf aber nicht dazu führen, dass das Gericht Erwägungen, die gegen eine Todesstrafe sprechen, außer Acht lässt.« Klünder zählt dazu »schlechte Milieuumstände, nicht eingetretene Nachreife«.

»Bei den zwei Taten handelt es sich doch letztlich um Überreste von Verbrechensarten aus der Zeit des verfaulenden und sterbenden Kapitalismus. Erst mit dem vollentfalteten Aufbau des Sozialismus wird es gelingen, das Bewusstsein der Werktätigen so zu verändern, dass derartige Verbrechen, dazu aus noch so niedrigen Beweggründen, nicht mehr vorkommen.«

Am 7. Dezember schreibt Senft dem Gericht: »Das gegen mich gesprochene Urteil erkenne ich hiermit als richtig an. Ich bin bereit, dieses anzunehmen.«

Doch am 12. März 1963 bittet Senft die Staatsanwaltschaft Halle aus dem Frauengefängnis des Bezirkes Karl-Marx-Stadt in Stollberg um Wiederaufnahme des Verfahrens. »Der Täter meines Mannes war nicht ich, sondern Hermann Götze* aus Bitterfeld.« Sie sei diesem Mann »hörig« gewesen. »Deshalb verschwieg ich sein Verbrechen und nahm alle Schuld auf mich.« Sie sei auf dem Hof gewesen, als die Tat geschah und habe danach ihren Mann tot im Wohnzimmer gefunden.

Ihre Schwiegermutter habe sie ebenfalls nicht ermordet: »Es war mein eigener Mann.« Er sei zwar im Urlaub gewesen, »auf mein Schreiben hin, dass ich seine Mutter in unserem Haushalt aufnehmen müsste, kam mein Mann jedoch in der Nacht vom 14. zum 15. Juni 1958 nach Hause.« Sie sei nachmittags mit den Kindern unterwegs gewesen. »Als ich nach Hause kam, sagte mir Hans, dass seine Mutter tot ist und ich erst am nächsten Morgen den Arzt verständigen soll. Dann fuhr er wieder nach Oberbärenburg.«

Ihr Mann habe ihr erst »Ende 1958 Näheres erzählt. Er verbot mir, darüber zu sprechen.« Da sie ihren Mann »liebhatte«, habe sie geschwiegen.

Anfang April fährt Staatsanwalt Dörre in die Haftanstalt Stollberg, um mit der Mörderin zu sprechen. Anneliese Senft gibt an, ihr Ehemann habe gesagt, dass er seine Mutter »erwürgt« hat.

»Aber Sie haben doch im Ermittlungsverfahren selbst ausgesagt, dass Sie Elsa Senft mit einer Kordel erdrosselt haben«, erinnert sie der Staatsanwalt.

»Ich habe das nur gesagt, weil sich am Hals der Toten solche Spuren befanden. Außerdem hatte ich im Westfernsehen ›Bei Anruf Mord‹ gesehen und wurde dadurch angeregt, diese Aussage zu tätigen.«

Sie bleibt auch dabei, dass ihr Liebhaber Hans Senft getötet hat.

Dörre: »Aber Frau Senft, der Betreffende hatte an jenem Abend Polterabend und hat die Feier nicht verlassen. Dafür gibt es zig Zeugen.«

Doch die Strafgefangene bleibt stur: »Er war vier Stunden in meiner Wohnung …«

»Warum haben Sie weder bei der Polizei noch vor Gericht oder Ihrem Anwalt gegenüber diese Version zur Sprache gebracht?«

»Ich bin von den Genossen der VP darauf hingewiesen worden, die Schuld nicht auf andere abzuwälzen und habe deshalb, bis ich in Stollberg war, auf stur geschaltet.«

Ein Wiederaufnahmeverfahren wird abgelehnt.

Am 15. April 1985 wird die 54 Jahre alte Anneliese Senft begnadigt und nach Magdeburg entlassen.

BEI KLOPFEN MORD

Am 24. Mai 1977 betreten Uwe Paul* und Marlies Schumann* gegen 13 Uhr die HO-Gaststätte »Halloren-Café« in der Straße Alter Markt in Halle. Paul hat seine 17-jährige Begleiterin erst nach seiner letzten Haftentlassung am 20. April 1977 kennengelernt. Auch sie ist kein unbeschriebenes Blatt und wegen Diebstahls und versuchter unbefugter Benutzung von Fahrzeugen vorbestraft.

Weil im Portemonnaie des 32-Jährigen und seiner Freundin mal wieder Ebbe ist, sucht er die wenigen besetzten Tische nach einem bekannten Gesicht ab. Er hofft, jemanden zu entdecken, den er anpumpen kann oder der ihm und seiner Freundin wenigstens ein paar Bier spendiert. Auf den ersten Blick scheint er kein Glück zu haben: In der einen Ecke schmust ein junges Pärchen, direkt neben der Tür sitzen zwei ältere Frauen.

Dann entdeckt er aber einen etwa 50 Jahre alten Mann, der schräg gegenüber den Damen allein vor einem Herrengedeck sitzt und einen angetrunkenen Eindruck macht. Paul entschließt sich zu bleiben. Er vermutet, der Mann sei schwul, und will bei ihm sein Glück versuchen. Gemeinsam mit Marlies setzt Paul sich zu ihm und geht gleich in die Offensive: »Na, trinkste immer alleene?« Der Mann schüttelt den Kopf und grinst breit: »Du und deine Madam, ihr habt wohl nischt in der Tasche?« Paul nickt und haut dem Grauhaarigen freundschaftlich auf die Schulter. »Na denn ma los!«, ruft der Ältere die Bedienung heran. »Drei Helle.«

Nach den ersten Schlucken denkt Uwe Paul an sein »versautes Leben«, wie er es nennt, und für das er allen, nur nicht sich selbst, die Schuld gibt.

Vor vier Wochen hat der Rangierer noch im Gefängnis gesessen. Damit kennt er sich aus: Mit 15 hatte er als ungelernte Arbeitskraft bei einem Einzelbauern als Kutscher gearbeitet, wurde dann aber wegen Diebstahls in den Jugendwerkhof Zootzen Damm im Havelland eingewiesen, aus dem er zwei Jahre später entlassen wurde. Kurz darauf kam er wieder mit dem Gesetz in Konflikt, wollte der Strafe aber durch eine Flucht in den Westen entgehen. Doch er wurde geschnappt und statt unter bunten Leuchtreklamen Bier zu trinken, saß er wegen »versuchten Grenzdurchbruchs«, Diebstahl, Hehlerei und Sachbeschädigung zehn Monate bei Tee unter einer flackernden Glühbirne im Jugendhaus Dessau.

Seitdem war sein Leben von dem Wechsel von Haftstrafe und Freilassung geprägt: 1963 wurde er aus dem Gefängnis entlassen, 1964 machte er mit einem Motorrad eine Spritztour. Leider handelte es sich dabei aber nicht um sein eigenes. Außerdem besaß er keine Fahrerlaubnis und war zudem betrunken. 1965 wurde er wegen Betrugs und Urkundenfälschung festgenommen. Ein Jahr Haft. Kaum in Freiheit fuhr er 1966 erneut ein – diesmal für 14 Monate wegen Urkundenfälschung und Betrugs. Es folgten Körperverletzung, Diebstahl, Verletzung der Unterhaltspflicht für seine zwei Kinder Silvia und Martin und erneute Haftstrafen. Insgesamt ist er elfmal vorbestraft.

»Alles Scheiße«, zieht der 32-Jährige Bilanz, der seit dem 16. Lebensjahr häufiger eingesperrt als in Freiheit war.

Eine Stunde später haben sich Paul und Schumann gerade entschlossen zu gehen, als sich die Tür öffnet und Tilo Wunsch*, Spitzname »Glatze«, und Cornelia Braun* das Café in Halle-Mitte betreten. Den 22 Jahre alten Wunsch hat Paul einen Tag zuvor in der »Bauernstube« in der Klement-Gottwald Straße kennengelernt. Sie hatten bei Bier am Tresen ein paar Worte gewechselt. Die 16-Jährige Braun hat er zuvor noch nie gesehen. Das Pärchen setzt sich an Pauls Tisch. Auch die beiden neuen Gäste werden von dem großzügigen 50-Jährigen eingeladen.

Als der ehemalige Gefängnisinsasse Paul das andere Pärchen fragt, was es denn noch so vorhabe, schlägt Cornelia Braun vor: »Wollen wir nicht alle zusammen zur Disco ins ›Fass‹ nach Ammendorf fahren?« Doch Wunsch, der als Beifahrer beim Kombinat Großhandel »Waren täglicher Bedarf« arbeitet, winkt gleich ab: »Fass mal ’nem nackten Mann in die Taschen. Ich habe noch fünf Mark.« Und auch Paul sagt: »Keene Mäuse.«

»Dann muss ich mich umsehen, wo ich jemanden herkriege, der mehr auf der Tasche hat, als ihr«, schmollt die junge Frau. Doch Paul schüttelt den Kopf: »Nee, lass man, ich habe da vielleicht ’ne Idee.«

Wunsch wird hellhörig: »Was denn?«

»Der Alte, der bei mir in der Wohnung wohnt. Der hat 1.000 Mark in seiner Bude«, bleibt Paul vorerst vage.

»Ist der zu Hause?«, will Wunsch wissen.

Paul zuckt mit den Schultern.

Es ist nach 15 Uhr, als sie das Café verlassen. Sie wollen zur Berliner Straße, wo der Rentner Max Schiller* und Uwe Paul in der zweiten Etage je zwei Zimmer bewohnen und sich Bad, Toilette und Küche teilen. Der Plan ist, Wohn- und Schlafzimmer des 70-Jährigen aufzubrechen und dort nach Geld zu suchen.

»Und was machen wir, wenn dein Mitmieter zu Hause ist?«, fragt Wunsch.

»Dann kriegt er eins auf den Kopf«, ist für Paul die Sache klar. »Ich locke den Alten aus seinem Zimmer ins Bad. Da kriegt er eine. Du suchst nach der Knete.«

Wunsch ist einverstanden: »Gut, das Ding drehen wir!«

Die beiden Frauen hören genau, was Paul und Wunsch vorhaben, doch sie machen keinen Versuch, den Freunden die Tat auszureden. Marlies Schumann sagt sogar: »Hoffentlich geht alles gut.«

Um 17 Uhr klopft Paul an die Tür seiner Wohnung in der zweiten Etage. Die 18-jährige Andrea Perner* öffnet. Sie hält sich seit dem 16. Mai in der Wohnung auf, weil sie zu Hause rausgeflogen ist: »Was woll’n die alle hier?«, fragt sie ungehalten. Paul eröffnet ihr den Plan. »Erst essen wir ’ne Kleinigkeit. Dann brechen wir in die Wohnung vom Alten ein.« Die 18-Jährige tippt sich mit dem Zeigefinger an die Stirn: »Seid ihr verrückt geworden?« Doch dann lässt sie die vier in die Wohnung.

Eine Viertelstunde später verlassen Paul und Wunsch das Zimmer und gehen links über den Flur zum Wohnzimmer Schil-

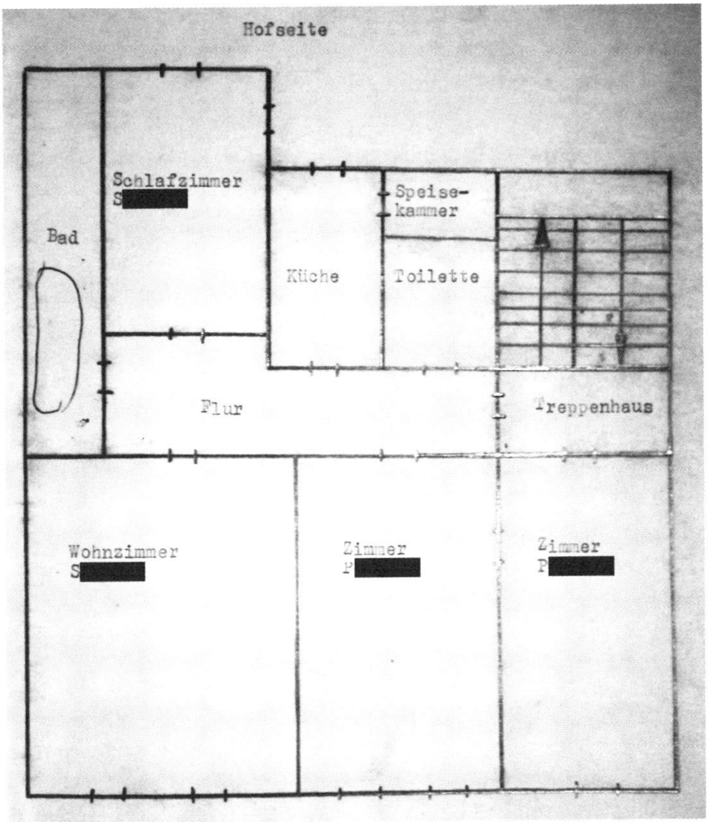

Die Tatortskizze

lers. Zuvor haben sie die drei Mädchen noch angewiesen, im Raum zu bleiben. Um keine Fingerabdrücke zu hinterlassen, hat Paul sich Silastik-Strümpfe über die Hände gezogen und Wunsch ein Paar graue Stoffhandschuhe aus einem Koffer gegeben. Marlies Schumann hört wie Paul dabei sagt: »Hier, hau ihm eine vor den Pinsel.« Wunsch antwortet: »Ist gut, ich hau ihm eine vor den Pinsel.«

Paul klopft an die Wohnzimmertür des Rentners. Als dieser öffnet, sagt der 32-Jährige: »Herr Schiller, ich muss dringend mit Ihnen sprechen. Kommen Sie bitte mit ins Bad.«

»Natürlich«, antwortet der Mann arglos und geht die paar Schritte bis zum Bad, das sich links von seinem Zimmer befindet, voran. Er habe auch etwas zu beanstanden, sagt Schiller und zeigt auf die Badewanne. »Deine Mitbewohnerin hat ihre Hose in der Wanne gewaschen. Guck mal, wie schmutzig sie die hinterlassen hat.«

Paul sieht seine Chance gekommen, legt dem nur 1,46 Meter großen Mann von hinten den linken Arm um den Hals und drückt ihn zu Boden. Nach einer Schrecksekunde ruft der 70-Jährige um Hilfe. Im selben Moment betritt Wunsch das Bad. Auch er geht auf den Rentner los und fixiert ihn mit dem Knie auf dem Boden. Beide schlagen nun mit Fäusten auf ihr Opfer ein. Als der alte Mann nichts außer einem Wimmern von sich gibt, sagt Paul zu seinem Kumpan: »Ich gucke jetzt, ob ich was Brauchbares finde. Bleib du hier und pass auf, dass Schiller mir nicht in die Quere kommt.«

Er ruft Marlies Schumann und Cornelia Braun: »Los, sucht mit nach Geld!« Zu dritt öffnen sie die Schubfächer im Wohnzimmer des Überfallenen und durchforsten sie nach Geld. Vergeblich.

Wunsch, der inzwischen aus dem Bad gekommen ist, fragt: »Und nun?«

»Da ist ein kleines Schränkchen, da muss Werkzeug drin sein. Wir müssen das Schlafzimmer aufbrechen«, sagt Paul.

Tatsächlich finden die beiden Männer einen Meißel, mit dem sie in den Schlafraum eindringen wollen, der sich gegenüber dem Wohnzimmer befindet. Bevor sie sich jedoch ans Werk machen können, hören sie Cornelia Braun rufen: »Achtung, der Alte kommt wieder zu sich!« Alarmiert rennt Tilo Wunsch ins Bad und schlägt mehrfach mit dem Eisenmeißel auf den Rentner ein. Uwe Paul, der hinzukommt, tritt ihm wieder und wieder gegen den Kopf. Irgendwann lässt auch Wunsch den Meißel fallen und tritt zu.

Beim Verhör wird er später sein brutales Vorgehen begründen: »Mir lag viel daran, dass Herr Schiller geistig abwesend bleibt, damit kein großes Geschrei entsteht.« Er sei »darauf be-

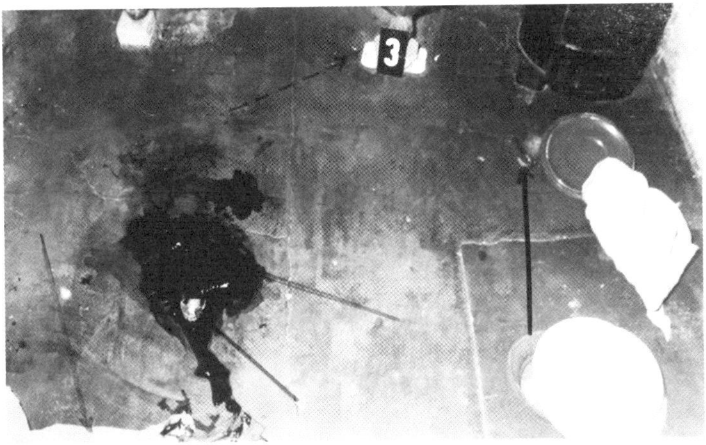

Eine große Blutlache im Bad

dacht gewesen, ganz gleich wie die Misshandlungen bei Herrn Schiller ausgehen, für den Zeitraum der Tat Herrn Schiller mundtot zu machen, damit die ganze Sache ruhig abläuft«.

Der alte Mann liegt bewusstlos im Bad.

Wunsch und Paul versuchen, gewaltsam ins Schlafzimmer einzudringen. Da klingelt es an der Wohnungstür.

Draußen stehen zwei Polizisten. Sie fragen nach dem Rentner. »Der ist nicht zu Hause«, sagt Paul. »Der ist nach Halle-Neustadt zu seinem Sohn.«

Doch die beiden Schutzpolizisten geben sich mit dieser Antwort nicht zufrieden. Eine Nachbarin hatte kurz nach 17 Uhr die Polizei verstandigt, weil sie in ihrer Wohnung in der ersten Etage die Hilferufe Max Schillers und ein lautes Poltern hörte. Auf den Anruf der 37-jährigen Regina Schmitt* wurden die VP-Hauptwachtmeister Richter und Wolf vom 3. Revier der Volkspolizei in die Berliner Straße geschickt.

Während die Beamten die Ausweisdokumente des Quintetts prüfen, hört Hauptwachtmeister Richter ein Stöhnen. Misstrauisch fordert er: »Bitte zeigen Sie uns die Wohnung.« Im Bad bietet sich ihnen ein schockierender Anblick: Schiller liegt bewegungslos auf dem Boden. Er ist blutüberströmt.

Per Funk rufen die Schutzleute um 17.15 Uhr die Schnelle Medizinische Hilfe und fordern die Kriminalpolizei an. Als sie sich in der Wohnung umsehen, stellen sie fest, dass sämtliche Schränke und Behältnisse durchwühlt wurden. Der Inhalt liegt über dem Boden verstreut.

Wunsch und Paul werden durchsucht. Auf die Frage nach dem Verletzten im Bad geben sich die fünf überrascht und behaupten, nicht zu wissen, dass ein Mann vor der Wanne liegt.

Doch das geeinte Schweigen wird bald von Pauls Mitbewohnerin Andrea Perner gebrochen: »Die vier sind vor 17 Uhr gekommen«, berichtet die 18-Jährige der Polizei, »und Wunsch hat gesagt, dass sie ›ein Ding drehen‹ wollen: ›Wir wollen den Schiller beklauen.‹ Sie haben den Rentner mit Fäusten geschlagen.«

Das genügt den Beamten für eine Festnahme. Widerstandslos lassen sich die fünf Tatverdächtigen zum 3. Volkspolizeirevier abtransportieren.

In der Zwischenzeit bringt die SMH den Schwerverletzten Max Schiller in die Universitäts-Klinik. Dort wird er im sogenannten Schockraum, dem Reanimationsbereich der Notaufnahme, behandelt.

Als der Kripo-Leutnant Nerger in der Universitätsklinik anruft, um zu erfragen, ob Schiller für eine Befragung bereitstünde, erfährt er von dem leitenden Arzt Dr. Pannewitz, wie schlimm es um den Verletzten bestellt ist: Er hat eine beidseitige Unterkieferfraktur erlitten. Außerdem ist das Nasenbein gebrochen, am Hinterkopf verlaufen parallel zwei sieben Zentimeter lange Platzwunden und auch auf der Stirn befinden sich Platzwunden. Die Frage, ob akute Lebensgefahr besteht, kann der Arzt nicht beantworten. Er kann jedoch mit Sicherheit sagen, dass ein Sturz als Ursache ausscheidet. »Es handelt sich augenscheinlich um Schlagverletzungen mit einem flächigen, stumpfen Gegenstand«, sagt er.

Dennoch versucht der Leutnant der Kriminalpolizei eine gute halbe Stunde später, gegen 19 Uhr, den Rentner im Beisein des Arztes zu befragen. Doch Schiller reagiert nicht. Auch um 22 Uhr ist der Schwerverletzte nicht ansprechbar.

Paul, Wunsch und Schumann werden verhört. Der Vorwurf lautet schwerer Raub. Weil es sich bei allen dreien um »Rückfalltäter« handelt, müssen sie mit höheren Strafen rechnen.

Nachdem das Trio am frühen Morgen des 25. Mai vorläufig festgenommen wurde, erlässt das Kreisgericht Halle-Ost einen Tag später einen offiziellen Haftbefehl. Paul räumt bei der Vernehmung durch Haftrichterin Müller die Vorwürfe ein und auch Wunsch gibt zu Protokoll: »Das, was im Haftbefehl steht, habe ich gemacht. Der Vorschlag kam aber von Paul. Den Rentner kannte ich nicht.« Marlies Schumann, die Lager- und Transportarbeiterin bei der Maschinenfabrik in Halle, unterschreibt am 26. Mai um 11.35 Uhr: »Das, was im Haftbefehl steht, ist richtig.« Sie gibt zu: »Ich habe eine Uhr aus dem Wohnzimmerschrank genommen, während sich die beiden Männer mit dem Mann im Bad beschäftigt haben.«

Parallel zu den Vernehmungen des Trios holt die Kripo Beurteilungen über die geständigen Täter ein. Die Kaderabteilung des Güterbahnhofs Halle schreibt von finanziellen Schwierigkeiten, die Uwe Paul nach seiner Haftentlassung gehabt habe. Das hatte der 32-Jährige bei seiner Vernehmung am 26. Mai auch selbst angeführt: »Von meinem ersten Lohn nach dem Knast habe ich nicht viel ausgezahlt gekriegt, weil mir die Unterhaltsverpflichtungen gleich abgezogen wurden. Ich habe nur 82,08 Mark bekommen.«

Mit der Arbeitsmoral, so die Kaderabteilung, sei es bei Paul nicht weit her gewesen. Er sei für seine Arbeitsbummelei mit einem Verweis bestraft worden.

Beim Verhör am 29. Mai wiederholt Paul im Großen und Ganzen seine Schilderungen aus der ersten Vernehmung. Allerdings weicht er in Bezug auf die geplante Gewaltanwendung ab. »Ich habe den Wunsch gefragt, was wir tun, wenn Schiller anwesend ist?« Die Antwort des Kumpels sei gewesen: »Da gibt es nur eins, da hauen wir ihm vor den Kopf.« Die beiden Frauen hätten diese Absprache aber nicht gehört, weil sie ein paar Schritte vorausgegangen seien.

Auch den Überfall im Bad stellt er etwas anders dar, als vor der Haftrichterin. Er habe das Bad verlassen, nachdem er und Wunsch den 70-Jährigen auf den Boden gedrückt haben. Er selbst sei in die Wohnstube gegangen, um nach Geld zu suchen.

Er schiebt jetzt den Hauptanteil an der Misshandlung Schillers auf seinen Kumpan: »Nach etwa zehn Minuten ist Wunsch aus dem Bad gekommen und hat gesagt: ›Ich glaube, jetzt habe ich ihn totgeschlagen.‹«

Trotzdem hätten sie danach versucht, die Schlafzimmertür mit einem großen Schraubenzieher aufzubrechen, dabei habe Wunsch mit großer Gewalt an der Türklinke gerüttelt. Dann hätten sie den Meißel gefunden und ihn in den Türspalt geschoben, wo er steckengeblieben sei.

Auf die Frage des Vernehmers, ob er denn nicht wisse, dass Schläge und Tritte gegen den Kopf von Menschen, besonders wenn die Menschen älter seien, schwere, wenn nicht sogar tödliche Verletzungen nach sich ziehen können, antwortet Paul: »Ich habe mir darüber keine Gedanken gemacht.«

Der gelernte Plastefacharbeiter Wunsch, der 1969 als 14-Jähriger in den Jugendwerkhof Burg bei Magdeburg eingewiesen wurde, weil er die Schule geschwänzt und versucht hatte, die DDR zu verlassen, wird am 25. Mai zwischen 1.05 und 4.10 Uhr zu seiner persönlichen Entwicklung befragt. Er sei Anfang April 1970 aus dem Jugendwerkhof getürmt. »Aber die VP hat mich schnell gefasst, und ich kam in U-Haft nach Magdeburg. Danach wurde ich für 33 Monate ins Jugendhaus Dessau gebracht.« Nachdem er mehrfach seine Arbeitsstelle gewechselt hatte, wurde er zur Arbeitserziehung verurteilt. Es folgten Verurteilungen wegen »Rowdytums«. Seit dem 13. Mai 1977 sei er nicht mehr auf der Arbeit erschienen. »Die Abschlagszahlung von 110 Mark war mir zu wenig«, begründet der 22-Jährige sein unentschuldigtes Fernbleiben.

Auch ihm wird von seinem Betrieb ein denkbar schlechtes Zeugnis ausgestellt: In der Einschätzung des Kombinats »Waren täglicher Bedarf« heißt es, mehrfach seien im Beisein des zuständigen Wohngebietspolizisten Aussprachen wegen Wunschs schlechter Arbeitsdisziplin geführt worden. Weiter wird angegeben, dass sein »Benehmen gegenüber der Leiterin des Großhandelslagers, Krause, und anderer Mitarbeiter von Tag zu Tag schlechter« wurde. »Wir sind der Meinung, dass der Kollege Wunsch von den zuständigen Stellen entsprechend zur Verantwortung gezogen werden muss. Er hat in keiner Weise Schlussfolgerungen aus seiner letzten Haft gezogen«, heißt es abschließend.

VP-Leutnant Spröte vom 1. Polizeirevier, Abschnitt I/18, verweist darauf, dass die Familie des 22-Jährigen »laufend Besuch aus der BRD erhält. Außerdem hören und sehen sie vorwiegend Westfernsehen.« Besondere Aufmerksamkeit schenkt der ABV der Tatsache, dass »der Vater des Wunsch Westrückkehrer ist und ebenfalls schon wegen Körperverletzung in Erscheinung trat«.

Bei seiner ersten Vernehmung wenige Stunden nach der Tat sagt Wunsch, Paul habe ihn schon im »Halloren Café« gefragt, ob sie nicht den älteren Mann überfallen wollen, der ihnen ein Bier nach dem anderen spendiert hat. »Nee, das ist mir zu fett«, habe er den Vorschlag abgewiesen. »Es ist doch noch hellerlichter Tag.«

Warum er sich dann beim Überfall auf Schiller beteiligt habe, erklärt er folgendermaßen: »Paul hat mich erpresst. Ich hatte in der Staatlichen Antiquitäten-Galerie am Hansering zwei Standuhren angeboten und je 200 Mark bekommen, als ich den Vorvertrag abgeschlossen hatte, obwohl ich gar keine Uhren hatte. Paul wollte das melden.« Die Schläge mit dem Meißel, »zwei-, dreimal seitlich ins Genick«, gibt er zu. Marlies Schumann sei in den Raub eingeweiht gewesen: »Ob sie auch gewalttätig bei dem Überfall gewesen ist, kann ich nicht sagen.« Pauls Mitbewohnerin Andrea Perner hingegen habe nichts damit zu tun. »Sie versuchte anfangs sogar noch, uns von der Sache abzuhalten.«

Marlies Schumann räumt bereits im ersten Verhör ein, sie sei »im Grunde genommen mit der Sache einverstanden« gewesen. »Aber ich wusste nicht, welches Ausmaß das Ding annehmen wird.« Außerdem gibt sie zu, ins Zimmer des Rentners gegangen zu sein, um dort nach Geld zu suchen, nachdem sie gesehen hat, dass Schiller blutend am Boden lag. Cornelia Braun habe ihr dabei geholfen, die Schränke zu durchwühlen. Eine Herrenarmbanduhr mit schwarzem Lederspannarmband, die sie sich in die Hosentasche gesteckt hatte, habe sie unter einer Couchdecke in Pauls Zimmer versteckt. »Als die Polizei kam, wollte ich sie loswerden.«

Am 5. Juli wird die 17-Jährige erneut von der Kriminalpolizei verhört. Kurz nach 14 Uhr teilt sie dem zuständigen Kripo-Leutnant Fallei mit: »Ich habe den Rentner zweimal mit dem Fuß gegen den Kopf getreten.« Warum, wisse sie heute nicht mehr. »Ich wollte es einfach mal ausprobieren.«

Am 14. Juni 1977 um 6.35 Uhr erliegt Max Schiller in der Universitätsklinik aufgrund eines »allgemeinen Kreislaufversagens« seinen Verletzungen. Damit wird nun nicht mehr wegen schweren gemeinschaftlichen Raubes, sondern wegen Mordes ermittelt. Die Obduktion ergibt als Todesursache: Hirnquetschung und Blutung unter der harten Hirnhaut. Die Rechtsmediziner Oberarzt Dr. Drese und Dr. Bunk räumen ein, dass »aufgrund der chirurgischen Versorgung der Verletzungen des Patienten und der Überlebenszeit keine Aussagen zur Entstehung der Kopfwunden gemacht werden« können. »Eine Entstehung durch Fußtritte oder durch Schläge mit einem Tatwerkzeug wie dem angegebenen Rundmeißel ist wahrscheinlich.«

Dass es bei den Ermittlungen nun nicht mehr nur um schweren Raub geht, sondern auch um Mittäterschaft bei einem Mord, wird Marlies Schumann bei ihrer Vernehmung am 21. September 1977 mitgeteilt. Mit dem Mordvorwurf konfrontiert, räumt die inzwischen 18-Jährige ein, dass »die von uns begangenen Gewalttätigkeiten gegen den Rentner sehr brutal waren«.

Was passiert wäre, wenn die Polizei nicht vor der Tür gestanden hätte?

»Auf alle Fälle wären wir mit dem Geld abgehauen und hätten Schiller im Badezimmer liegengelassen.«

Auch Andrea Perner wird bei ihrer zweiten Vernehmung von Kripo-Leutnant Fallei befragt. Den Zustand Cornelia Brauns beschreibt die 18-Jährige als »stark angetrunken. Sie schwankte hin und her und redete unverständliches Zeug.« Sie sagt, sie habe die Männer davon abhalten wollen, den Rentner zu überfallen. »Ich habe gedroht, dass ich zur Polizei gehe, wenn sie das machen.« Aber als Uwe Paul ihr die Faust unter die Nase gehalten habe, habe sie es aber mit der Angst bekommen.

Nachdem sie die Hilferufe des Rentners gehört habe, sei sie ins Bad gelaufen. Die beiden anderen Frauen seien vorerst noch in Pauls Wohnzimmer geblieben. »Paul hat mich angeschrien: Was willst Du hier? Das geht Dich nichts an! Hol lieber die Schumann und die Braun her!« Das habe sie getan. Danach sei sie in der Wohnstube geblieben. Erst als sie erneut Schreie gehört habe, sei sie wieder in den Flur gelaufen und habe durch die geöffnete Badezimmertür den Rentner auf dem Boden liegen sehen. »Ich sah eine Blutlache und hörte Schiller röcheln und stöhnen. Wunsch, Paul und die Schumann haben auf den Mann eingetreten.«

Tilo Wunsch muss sich beim Verhör Ende Juli nun auch zu dem »getürkten« Verkauf von zwei Standuhren mit Gewichten äußern. Nachdem er eingeräumt hat, dass die Sache von vornherein darauf abgezielte, »Geld zu machen«, wird gegen ihn ein weiteres Ermittlungsverfahren wegen Betrugs eröffnet.

Am 1. November 1977 beginnt vor dem V. Strafsenat des Bezirksgerichts Halle der Prozess gegen Uwe Paul, Tilo Wunsch und Marlies Schumann. Am 15. November verkündet der Vorsitzende Oberrichter Angermann das Urteil: »Der Rangierer Uwe Paul wird wegen gemeinschaftlichen Mordes in Tateinheit mit gemeinschaftlich begangenem versuchtem Raub zu lebenslanger Freiheitsstrafe verurteilt.« Dasselbe Urteil fällt der Senat über Tilo Wunsch. Beiden Tätern werden die staatsbürgerlichen Rechte auf Dauer aberkannt.

»Die Teilfacharbeiterin für Lager und Transport, Marlies Schumann, hat sich als Mittäterin bei einem Raub in Tateinheit mit vorsätzlicher Körperverletzung schuldig gemacht.« Unter Einbeziehung des Urteils des Kreisgerichts Halle-West vom 23. September 1977 wird die 18-Jährige zu fünf Jahren Haft verurteilt.

Oberrichter Angermann unterstreicht in der Urteilsbegründung: »Es unterliegt keinem Zweifel, dass es sich bei Paul um den intellektuellen Urheber und Initiator für die Begehung der Straftat handelte, sodass ihn besonders schwere Schuld trifft.« Ebenso deutlich müsse jedoch hervorgehoben werden, »dass er im Angeklagten Wunsch und mit Einschränkungen auch in der Angeklagten Schumann willige Kumpane fand, die ihr Leben auf Kosten anderer fortzusetzen gedachten«.

Der Vorsitzende spricht in Bezug auf Wunsch von einem »besonderem Maß an Hemmungslosigkeit und Brutalität« und hebt hervor, dass sich Wunsch und Paul »unter allen Umständen auch unter der Bedingung der Vernichtung eines unersetzlichen Menschenlebens am Eigentum anderer unrechtmäßig bereichern wollten«.

In Bezug auf die Alkoholisierung der beiden Männer heißt es in der Urteilsbegründung: »Die Angeklagten standen zur Zeit der Tat zwar unter erheblichen Alkoholeinfluss, ihre Zurechnungsfähigkeit war dadurch jedoch nicht beeinträchtigt, da es sich um alkoholgewohnte Personen handelt.«

Bei Marlies Schumann habe der Senat »besonders berücksichtigt, dass sie aus ihren bisherigen Bestrafungen keine Lehre zog«.

Uwe Pauls Rechtsanwältin Marlis Brandt legt am 17. November Berufung für ihren Mandanten ein. Als Begründung gibt sie an, dass der Mitangeklagte Wunsch »in zeitlich drei auseinanderfallenden Handlungen, sowohl vom Umfang, als auch von der Intensität her weitaus massiver auf den Geschädigten mit Gewalt eingewirkt« habe. Aufgrund der »unterschiedlichen Tatschwere« erscheine eine »Differenzierung bei der Strafzumessung« als gerechtfertigt. Eine zeitlich begrenzte Haftstrafe würde diesem Umstand Rechnung tragen.

Auch das Urteil gegen Marlies Schumann wird angefochten. Diesmal jedoch von der Staatsanwaltschaft. Die Anklagebehörde verlangt in Hinblick auf die Beweiswürdigung, dass der Schuldspruch abgeändert wird. Die 18-Jährige sei wegen Mordes in Mittäterschaft in Tateinheit mit Raub zu verurteilen. Das Strafmaß sei von fünf auf zehn Jahre zu erhöhen.

Das Oberste Gericht der DDR verwirft am 15. Dezember 1977 die Berufung im Falle von Paul. Die Tatbeteiligung des Angeklagten sei zweifelsfrei festgestellt und die Schwere des von ihm begangenen Verbrechens richtig eingeschätzt worden, begründet der V. Strafsenat seine Entscheidung.

Aus dem Brandenburger Gefängnis beantragt Paul im Januar 1979 die Aufhebung des Urteils. Bereits einige Monate zuvor hatte sich der von ihm beauftragte Schönebecker Rechtsanwalt Wolff mit demselben Anliegen an das Oberste Gericht in Berlin gewandt. Beide haben keinen Erfolg.

Marlies Schumann wird auf Beschluss des Staatsrates der DDR am 24. September 1979 begnadigt und drei Jahre vor Haftende auf Bewährung entlassen.

Am 14. Mai 1990 schreibt Paul aus der Haftanstalt Brandenburg ein Gnadengesuch an Volkskammerpräsidentin Sabine Bergmann-Pohl, dem letzten Staatsoberhaupt der DDR. 15 Jahre Haft seien aus seiner Sicht ausreichende Sühne. »Betonen möchte ich an dieser Stelle, dass die von mir begangene Tat auf keinen Fall vorsätzlich begangen wurde, da sie im Zustand der Trunkenheit stattfand«.

Am 13. August desselben Jahres geht im Büro der Präsidentin ein weiteres Gnadengesuch ein – aufgesetzt von Tilo Wunsch. Er bittet darum, das Urteil vom 15. November 1977 »eingehend zu überprüfen und wenn die Möglichkeit besteht, die Begnadigung auf eine Haftstrafe von 15 Jahren in Erwägung zu ziehen«. Er bezieht sich auf die »jetzt geänderte Gesetzgebung der DDR« und darauf, »dass jetzt objektiver geurteilt wird«. Im Falle einer Begnadigung werde es für ihn »nur noch meine Arbeit, meine Mutter und meine aufzubauende Familie geben und keine Straftaten mehr«.

Als dieses Schreiben ohne Folgen bleibt, hofft er, durch die Wiedervereinigung auf eine Neubewertung seines Falles: Im Oktober 1990 schickt Tilo Wunsch eine »Eingabe« an die Staatsanwaltschaft in Halle. Er habe die Absicht, durch den nun zuständigen Bundesgerichtshof sein Urteil überprüfen zu lassen. Außerdem erkundigt er sich, ob Uwe Paul begnadigt worden sei.

Ende November erhält er eine Antwort vom zuständigen Staatsanwalt Krause. Er habe einen Führungsbericht vom Leiter der Justizvollzugseinrichtung Naumburg angefordert, um zu prüfen, ob eine Begnadigung nach 15 Jahren infrage komme. Gleichzeitig teilt Krause mit, dass sich Paul ebenfalls noch in Haft befinde. Er sei nicht begnadigt worden.

Tatsächlich blieb auch Uwe Pauls Schreiben an Sabine Bergmann-Pohl folgenlos. Er wird von der Staatsanwaltschaft lediglich darüber informiert, dass sein Gesuch »ohne einen Vermerk nach Auflösung der Generalstaatsanwaltschaft der DDR vorgefunden« wurde. Dem Gefangenen wird jedoch mitgeteilt, dass beim Leiter der Haftanstalt Auskunft zur Prüfung einer möglichen Begnadigung eingeholt wird.

Die »Führungsberichte« treffen Anfang Dezember 1990 bei der Staatsanwaltschaft ein. Beide fallen sehr wohlwollend aus. Über Tilo Wunsch heißt es, er arbeite in der hauseigenen Wäscherei, sei fleißig und umsichtig. Außerdem könne er selbstständig arbeiten, sei »verträglich und hilfsbereit«. In Bezug auf »Ordnung und Sauberkeit« nehme er »positiven Einfluss auf andere Gefangene«. Strafvollzugs-Oberrat Höft teilt darum mit, dass ein Antrag auf Entlassung befürwortet werden würde.

Auch Uwe Pauls Beurteilung spricht für eine frühzeitige Entlassung: »Die Gesamtentwicklung seiner Persönlichkeit lässt erkennen, dass er aus seiner Straftat die richtigen Schlussfolgerungen gezogen hat und um Bewährung und Wiedergutmachung bemüht ist.«

Uwe Wunsch wird 1992 entlassen. Sieben Jahre später wird er wegen mehrfacher Körperverletzung erneut zu dreizehn Jahren Haft verurteilt und erst am 31. Mai 2012 wieder aus dem Gefängnis entlassen. Nur einen Monat später stirbt er mit 57 Jahren an einem Herzinfarkt.

Paul wird nach 17 Jahren im März 1994 auf Bewährung aus dem Gefängnis Brandenburg entlassen. Doch er auch er wird erneut straffällig und im Mai 1999 wegen Urkundenfälschung, Diebstahls und Gefährdung des Straßenverkehrs verurteilt. Gleichzeitig wird seine Bewährung widerrufen. Der 55-Jährige wird dazu verurteilt, den Rest seiner lebenslangen Strafe abzusitzen. 2004 stirbt er in der Justizvollzugsanstalt.

SCHNAPS, TABLETTEN ... MORD

Tonbandmitschnitt der Zeugenvernehmung von Klaus Spoor, wohnhaft Wolfen-Nord am 20. Oktober 1982. Vernehmender: Oberleutnant der Kriminalpolizei, Constabel:*

»Herr Spoor, es ist jetzt 9.42 Uhr. Ich bin beauftragt, mit Ihnen eine Vernehmung durchzuführen. Diese Vernehmung wird auf Tonband aufgezeichnet. Das Mikrofon steht auf dem Tisch. Das Bandgerät steht hier bei mir auf dem Stuhl. Sind Sie ausgeschlafen? Herr Spoor, können Sie der Vernehmung folgen? Verstehen Sie, was ich sage? Ich bitte Sie, etwas lauter zu sprechen, damit es auf dem Tonband aufgezeichnet werden kann. Ich weise Sie darauf hin, dass es gemäß § 106 Strafprozessordnung zulässig ist, Bandaufzeichnungen von Vernehmungen zu machen.«

Es ist nicht das erste Mal, dass Klaus Spoor verhört wird: Der 28 Jahre alte ehemalige Mitarbeiter der Filmfabrik Wolfen hatte vor kurzem schon einmal auf demselben Stuhl gesessen und dem Kripo-Oberleutnant Auskunft über seine persönliche Entwicklung gegeben. Während dieser ersten Vernehmung wurde dem Tatverdächtigen auch mitgeteilt, dass sein sechs Jahre alter Stiefsohn Peter tot ist.

Nachdem Spoor bei dieser Befragung über die Vorgehensweise eines »Tonbandverhörs« aufgeklärt wurde, fragt ihn Constabel: »In welchem Zimmer waren Sie gerade?«

»Hier.«

»Was hat man Ihnen für Fragen gestellt?«

»Sie haben mich bloß gefragt, ob ich etwas weiß, über meinen Jungen. Ich weiß nur, dass der Junge im Bad umgekippt ist. Ich wollte ihn hochnehmen, und dann kam meine Frau und sagte, ich soll ihn liegenlassen. Ich soll ins Bett gehen.«

»Hat man Ihnen noch etwas mitgeteilt?«

»Bloß, dass er tot ist. Das wollte ich gar nicht glauben. Wie ist denn das passiert?«

Doch auf diese Frage bekommt Spoor keine Antwort.

Am Vortag: Siegfried Bauer* wohnt neben Familie Spoor im Ring der Bauarbeiter in Wolfen-Nord. Der LPG-Viehpfleger und seine Frau Birkhild besuchen die Nachbarn hin und wieder. Am Abend des 19. Oktobers klopft Barbara Spoor* kurz vor halb acht an die Tür der Nachbarn: »Kann ich von euch mal ein Fahrrad kriegen?«, fragt sie, und Bauer bemerkt sofort, dass die Frau völlig aufgelöst ist. Als er sie fragend anschaut, schreit sie ihn an: »Der Klaus hat den Jungen zusammengedroschen. Ich will in die Schulstraße zu meiner Schwägerin.« Klaus sei mal wieder besoffen, sagt sie noch, er habe sich jetzt jedoch schlafen gelegt.

»Wie? Zusammengedroschen?«, fragt Bauer nach.

Die 28-Jährige antwortet: »Er hat den Jungen auf den Boden geschmissen und ist dann auf ihm herumgetrampelt.«

»Ich komme mit in deine Wohnung«, sagt Bauer, der langsam versteht, dass etwas Schlimmes passiert sein muss. Gemeinsam mit seiner Ehefrau geht er die wenigen Schritte bis zur Wohnung der Spoors. Was der 31-Jährige dort im Kinderzimmer sieht, lässt ihm das Blut in den Adern gefrieren. Der 6-jährige Peter liegt auf dem Rücken auf einem Rollbett. Er ist bis zur Brust mit einer Steppdecke zugedeckt und regt sich nicht. Ein weißer, blutbefleckter Lappen liegt auf der Stirn des Kindes. Das Gesicht darunter ist völlig verschwollen.

Birkhild Bauer fühlt nach dem Puls. Dann dreht sie sich zu ihrem Ehemann und zu Peters Mutter um. Entsetzt schüttelt sie den Kopf: »Ich spüre nichts.«

Fast fluchtartig verlassen die drei die Wohnung. Siegfried Bauer läuft zum öffentlichen Telefon am Bauarbeiter-Ring 101, um das Rote Kreuz anzurufen. Als er keine Verbindung bekommt, fährt er kurzentschlossen mit dem Fahrrad zur Polizeidienststelle Wolfen-Nord.

Dort schildert er die Ereignisse. Zwei Schutzpolizisten werden zur Wohnung der Spoors geschickt, um die Angaben Bauers zu überprüfen. Sie finden alles genauso vor, wie es der Nachbar beschrieben hat.

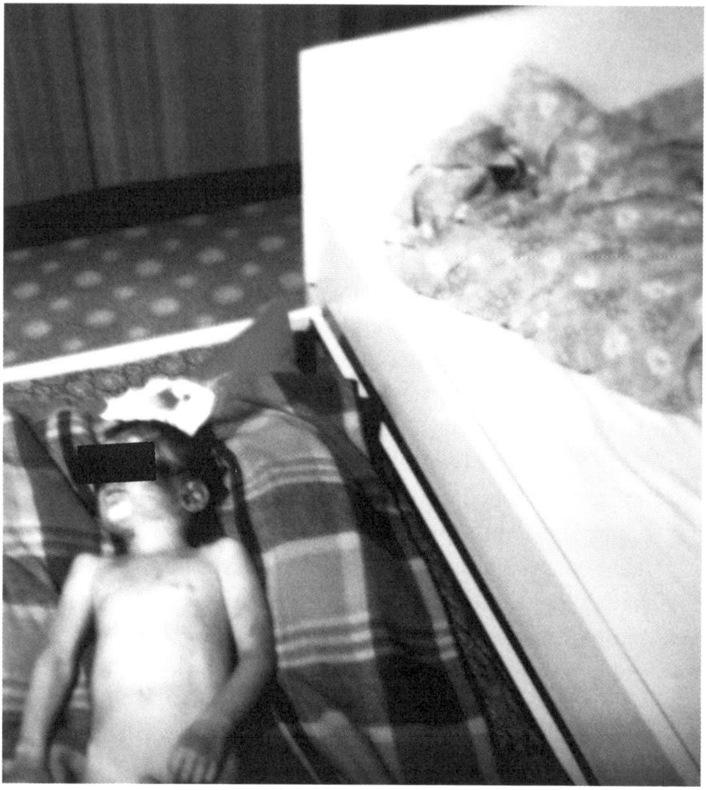

Die Leiche des sechs Jahre alten Peter vor dem Rollbett

Während die Beamten die Wohnung durchsuchen, liegt Klaus Spoor im Schlafzimmerbett und bekommt von alldem nichts mit. Als die Beamten ihn wecken, dauert es eine Weile, bis sich der Stiefvater des toten Kindes halbwegs orientieren kann. »Was ist denn los?«, knurrt er, während er sich immer wieder die Bettdecke über den Kopf zieht. »Mensch, lasst mich doch zufrieden. Was ist denn?«

»Ziehen Sie sich an. Wir müssen hier einen Sachverhalt klären«, versucht sich der Schutzpolizist verständlich zu machen. Unter lautem Schimpfen gibt sich Spoor schließlich geschlagen und streift mit unsicheren Bewegungen seine Kleidung über.

Kurz vor 22 Uhr treffen zwei Ermittler der bezirklichen Morduntersuchungskommission aus Halle in der ersten Etage des vierstöckigen Plattenbaus ein. Unterstützt werden der Kripo-Hauptmann Hoffmann und der Oberleutnant der K, Constabel, von vier Kriminalisten des Polizeikreisamts Bitterfeld. »Haben Sie hier etwas verändert?«, fragt Constabel Barbara Spoor. Die Mutter des toten Kindes nickt. »Ich habe sauber gemacht«, sagt sie. »Dass die Leute nicht verstehen, dass an Tatorten nichts verändert werden darf«, raunt Constabel entnervt dem Kriminaltechniker Hoffmann zu. »Das ist doch etwas, was man aus Krimis lernen kann.«

Akribisch nimmt er jedes Zimmer unter die Lupe und hält die Details für den Tatortbericht in seinem kleinen Notizbuch fest: Korridor, Wohnzimmer, Küche, Bad, Schlafzimmer. Dann betritt er das Kinderzimmer, das sich links neben dem elterlichen Schlafzimmer befindet. An der linken Wand steht ein Kinderrollbett. Auf der herausgezogenen Seite des Bettes liegt der unbedeckte Leichnam. Bereits um 21.15 Uhr hatte Medizinalrat Dr. Derer eine Obduktion durchgeführt und das Kind dazu entkleidet.

»Links neben dem Kopf befindet sich ein Tuch mit Blutflecken«, schreibt K-Oberleutnant Constabel auf. Am Kopf sind Wunden zu erkennen. Eine befindet sich über dem linken Auge. Das rechte ist blutunterlaufen. Das rechte Ohr sowie die gesamte rechte Seite sind ebenfalls blutunterlaufen.«

Die Kriminalpolizei untersucht den Tatort. Unter der Scheuerleiste an der Wohnzimmertür können sie Blutspuren sichern. An der Tapete im Kinderzimmer befinden sich ebenfalls Blutspritzer. Der blutbefleckte Kinderschlafanzug, ein blutiges Handtuch und das Bettzeug werden von den Ermittlern in Plastiktüten verpackt.

Um 2.45 Uhr beendet die Kripo die Arbeit vor Ort. Der leblose Körper des Kindes wird in die Leichenhalle des Kreiskrankenhauses Bitterfeld überführt.

Am 20. Oktober schildert Klaus Spoor dem Kripo-Oberleutnant Constabel den Ablauf des Vortags. Gegen 9 Uhr habe er die Wohnung verlassen, sei danach mit dem Fahrrad zum Bahnhof und dann mit dem Zug nach Bitterfeld zum Arbeitsamt gefahren. »Es ist jetzt die fünfte Woche, wo ich hin und her laufe. Zuletzt habe ich in der Filmfabrik gearbeitet. Ich lebe jetzt von den 700 Mark, die meine Frau verdient.«

Bis 10.30 Uhr sei er auf dem Arbeitsamt gewesen. »Danach bin ich in die Mitropa gegangen. Da habe ich so fünf große und drei kleine Bier getrunken. Und ungefähr vier Doppelte – wohl Magenbitter. Um 15.45 Uhr bin ich zurück nach Wolfen. Dort habe ich gegen 16 Uhr mein Fahrrad geholt und bin zu meinen Eltern in die Krondorfer Straße gefahren.«

Gertrud Spoor*, die Mutter von Klaus Spoor, gibt bei der polizeilichen Befragung an: »Mein Sohn war angetrunken. In einem Netz hatte er vier große Flaschen Bier. Eine stellte er vor sich hin. Ich habe mich dann zur Arbeit fertig gemacht und bin gegangen.«

Ihr Ehemann Ewald ergänzt: »Klaus hat gesagt, dass er zwei Bier und zwei Schnäpse getrunken hat. Meine Schwiegertochter Barbara war auch da – mit den drei Kindern.« Die Schwiegertochter habe Geld von ihrem Mann gefordert und wohl auch ein paar Mark bekommen. Sie habe Klaus dann den Schlüssel zum Fahrradschloss abgenommen. Der 69-Jährige betont, sein Sohn habe sich »auch gut mit den Kindern, der sieben Jahre alten Karin und dem ein Jahr jüngeren Peter, die Barbara mit in die Ehe gebracht hat, verstanden.«

Allerdings gibt er auch zu Protokoll, dass Klaus bereits während seiner Lehrzeit als Maurer viel getrunken habe. »Ich habe ihn öfter ermahnt, nicht so viel zu trinken. Es hat sich jedoch nicht belehren lassen. Später, in der Filmfabrik, sprach er dem Alkohol öfter zu.« Da sei es auch zu den ersten Straftaten gekommen. »Wenn er getrunken hatte, fühlte er sich stark und schlug sich gern mit anderen.«

Der Strafregisterauszug spricht tatsächlich eine deutliche Sprache: Im April 1971 wurde Klaus Spoor wegen der unbefugten Nutzung von Kraftfahrzeugen, Trunkenheit am Steuer und Diebstahl zu sechs Monaten Haft verurteilt. Zwei Jahre später folgte die nächste Verurteilung: Widerstand gegen staatliche

Maßnahmen und Diebstahl. Das kostete den damals 20-Jährigen erneut sechs Monate seiner Lebenszeit. 1976 wurde er zu fünfzehn Monaten Haft verurteilt. Diesmal lautete die Anklage vorsätzliche Körperverletzung, unbefugtes Benutzen eines Kraftfahrzeugs und mehrfache Hehlerei. Kaum hatte er diese Strafe abgesessen, wurde er 1977 noch einmal wegen Diebstahls verurteilt und musste ein halbes Jahr hinter Gitter.

Seine Mutter bescheinigt, dass Klaus »jähzornig« werde, wenn er getrunken habe. Er würde dann »herumschreien«. Zur »Brutalität« neige er jedoch nicht. »Im Gegenteil, er kann nicht mal ein Kaninchen schlachten.«

Bei seiner Vernehmung am 20. Oktober 1982 gibt Spoor an, dass er gegen 18.15 Uhr zu Haus ankam. »Ich musste mit dem Bus fahren, weil mir meine Frau den Schlüssel fürs Fahrradschloss weggenommen hatte.« Peter habe in der Badewanne gesessen und seine Frau habe sich um die gemeinsame Tochter Juliane gekümmert.

Was dann passiert sei, will Vernehmer Constabel wissen.

»Ich weiß bloß noch, dass Peter in die Wanne gemacht hat. Ich habe ihn gefragt: Darf man das denn? Komm aus der Wanne raus! Und ich habe ihm ein paar getachtelt. Es war vielleicht ein bisschen derb, und er ist gegen die Waschmaschine gerammelt.« Nach einer Weile habe dann die Nase des 6-Jährigen zu bluten begonnen. »Das lief und lief. Ich habe ihm gesagt, er soll den Kopf nach hinten legen, aber er machte den Kopf wieder nach vorn. Auf einmal ist er zusammengeklappt.« Er habe Peter hochheben wollen, da habe er sich noch bewegt. »Ich dachte, er ist ohnmächtig geworden, weil er das Blut nicht sehen kann.« In diesem Moment sei Ehefrau Barbara ins Bad gekommen. »Sie hat mich angeschrien, ich soll ins Bett gehen. Ich habe nur gesagt: Na, wenn du meinst.«

Er sei dann schlafen gegangen und erst von der Polizei »munter gemacht« worden. »Meine Frau und die Kleine waren nicht da. Ich habe die Volkspolizisten gefragt, zu wem sie wollen und wen sie mitnehmen wollen. Sie haben geantwortet: Wir wollen *Sie* mitnehmen.«

Er sei »angetrunken« gewesen, räumt der Befragte ein. »Ich konnte zwar noch nachdenken und sehen, aber normal sprechen nicht mehr. Ich bin leicht getaumelt.« Was im Bad passiert sei, wisse er dennoch. »Peter ist vor meinen Beinen einfach umgekippt«, wiederholt der 30-Jährige.

Doch damit gibt sich der Oberleutnant nicht zufrieden: »Herr Spoor, ich war heute Nacht in Ihrer Wohnung und habe mir alles genau angesehen, und auch unsere Spezialisten haben sich umgesehen. Ich habe Ihre Ehefrau als Zeugin vernommen. Sie hat die Sache völlig anders geschildert.«

Kurz nach dem Beginn des Polizeieinsatzes hatte die 28-jährige Barbara Spoor bei einer Befragung der Polizei um ein Uhr nachts einen deutlich anderen Ablauf der Ereignisse zu Protokoll gegeben:

Laut ihrer Aussage hatte sie am Vorabend beide Kinder in die Wanne gesetzt. »Ich habe zuerst Peter herausgeholt, abgetrocknet und ihm den weißen Schlafanzug mit den kleinen braunen Streifen angezogen. Danach habe ich für die Kinder das Abendessen vorbereitet. Nachdem die Kinder gegessen hatten, sind beide ins Rollbett gegangen. Das war so gegen 18 Uhr.« Die kleine Juliane habe da schon in ihrem Kinderbett im Schlafzimmer geschlafen.

Etwa zehn Minuten später sei ihr Mann gekommen. Er habe schweigsam ein Bier geöffnet und eine Zigarette geraucht. »Dann ging er zur Kinderzimmertür und wollte Peter herausholen. Der soll sich waschen, hat Klaus gesagt.« Als sie versucht habe, ihrem Mann zu erklären, dass sie Peter schon gebadet hätte, habe der darauf nicht reagiert.

Die Geschwister seien noch wach gewesen, und ihr Mann habe den Jungen angesprochen: »Steh auf und wasch dich!« Peter sei der Aufforderung nachgekommen und ins Bad gegangen. »Ich bin hinterher gegangen und sah, wie der Junge sich mit einem Lappen Gesicht und Hände wusch. Dann trocknete er sich ab und legte sich wieder ins Bett.«

Kurz darauf habe sich ihr Ehemann ans Bett des Kindes gesetzt und gefragt: »Warum hörst du nicht, wenn der Papa etwas sagt? Du solltest doch vorhin mit dem Papa auf dem Fahrrad nach Hause fahren.« Peter antwortete: »Nein, mit Mutti Bus gefahren.« Daraufhin wollte Klaus vom 6-Jährigen wissen: »Peter, wer hat dir immer auf den Arsch gehauen?« Peter antwortete: »Der Papa.« Diese Frage, so Barbara Spoor, habe ihr Ehemann mehrmals wiederholt. Der Kleine, der geistig zurückgeblieben ist, habe nicht immer sofort geantwortet. »Ich sah dann vom Korridor aus, dass Klaus mehrmals mit der Faust auf Peter einschlug. Er traf mehrfach das Gesicht.« Peter habe aufgeschrien und angefangen zu weinen. »Lass den Jungen zufrieden!«, habe sie gerufen. »Hör auf, hör doch auf!« Doch ihr Ehemann habe nicht reagiert. »Ich ging dann in die Küche, um für Juliane das Fläschchen zu machen. Dort hörte ich etwas hart aufschlagen. Ich vermute, dass mein Mann Peter immer wieder auf den Fußboden warf.«

Die Ehefrau des Beschuldigten gab an, sie hätte, nachdem sie dem Baby die Flasche gegeben hatte, vom Wohnzimmer aus gesehen, wie ihr Mann den 6-Jährigen am Schlafanzug aus dem Kinderzimmer zog und durch den Korridor schleifte. »An der Wohnzimmertür warf er ihn auf den Rücken. Er trat fünf-, sechsmal mit beiden Füßen gegen Peters Kopf. Dann sprang er noch drei- bis fünfmal mit beiden Beinen auf den Jungen drauf, auch auf den Kopf.«

Peter habe da schon »ein Loch im Kopf gehabt und stark geblutet«. Das rechte Auge sei »stark geschwollen und verfärbt« gewesen. Mit den Worten »Ich muss den Bengel erstmal waschen«, habe er ihn danach ins Badezimmer geschleift. »Er warf Peter ins Badewasser. Er bewegte sich nicht mehr und lag etwa eine Minute lang ganz unter Wasser. Ich sagte meinem Mann, er soll ihn schnell herausholen. Er zerrte ihn daraufhin aus der Wanne und legte ihn auf ein Handtuch. Dort ließ er den Jungen liegen und ging ins Bett.«

Sie habe vom Fußboden und den Wänden das Blut abgewaschen und dem regungslosen Kind den Schlafanzug ausgezogen. »Auf die Kopfwunde habe ich einen feuchten Waschlappen gelegt. Dann habe ich ihn zum Bett getragen. Dort habe ich nach dem Puls gefühlt, aber keinen mehr gespürt.«

Bei der Befragung von Klaus Spoor schlägt der Kripo-Oberleutnant, dem diese Schilderungen bekannt sind, nun einen raueren Ton an: »Herr Spoor, das stimmt doch alles nicht, was Sie mir bisher erzählt haben«, konfrontiert er den Beschuldigten offen mit den Widersprüchen »Das passt alles nicht mit dem zusammen, was mir Ihre Frau erzählt hat.«

»Warum soll das denn nicht stimmen?«, versucht es der Mordverdächtige mit einer Gegenfrage. »Ich habe Ihnen alles gesagt. So war das …«

»Sie wissen doch ganz genau, was heute Nacht passiert ist. Was haben Sie mit Peter gemacht?«

Spoor schlägt die Hände vors Gesicht. Der Vernehmer lässt ihm Zeit, sich zu sammeln.

»Geschlagen habe ich ihn. Ich weiß aber nicht, wohin«, keucht der 28-Jährige schließlich durch die Finger. »Geschubst habe ich ihn oder geschmissen. Oder was? Ich muss jetzt genau überlegen.«

Dann räumt er ein, dem 6-jährigen Kind mit der Hand und der Handkante auf die Rippen und ins Gesicht geschlagen zu haben, »aber nicht mit der Faust«. Und ein paar Minuten später fällt ihm auch wieder ein, dass er Peter »im Kinderzimmer zwei-, dreimal hochgenommen und fallengelassen« habe. Mit dem Hinterkopf habe er ihn »zweimal an die Wand gehauen«.

»Warum haben Sie das getan?«

»Weil er nie gehört hat.«

Nach und nach schildert Spoor, wie er seinen Stiefsohn misshandelt hat, und gibt zu, ihm mehrfach in den Rücken getreten zu haben. »Das mache ich öfter«, sagt er und demonstriert Constabel den Bewegungsablauf der Tritte.

Auf die Frage, wie der 6-Jährige in die Wanne gekommen sei, antwortet der Befragte wieder ausweichend. »Er muss gelaufen sein. Oder meine Frau hat ihn ins Wasser gesetzt. Als er in der Wanne saß, habe ich zu meiner Frau gesagt: Guck mal nach ihm. Der schläft ja gleich ein. Ich habe ihn dann rausgenommen. Seine Nase hat geblutet. Als ich ihn hinstellen wollte, ist er umgefallen.«

Als er mit der Aussage seiner Frau konfrontiert wird, regt Spoor sich auf: »Ich schlage nur mit der flachen Hand oder mit der Faust mal auf den Rücken. Ich kann mir nicht erklären, dass meine Frau so etwas aussagt.«

Ob er sich denken könne, woran Peter gestorben sei? »Vielleicht sind es die Nieren oder die Lunge. Ich wollte mit meiner Tat nichts erreichen. Ich wollte auch nicht, dass er gleich tot ist.«

Dann wird er knallrot im Gesicht, und es sprudelt aus ihm heraus: »Wenn ich in Wut bin, nehme ich auf nichts Rücksicht und gucke auch nicht hin. Bei mir ging das an dem Abend einfach so. Ich weiß nicht, wie das zustande gekommen ist. Ich war aufgeregt, habe auch gezittert. Dann ging es los. Nachher habe ich mich wieder beruhigt.« Er wisse nicht, wozu er fähig sei, wenn er sich aufregt. »Tabletten nehme ich ja ein. »Faustan« wegen dem Trinken. »Radedorm« auch noch. Ich bin Alkoholiker. Ich bin in Behandlung.«

Der Leitende Arzt der psychiatrisch-neurologischen Abteilung des Kreiskrankenhauses Bitterfeld bestätigt, dass Spoor seit Mai 1979 in der »Betreuung der Gefährdungsberatung« ist. Es bestehe die Neigung zum Alkoholmissbrauch bei »Oligophrenie (Zustand deutlich unterdurchschnittlicher kognitiver, verstandesmäßiger, intellektueller Fähigkeiten) vom Grade einer Debilität mit leicht eintretender Erregbarkeit.« Der Arzt bestätigt die Medikamentengabe und weist darauf hin, dass die Dosis im September 1982 gesteigert wurde. Unter Alkoholeinwirkung sei eine »Nivellierung der Persönlichkeitszüge sowie eine Reduzierung der Steuerungsmechanismen zu erwarten.« Ein Suchtproblem sei »nicht bekannt«, allerdings ein »asozial determinierter Alkoholmissbrauch«. Auch im Zusammenwirken mit dem für Spoor strikt verbotenen Konsum von Alkohol werde aber durch die Medikamente »Brutalität nicht verursacht«.

Am 20. Oktober gegen 11.45 Uhr entschließt sich Spoor, ein Geständnis abzulegen: »Ich bin daran schuld, dass das Kind tot ist. Ich war selber erstaunt, dass ich das gemacht habe. Ich habe vielleicht keine Rücksicht genommen, ob es ein Kind ist, oder was. Ich war eben in Fahrt. Was ich gemacht habe, das ist Mord.«

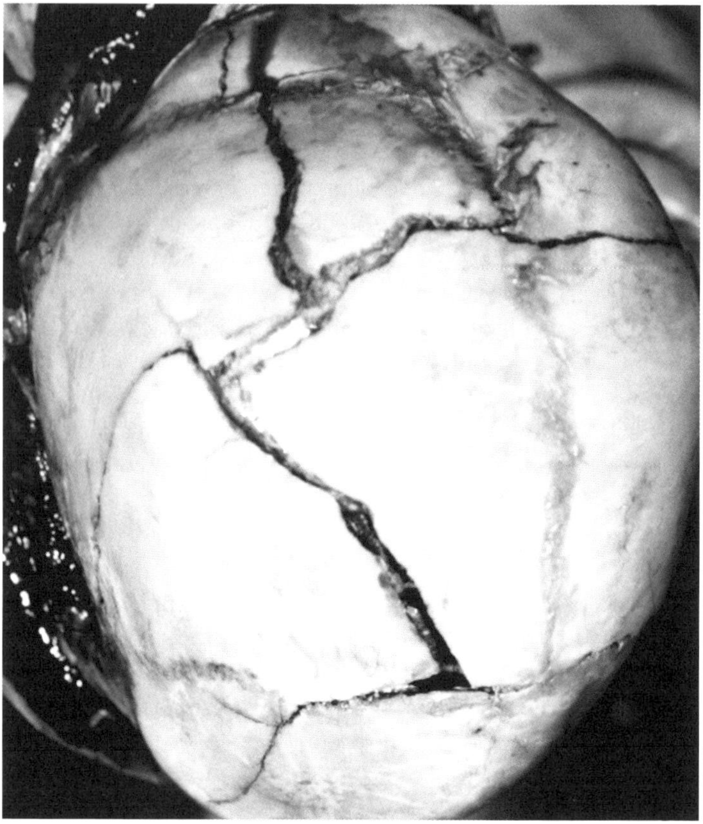

Der Schädel des getöteten Kindes weist mehrere »Berstungsbrüche« auf

Um die unterschiedlichen Aussagen von Klaus und Barbara Spoor zu überprüfen, ordnet die Staatsanwaltschaft eine Gegenüberstellung der inzwischen geschiedenen Eheleute an. Am 10. Dezember treffen sie in der Haftanstalt Dessau aufeinander. Die 28-Jährige wiederholt die Aussagen, die sie bereits am Tag nach dem Tod ihres Sohnes zu Protokoll gegeben hat. Zum Geschehen im Badezimmer berichtet sie: »Mein Mann hat den Jungen in die Wanne plumpsen lassen. Der Peter lag wie eine verbogene Schiene seitlich. Sein Körper war unter Wasser.

Auch der Kopf.« Aus Mund oder Nase seien »noch einzelne Luftblasen aufgestiegen«.

»Herr Spoor, was sagen Sie dazu?«

»Ich hatte Peter verquer in die Wanne gesetzt. Der Kopf des Jungen hing seitlich zum Wasserhahn hin und war nur leicht im Wasser.«

Doch Barbara Spoor bleibt bei ihrer Aussage.

Klaus Spoor schüttelt nur den Kopf: »Ich bleibe ebenfalls bei meiner Aussage. So wie sie es schildert, war es nicht.« Doch wenig später rudert er zurück: »Ich war immer der Meinung, dass ich den Jungen nur geschubst habe. Es kann so sein, wie es meine Frau schildert.«

Das Obduktionsprotokoll des Instituts für gerichtliche Medizin weist als Todesursache »zentrales Versagen infolge Hirnquetschung« aus. Vor dem Eintreten des Todes des 6-Jährigen sei es »zu zahlreichen schweren stumpf-quetschenden Gewalteinwirkungen, insbesondere auf den Kopf, Rumpf und die Gliedmaßen« gekommen. Die mit der Obduktion betrauten Ärzte Dr. Dreesen und Dr. Schäfer listen eine Vielzahl von Verletzungen auf, darunter Schädelbrüche und -berstungen, Zerreißung der harten Hirnhaut sowie Zertrümmerung der Hirnrinde. Die Obduzenten gehen davon aus, dass die Verletzungen »am ehesten für ein mit großer Wucht erfolgten Aufschlagens des Kopfes an einen flächigen Gegenstand (Wand oder Fußboden)« sprechen. Das Verletzungsmuster könne auch als »die Folge von Fußtritten oder Faustschlägen« gedeutet werden, »oder sogar durch ein intensives Treten (Trampeln) auf den Körper hervorgerufen« worden seien.

Um sich ein umfassendes Bild von den Familienverhältnissen der Spoors machen zu können, wird am 11. November im Beisein eines Vertreters des Referats Jugendhilfe die Schwester des getöteten Jungen angehört. Auf die Frage von K-Leutnant Flögel, ob ihre Mutti sie schon mal geschlagen habe, antwortet die Erstklässlerin: »Nein, weil ich immer lieb bin. Ich bin gerne zu Hause. Meine Mutti habe ich lieb und auch Oma. Meinen Vati habe ich nicht lieb, weil er immer besoffen ankommt.« Der

Stiefpapa habe ihr »zweimal auf den Po gehauen« und sie habe »blaue Flecke« gehabt. Am Tatabend habe sie gesehen, dass der »Papa Peter im Kinderzimmer hingeschmissen und mit dem Kopf gegen die Wand gehauen hat. Das hat er öfter gemacht.«

Im Fachkrankenhaus für Psychiatrie und Neurologie in Bernburg wird Spoors Geisteszustand eingehend untersucht. Die Staatsanwaltschaft Halle will wissen, ob der Mann für seine Tat im Sinne des Strafrechts verantwortlich gemacht werden kann. Medizinalrat Dr. Späte und Dr. Feyler informieren die Anklagebehörde: »Der Beschuldigte war zur Zeit der Tat nicht unfähig, sich nach den durch die Tat berührten Regeln des gesellschaftlichen Zusammenlebens zu entscheiden.« Bei Spoor habe allerdings »ein, die Zurechnungsfähigkeit vermindernder alkoholbedingter Rauschzustand« vorgelegen. Ein »pathologischer Rausch oder ein pathologisch gefärbter Rausch« könne allerdings ausgeschlossen werden. Gegen diese Annahme sprächen sowohl der Handlungsablauf als auch die Erinnerungsfähigkeit unter Berücksichtigung des Alkoholisierungsgrades von 2,2 bis 2,4 Promille. Eine stationäre Alkoholentwöhnung sei außerdem nicht nötig, da eine »süchtige Abhängigkeit« fehle.

Am 22. Juni 1983 beginnt der Prozess vor dem IV. Strafsenat des Bezirksgerichts Halle. Am 29. Juni, dem dritten Prozesstag, verkündet Oberrichter Angermann das Urteil: »Der Angeklagte wird wegen Mordes zu lebenslanger Haftstrafe verurteilt.«

Der Vorsitzende verweist in seiner Urteilsbegründung auf die immer noch bestehenden Widersprüche zwischen der Schilderung des Geschehens durch Spoor und die von der Rechtsmedizin festgestellten Verletzungen hin. Die Aussage des inzwischen 31-Jährigen, dass er sich nicht detailliert erinnern kann, ändert nichts an dem Urteil. »Unter der zum Zeitpunkt der Tat bestehenden Alkoholbeeinflussung ist diese Erklärung glaubhaft.« Da allerdings der Prozess keinerlei Hinweise darauf gegeben hat, dass »ein Dritter Gewalt gegen das Kind angewandt hat, war von der alleinigen Täterschaft des Angeklagten auszugehen«. In den Rauschzustand, der seine Zurechnungsfähigkeit vermindert habe, »hat sich der Angeklagte schuldhaft selbst versetzt«, obwohl er wusste, dass er zu »unüberlegten Handlungen neigt«, wenn er getrunken hat.

Noch am selben Tag schreibt der Verurteilte an den Strafsenat, dass er »mit dem Urteil nicht einverstanden« sei. »Die Berufungsgründe wird Ihnen meine Rechtsanwältin mitteilen.«

Die Verteidigerin verweist dann auch besonders darauf, dass ihrem Mandanten »die konkrete Wirkung von Alkohol in Verbindung mit der Medikamenteneinnahme nicht bekannt war, beziehungsweise die möglichen Folgen nicht vorauszusehen« waren.

Das Oberste Gericht der DDR weist die Berufung am 29. Juli 1983 zurück.

Am 16. April 1984 versucht Spoor, das Urteil aufheben zu lassen, und wendet sich an den Präsidenten des höchsten DDR-Gerichts. In der Antwort heißt es unter anderem: Der Präsident des Obersten Gerichts habe den Antrag »gründlich geprüft. Alle Einwendungen, die Sie gegen das Urteil des Bezirksgerichts Halle vorbringen, enthalten keine neuen Gesichtspunkte zum Tatgeschehen und zu den Umständen des Verbrechens, einschließlich der Beurteilung Ihrer Persönlichkeit.«

Im August 1984 wird das Urteil auf Antrag des Mörders erneut überprüft. Doch auch diesmal hat Spoor keinen Erfolg. Allerdings wird seine Strafe im Zuge »der allgemeinen Amnestie aus Anlass des 38. Jahrestages der Gründung der der DDR« auf eine zeitlich begrenzte Haftstrafe von 15 Jahren herabgesetzt.

Unmittelbar nach der Wiedervereinigung stellt der Strafgefangene am 4. Oktober 1990 einen dritten Kassationsantrag. Der Kassationssenat am Bezirksgericht Magdeburg weist den Antrag im Mai 1991 zurück.

Im Oktober 1997 wird Spoor nach 14 Jahren aus der Haft entlassen.

DREI SCHWESTERN

Irgendetwas gefällt Polizeioberwachtmeister Uwe Rackow nicht an dem jungen Mann mit der blauen Segeltuchtasche, der ihm am 20. Mai 1986 gegen 10.50 Uhr in Berlin-Mitte in der Otto-Nuschke-Straße, Ecke Glinkastraße, über den Weg läuft. Der Streifenpolizist kann später selbst nicht mehr sagen, was genau ihn dazu veranlasst hat, den Schwarzhaarigen mit der schwarzen Lederjacke näher unter die Lupe zu nehmen. Vielleicht so etwas wie Intuition.

»VP-Oberwachtmeister Rackow«, stellt sich der Uniformierte vor. »Ihre Papiere bitte!« Als der junge Mann nach seinem Ausweis sucht, wird der Polizist stutzig. Aus dem Bund seiner braunen Cordhose ragt ein langes Messer. Der Mann weist sich als Frank Prenzlau* aus, wohnhaft in Halle, Kirchnerstraße 9. Da ihm nicht bekannt ist, dass etwas gegen den Mann vorliegt, verabschiedet Rackow sich von Prenzlau. »Dann noch einen schönen Aufenthalt in der Hauptstadt der DDR«, grüßt er mit der Hand an der Mütze. Aufgrund des Messers beschließt er jedoch, den jungen Mann im Auge zu behalten. Er geht zum gegenüberliegenden Spielplatz und verständigt von dort über Funk den Diensthabenden des Reviers.

Leutnant Blasius fordert umgehend eine Funkstreife zur Unterstützung an. Um 10.57 Uhr hält »Toni 04/268« neben dem Hallenser, der sich zu diesem Zeitpunkt in der Glinkastraße etwa in Höhe des Ministeriums des Innern befindet. »Sie sind vorläufig festgenommen.« Widerstandslos steigt der 21-Jährige in das Polizeiauto. Zu dieser Zeit wissen die Berliner Polizisten bereits, dass Oberwachtmeister Rackows Gespür ihn alles andere als getäuscht hat: Gegen den Elektromonteur von den Volkseigenen Verkehrsbetrieben Halle wurde am selben Tag vom Kreisgericht Halle ein Haftbefehl erlassen. Er wird DDR-weit gesucht. Aufgrund von Fluchtgefahr sei »die Inhaftierung gesellschaftlich notwendig und unumgänglich«, heißt es in dem Dokument.

Wenige Stunden später wird der im Protokoll als »offensichtlich verhaltensgestört« bezeichnete Frank Prenzlau in die Saale-Stadt überführt. Kurz vor 21 Uhr sitzt er zum ersten Mal den Ermittlern der Morduntersuchungskommission des Bezirks gegenüber. Das Verhör endet am 21. Mai um 2.45 Uhr. 50 Minuten später schließt sich in der Untersuchungshaftanstalt hinter Prenzlau die Tür einer Einzelzelle.

Zwei Tage zuvor: Am 19. Mai fährt Frank Prenzlau mit dem Fahrrad in die Gartenanlage Tucholsky-Warneck-Straße unweit des Kurt-Wabbel-Stadions. Dort befindet sich die Parzelle seiner Eltern. Der 21-Jährige bringt seiner Mutter Wäsche zum Waschen in den Garten und trifft dort auf seine Eltern, zwei seiner drei Schwestern – die 20 Jahre alten Zwillinge Kathrin und Dagmar – sowie zwei Bekannte seiner Eltern. Kathrin und Dagmar hatten am Donnerstag zuvor Geburtstag. Die Stimmung ist entspannt. Es gibt selbstgebackenen Kuchen, dazu trinkt Prenzlau Milch. Die jungen Frauen fragen den Bruder spitz: »Na, und wo ist unser Geschenk?« »Habt ihr denn überhaupt eins verdient?«, antwortet Frank verärgert, denn aus seiner Sicht nörgeln die Schwestern ständig nur an ihm herum. Wie so oft wandern seine Gedanken während der knapp zwei Stunden, die er in der Gartenlaube verbringt, immer wieder zu der Vorstellung, wie es wäre, ihnen dafür mal so richtig »eins auszuwischen«. Wie es wäre, ihre ständige Nörgelei ein für alle Mal zum Verstummen zu bringen.

Als sich Kathrin und Dagmar kurz vor sieben verabschieden und mit ihren Rädern davonfahren, folgt Franz ihnen. Hinter dem Pflegeheim in der Beesener Straße verliert er sie aus den Augen. Der 21-Jährige radelt zunächst in Richtung seiner Hinterhofwohnung in der Kirchnerstraße weiter, ändert dann aber plötzlich seine Meinung. Er will in die Wohnung seiner Eltern in Halle-Süd fahren, in der auch seine Schwestern wohnen.

In seinem Kopf hat sich seit einer Weile der Gedanke festgesetzt, dass seine Schwestern bei den Eltern »Stimmung gegen

Das Mordhaus in Halle, Roßbachstraße 59. Die Pfeile kennzeichnen die Wohnung von Familie Prenzlau.

ihn« machen und schlecht über ihn reden. Sein Zorn darüber hat sich mit der Zeit in blanken Hass gewandelt, und er schmiedet schon länger Pläne, um die Mädchen dafür zu »bestrafen«, dass sie »einen Keil zwischen ihn und die Eltern treiben«. Besonders auf Dagmar ist er nicht gut zu sprechen. Er hält die selbstbewusste junge Frau für eingebildet. Aber auch Petra hat er in den letzten Monaten oft provoziert, indem er sie anrempelte. Bald reichte ihm diese alltägliche Gemeinheit jedoch nicht mehr aus, um seine Rachegelüste zu stillen. Bereits wenige Tage vor Weihnachten entschied er sich deshalb dafür, die »Höchststrafe« bei seinen Schwestern anzuwenden. Sie sollen durch seine Hand sterben. Einige Zeit schwankt er noch, den Plan in die Tat umzusetzen, aber Ende Februar steht sein Entschluss endgültig fest.

Als er am frühen Abend des 19. Mai vor dem Haus in der Roßbachstraße 59 ankommt, sieht der junge Mann wie seine Schwestern gerade den Altneubau betreten. Er folgt Dagmar und Kathrin in die Wohnung im 1. Obergeschoss, in der sich auch seine dritte Schwester Petra befindet. Die 18-Jährige ist eine gute Stunde zuvor von der Arbeit gekommen und hat sich im Fernsehen den Bericht über die 12. Etappe der »Friedensfahrt« von Karl-Marx-Stadt nach Karlovy Vary (Karlsbad) angesehen.

Frank Prenzlau geht in die Küche und sieht aus dem Fenster. Er will sich davon überzeugen, dass seine Eltern nicht nach Hause kommen und ihn bei seinem Vorhaben überraschen.

Nach dem 25. Februar hatte er schon einige Mal seinen mörderischen Plan verwirklichen wollen, nie jedoch alle drei Schwestern gemeinsam angetroffen – eine aus seiner Sicht unbedingte Voraussetzung für den Erfolg der geplanten Tat.

Die Schwestern beginnen mit einer »Modenschau«, probieren Sachen an und tauschen ihre Pullis. Dabei kichern sie ausgelassen. Der Bruder steht an der Zimmertür und schaut mit zusammengekniffenen Augen zu. Als er den Raum betritt, werfen ihn die Mädchen kurzerhand hinaus.

Wieder steht er am Küchenfenster. Sein Plan steht fest. Heute muss es geschehen. Er will sich, nachdem er die Schwestern umgebracht hat, in den Westen absetzen. Seit Februar 1986 ist er nicht zur Arbeit gegangen. Per Post hatte er eine formlose Kündigung an die Kaderabteilung seines Betriebes geschickt. Er lebt von Ersparnissen. Weil er verhindern will, dass jemand einen Vorteil aus seinem Verschwinden zieht, hat er versucht, das gesamte Geld aufzubrauchen, hat Möbel, Gardinen und Bücher mit Farbe beschmiert, zahlreiche Gegenstände, darunter seine Modelleisenbahn, Wein- und Biergläser, den Föhn und Werkzeuge unbrauchbar gemacht. Sein Luftgewehr hat er samt Hülle in einen Kiessee im Naherholungsgebiet Dieselstraße geworfen und Fernseher und Radio zerkratzt.

Prenzlau nimmt ein spitzes Fleischmesser mit braunem Holzgriff und einer 16 Zentimeter langen Klinge aus dem Küchenschrank. Das insgesamt 30 Zentimeter lange Messer hält er für die geeignetste Waffe, um die Schwestern »abzukillen«. Später wird er seine Wahl mit den Worten begründen: »Ich hielt ein Messer für am wirkungsvollsten. An eine andere Waffe wäre ich ja auch gar nicht herangekommen.«

Mit dem Messer in der Hand steht er neben der Tür zum Kinderzimmer. Als Kathrin an ihm vorbeigeht, sieht sie hinter sei-

Das Wohnzimmer der Täterwohnung. Die Pfeile weisen auf die rote Farbe hin, mit der Prenzlau seine Möbel beschmiert hat.

nem Rücken die Klinge aufblitzen. Angst beschleicht sie, denn der Bruder hatte schon einmal in der Küche mit einem Messer herumgefuchtelt. Sie geht an ihm vorbei, schließt die Tür von innen und hält sie zu. Als sie hört, dass Frank in die Küche geht, sagt sie leise zu Dagmar: »Hast Du das Messer gesehen?« Die Schwester nickt.

Kurze Zeit später will Frank erneut ins Zimmer der Zwillinge. Die jungen Frauen glauben, dass der Bruder das Messer wieder in die Küche gebracht hat, und öffnen die Tür. Als er im Raum steht, sticht er zweimal auf einen Hocker ein. Dagmar fragt erschrocken: »Was willst du mit dem Messer? Willst du einen abstechen?« Und Kathrin schreit ihn an: »Raus hier! Und mach unsere Möbel nicht kaputt!« Frank grinst und verlässt das Zimmer mit den Worten: »Ihr habt wohl Angst?« Dagmar, die sich nach dem ersten Schreck wieder gefangen hat, antwortet selbstbewusst: »Vor dir wohl?« Auch Kathrin ist der Meinung, dass der Auftritt »nur wieder so ein dummer Spaß des Bruders war«. Sie geht zur Toilette. Von dort aus hört sie aus dem Kinderzimmer das Lachen der Schwestern und Frank, der im Flur auf und ab läuft. Sie ist der Meinung, dass sich alles wieder beruhigt hat und singt leise vor sich hin. Da hört sie einen erstickten Schrei.

Nachdem Frank das Kinderzimmer verlassen hatte, war erneut Hass in ihm aufgestiegen. »Anstatt ihnen Angst zu machen, werde ich nur verspottet und ausgelacht«, schoss es ihm durch den Kopf. »Die nehmen dich nicht ernst.« Seine Wut steigerte sich ins Unermessliche. Er sah erneut aus dem Küchenfenster. Dann ging er zurück ins Kinderzimmer. Dagmar und Petra hatten das seltsame Gehabe ihres Bruders immer noch nicht ernst genommen. Bis zu jenem Moment …

Der 21-Jährige geht auf Dagmar zu, gegen die er besonders großen Groll hegt. Sie steht am Klavier. Er schaut seine Schwester einen Augenblick an. Fast ist es, als würde ihn eine innere Stimme im letzten Moment noch zurückhalten, doch dann macht er einen letzten großen Schritt – fast einen Sprung – und sticht frontal in den Oberkörper seiner Schwester. Das Lachen in Dagmars Gesicht gefriert. Sie schaut in einer Mischung aus Entsetzen und Verständnislosigkeit auf die Stichwunde. »Frank, hör auf!«, fleht sie. Doch der Bruder antwortet nur: »Halt's Maul.« Von der Couch aus beobachtet Petra wie versteinert die Szene. Einen kurzen Augenblick begreift sie nicht, was geschieht. Dann steht sie auf, um zu sehen, was zwischen den Geschwistern vor sich geht. Noch bevor sie die Lage überblicken kann, spürt sie ein Brennen in der linken Brust. Ihr wird schwarz vor Augen. Sie stürzt. Als sie wieder zu sich kommt, sieht sie, dass Frank »wie ein Wilder« auf Dagmar einsticht. Die Augen des Bruders sind dabei starr und treten hervor. Er zittert am ganzen Körper. Dagmar kann ihrem Bruder kurz entkommen, schafft es noch bis zur Tür. Dort bricht sie zusammen. Petra schreit vor Angst.

Kathrin reißt die Toilettentür auf, schließt sie aber sofort wieder. Aus dem Toilettenfenster ruft die Laborassistentin verzweifelt um Hilfe. Das hört auch ihr Bruder. Er lässt von Dagmar und Petra ab, schaut auf seine Schwestern, die blutend vor ihm auf dem Boden liegen. »Die haben genug«, denkt er und bedauert gleichzeitig, dass er an Kathrin, von der er denkt, sie sei noch in der Toilette, nicht »herankommt«. Er läuft aus der Wohnung, stürzt die zweimal neun Stufen bis zum Hauseingang hinunter, schwingt sich auf sein Fahrrad und rast zur Kirchnerstraße 9. Das Messer trägt er immer noch bei sich. In seiner Wohnung angekommen, wirft er ein paar Kleidungsstücke und ein bisschen Geld in eine blaue Segeltuchtasche und geht zum Bahnhof. Er will weg aus Halle, »Richtung Berlin«.

Es ist kurz vor 20 Uhr. Er geht zum Fahrplanaushang und sieht nach, welcher Zug als nächster fährt. »Personenzug nach Magdeburg«, bleibt sein Finger neben der Abfahrtszeit 20.45 Uhr stehen. Ankunft: 22.30 Uhr. In der Bezirksstadt an der Elbe steigt Frank Prenzlau in den Triebwagen nach Brandenburg und trifft dort nach Dienstschluss der Deutschen Reichsbahn 1.15 Uhr ein. Die Zeit bis zur Abfahrt des nächsten Personenzugs 4.40 Uhr nach Berlin-Karlshorst verbringt der Messerstecher im Wartesaal. Seine Gedanken kreisen: »Wie schaffe ich es in den Westen? Was werden meine Eltern sagen? Sind Petra und Dagmar auch wirklich tot?« Obwohl er seit Monaten daran gedacht hatte, die Schwestern umzubringen, kriecht ihm beim letzten Gedanken ein kalter Schauer über den Rücken.

Als Frank Prenzlau knapp 150 Kilometer entfernt im Wartesaal sitzt, ist seine Schwester Dagmar bereits einige Stunden tot. Zehn Messerstiche hatten sie in Oberkörper und Hals getroffen. Sie starb gegen 19.30 Uhr. Die 18 Jahre alte Petra ringt zu diesem Zeitpunkt noch mit dem Tode. Dass sie überlebt, hat sie nur der Geistesgegenwart ihrer Schwester zu verdanken:

Nachdem die Schreie aus dem Kinderzimmer verstummt waren, hatte Katrin das Klappen einer Tür gehört und war davon ausgegangen, dass ihr Bruder die Wohnung verlassen hat. Sie ahnte, dass im Kinderzimmer etwas Schreckliches geschehen sein musste. Panisch rannte sie in den Hausflur und rief dort um Hilfe.

Das hörte Klara Vechta*, die gerade den Abendbrottisch für ihre Familie deckte. Sofort lief sie von der Küche im Hochparter-

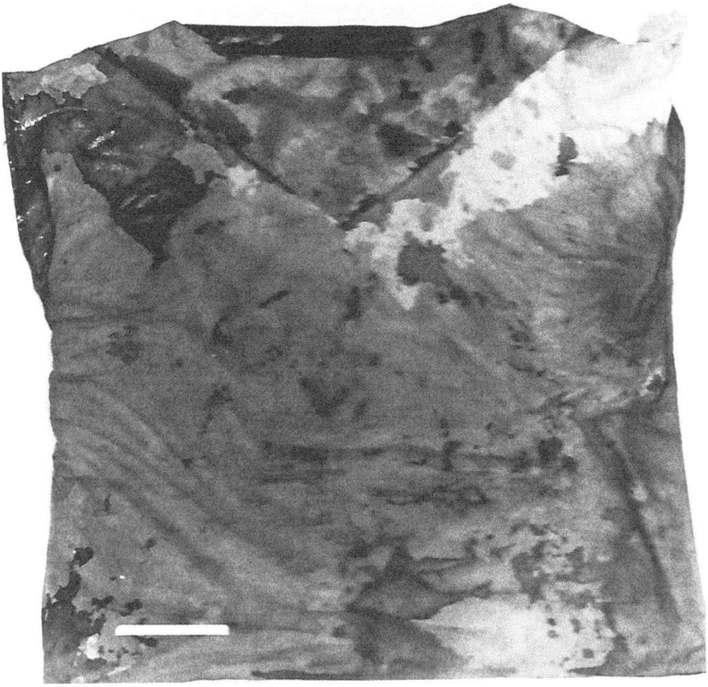

Die blutdurchtränkte Bluse der Toten

re in den Hausflur. Auf halber Treppe zur nächsten Etage kam ihr Kathrin Prenzlau entgegen, die verzweifelt um Hilfe schrie. Einen Augenblick später stürzte ein junger Mann an der Nachbarin vorbei und verließ eilig das Haus. Sie erkannte ihn sofort: Es war Frank Prenzlau. Klara Vechta versuchte, von Kathrin zu erfahren, was passiert sei. Doch die junge Frau stammelte mit tränenerstickter Stimme nur: »Hilfe! Hilfe! Hilfe!« und immer wieder: »Frank, der Frank, der Frank ...«

Auch Reinhard Warnemünde* und seine Frau Regine*, die über den Prenzlaus wohnen, hörten die Hilfeschreie. Sie eilten der zitternden und völlig verstörten jungen Frau zur Hilfe und gingen gemeinsam mit ihr in die Wohnung. Schon auf der Türschwelle sahen sie Blut. Mehrfach drückte Reinhard gegen die Tür des Kinderzimmers. Als es ihm schließlich gelang, sie einen

Das Kinderzimmer rechts neben der Wohnungstür.
Auf der Auslegeware befindet sich ein großer Blutfleck

Spalt zu öffnen, bot sich ein grausiger Anblick: Dagmar lag hinter der Tür auf der linken Körperseite. Sie versuchte etwas sagen, schaffte es aber nicht mehr. Schaum trat aus ihrem Mund. Petra lag am Blumenständer. Sie presste die Hand gegen ihren Bauch und stöhnte laut. Wieder rannte Kathrin in den Hausflur und rief panisch nach einem Auto. Dann lief sie geistesgegenwärtig ins Bad und kam mit Binden zurück, mit denen sie die Blutungen stoppen wollte. Die medizintechnische Laborassistentin kümmerte sich zunächst um Dagmar, die am stärksten blutete, und verband ihr die Pulsadern. Eine weitere Nachbarin, die inzwischen zur Hilfe geeilt war, bat sie, Petra einen Druckverband im Brustbereich anzulegen.

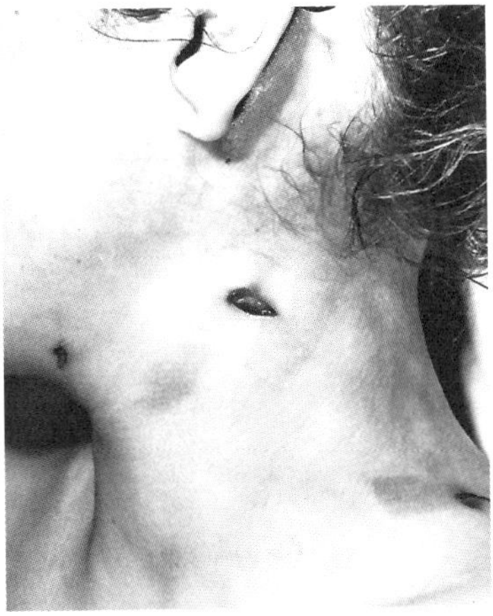

Stichverletzungen an der linken Halsseite des Opfers

Kathrin rannte auf die Straße und hielt einen Trabant an, der gerade am Haus vorbeifuhr. »Es ist ein Mord passiert«, versuchte sie Jürgen Jerichow* aufgeregt zu erklären. Bevor der Mann aus Weißenfels reagieren konnte, hatte Regina Warnemünde einen grünen 353er Wartburg angehalten. Der Fahrer aus Merseburg und seine Beifahrerin stiegen aus und überließen ihr Fahrzeug für den Transport der Verletzten. Dagmar wurde auf die hintere Sitzbank gelegt. Die Nachbarin begleitete die tödlich Verletzte zur Notaufnahme des Stadtkrankenhauses Süd in der Leninstraße.

Christine Marburg*, eine Bewohnerin des Hauses in der Roßbachstraße 49, informierte das Volkspolizeikreisamt telefonisch über den Vorfall im Nachbarhaus. Die »fernmündliche Anzeige«, die gegen 19.45 Uhr aufgenommen wurde, ging noch vom »Verdacht der vorsätzlichen Körperverletzung« aus.

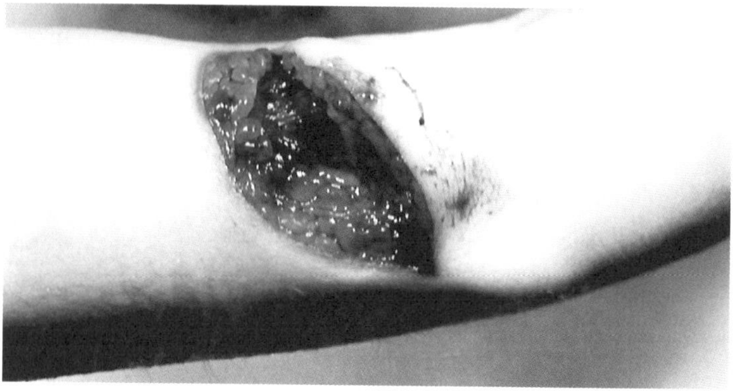

Eine klaffende Schnittverletzung am linken Unterarm der Ermordeten

Im Stadtkrankenhaus konnte jedoch nur noch Dagmars Tod festgestellt werden.

Petra, die von zwei Messerstichen in den Oberkörper schwer verletzt wurde, wurde in die Chirurgie des Universitätsklinikums überführt. Sie war nicht ansprechbar und zeigte alle Anzeichen eines Kreislaufschocks. Nur durch sofortige Bluttransfusionen und zweimalige Notoperationen überlebt sie knapp.

In der Zwischenzeit ist Frank Prenzlau in Berlin angekommen. Von Karlshorst fährt er mit der S-Bahn ins Zentrum der Hauptstadt, zum Marx-Engels-Platz. Von dort läuft er bis zur Friedrichstraße. Auf dem Weg überlegt er: »Direkt abhauen nach Westberlin? Oder einfach in die BRD-Botschaft gehen?« In der »Ständigen Vertretung« will er mit der Begründung um Asyl bitten, dass er mit den wirtschaftlichen Verhältnissen in der DDR nicht einverstanden ist.

Außerdem denkt er darüber nach, direkt über die Mauer zu fliehen, verwirft den Plan aber wieder, als er die Grenzsperren in der Friedrichstraße sieht.

Kurze Zeit später wird er festgenommen.

Die polizeilichen Ermittlungen am Tatort haben schon am Vorabend gegen 21.45 Uhr begonnen. Dabei entdecken die

Kriminalisten bereits am Treppengeländer im Erdgeschoss des Tathauses einen etwa 15 × 20 Zentimeter großen Blutfleck. Blut finden die Ermittler außerdem auf dem Treppenabsatz zur 1. Etage, auf der Türschwelle zur Tatwohnung und auf dem Abtreter. In der Wohnung selbst fällt den Kriminaltechnikern der Morduntersuchungskommission sofort eine Vielzahl von Blutspuren ins Auge, in denen teilweise Fuß- und Schuhabdrücke erkennbar sind. Im eigentlichen Tatort, dem Kinderzimmer mit dem weißen Klavier, ist die Velour-Auslegeware direkt an der Tür auf einem knappen halben Quadratmeter blutdurchtränkt. Auch auf der Abstellfläche oberhalb des Blumenständerfußes finden sich rötliche Anhaftungen. Im kleinen Vorraum zur Toilette, der Toilette selbst und in der Abstellkammer können die Kriminalisten weitere Blutspuren feststellen.

Auch die Wohnung des Täters wird genauer untersucht. In ihr werden ein Fahrten- und ein Taschenmesser gefunden, an denen jedoch keine Blutspuren festgestellt werden können. »Insgesamt«, so hält Polizeioberleutnant Grünke im Protokoll fest, vermittelten »alle Räume in der ersten Etage, zwei Zimmer, Küche, Bad, einen unaufgeräumten, beziehungsweise eilig durchsuchten Eindruck«. Schubkästen seien herausgerissen gewesen, Bekleidung habe im Schlafzimmer auf dem Fußboden gelegen. Vor dem Eingang zum Hinterhaus steht ein 28er Herrenrad, das der Vater des Tatverdächtigen als das seines Sohnes identifiziert.

Ein Fährtenhund wird angefordert. »Rita« nimmt an der Wohnungstür des 21-Jährigen die Witterung auf, führt Kriminalobermeister Enke die Treppe hinunter bis zum Fahrrad und weiter über den Hof bis zur Kirchnerstraße. Dort biegt die Hündin nach rechts ab und verfolgt die Fährte auf der rechten Seite des Fußwegs bis zur Ecke Ernst-Kamieth-Straße. »Rita« überquert die Straße und läuft bis zum Hintereingang des Hauptbahnhofs. Dort »kreist« die Spürnase. Die Spur endet.

Noch in der Nacht des Mordes wird Dagmars Leiche am Institut für gerichtliche Medizin der Martin-Luther-Universität Halle obduziert. Die Todesursache lautet »Verbluten infolge

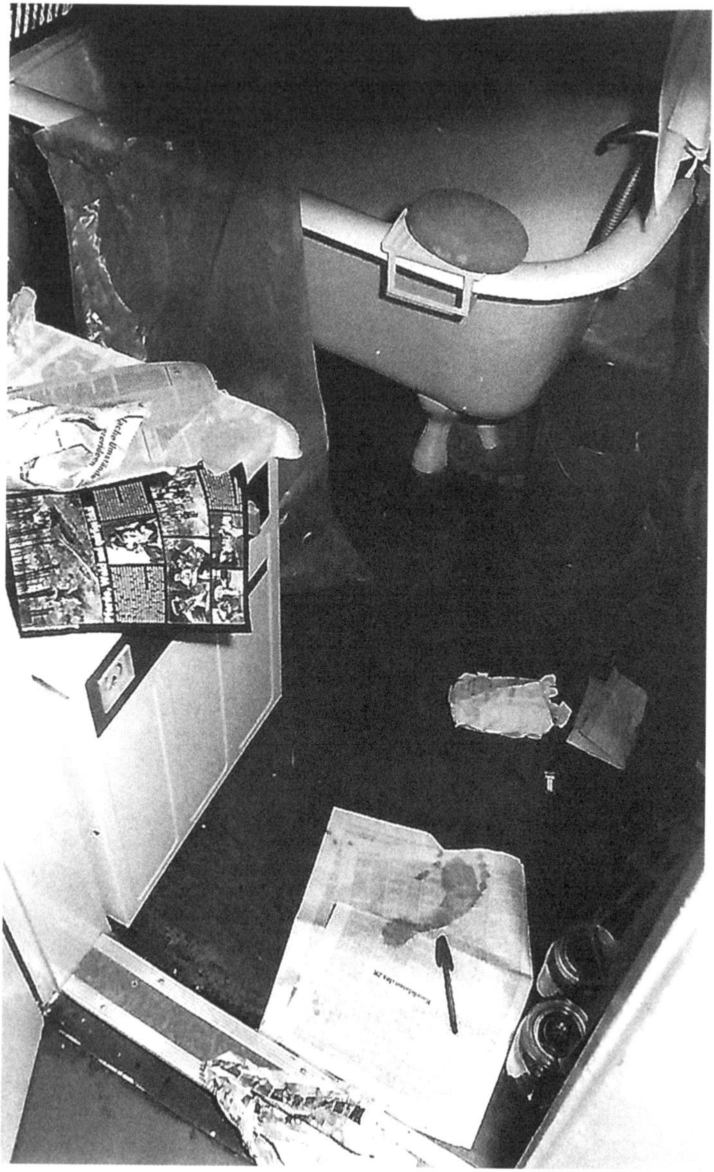

Der Pfeil weist auf einen blutigen Fußabdruck auf einer Zeitungsseite im Bad der Tatwohnung

Das Schlafzimmer Prenzlaus, in dem an der Tapete rote Farbe gefunden wurde

Herzstichs«. Die Verletzungen der Leber sowie des Lungenober- und -unterlappens seien durch intensives Zustechen zu erklären, heißt es im Bericht an die Morduntersuchungskommission. Dasselbe gelte für die »Durchstechung des Brustbeins«.

Bei Petra Prenzlau wurde die linke Brustwandarterie in Höhe der linken achten Rippe verletzt. Dadurch war es zu inneren Blutungen gekommen, die jedoch durch eine Operation gestoppt werden können, bei der auch etwa ein Liter geronnenes Blut aus dem Brustraum entfernt wird.

Die Suche nach dem Schwesternmörder läuft auf Hochtouren. Dazu versucht die Polizei auch etwas über seinen Werdegang zu erfahren: Die 10. Klasse der Polytechnischen Oberschule »Martin Luther« schließt er mit »genügend« ab. Er ist ein typischer DDR-Schüler: erst Pionier, dann in der FDJ, später Mitglied der GST, der DSF und im FDGB. Nach der Schule absolviert er im Energiekombinat »Rudolf Breitscheid« eine zweijährige Berufsausbildung zum Elektromonteur. Acht Monate arbeitet er in der Braunkohle, dann wechselt er zu den Verkehrsbetrieben Halle.

Nach der Arbeit sitzt er oft vor dem Fernseher. Besonders interessieren ihn Krimis, Abenteuer- und Kriegsfilme. Er sammelt Bilder von Panzern, Soldaten und Schlachten. Darunter auch Aufnahmen von Gräueltaten, zum Beispiel aus dem Zweiten Weltkrieg und dem Vietnamkrieg. Die Fotos klebt er fein säuberlich in Alben. Da er in der Betriebssportgemeinschaft »Luftgewehrschießen« nicht Mitglied werden kann, kauft er sich ein Luftgewehr und schießt zur Übung auf Vögel und Flaschen.

Freunde hat Prenzlau nicht. Von Arbeitskollegen wird er der »Einzelgänger« genannt. Und auch seine Mutter bezeichnet ihn in der Zeugenvernehmung vom 29. Mai als »schwierig im Umgang mit anderen Menschen«. Er habe sich »immer mehr abgesondert und eingeigelt«. Sexuelle Kontakte hat der 21-jährige nie gehabt. Frank Prenzlau sagt über sich, er sei »sehr zurückhaltend«. Deshalb gehe er auch nicht in die Disco. Gegenüber den Eltern winkt er ab: »Ich finde, eine Freundin ist nicht so wichtig.«

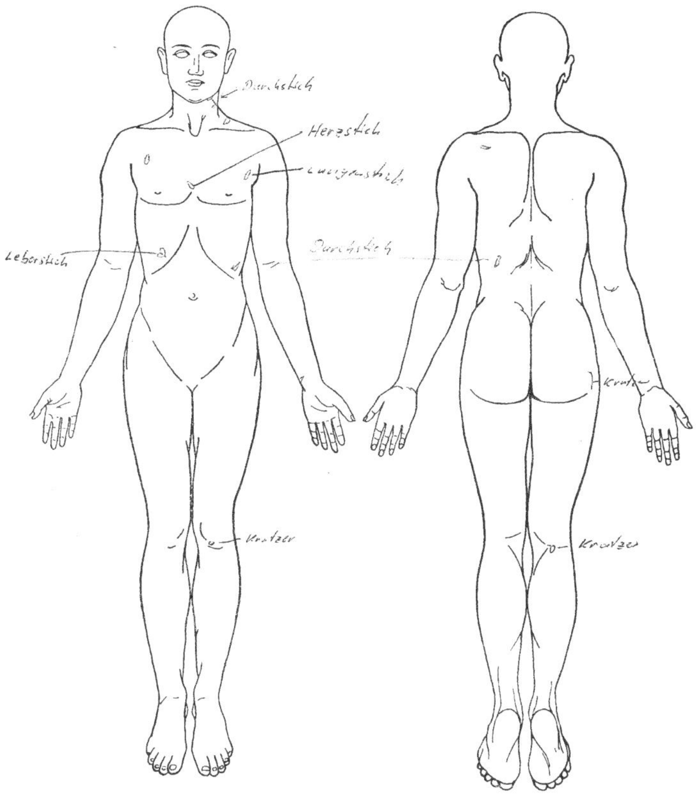

Die Skizze zeigt die gefährlichsten Stichverletzungen: Halsdurchstich, Lungen-, Leber- und Herzstich sowie den Durchstich im Oberkörper

Sein Vater Günter meint, dass Frank »muffelig und ruhig« sei. Der Sohn sei »schon immer ein Einzelgänger« gewesen, ein »schwieriger Charakter«. Frank habe sich immer zurückgesetzt gefühlt und »gedacht, dass er der King ist«. Als es zwischen ihm und seinen Schwestern »überhaupt nicht mehr ging«, habe er ihm 1984 eine Wohnung besorgt. Ein »Rowdy« sei sein Junge aber nie gewesen.

Am 20. Mai, kurz vor 21 Uhr wird der Tatverdächtige vor den Vernehmern der Morduntersuchungskommission des Bezirks Halle zum ersten Mal als Beschuldigter vernommen. Ein Tonbandgerät läuft mit. Zuerst wird er von Kripo-Oberleutnant Constabel belehrt: »Ihnen wird mitgeteilt, dass gegen Sie ein Ermittlungsverfahren wegen eines Verbrechens eingeleitet wurde. Sie haben gemäß § 61 Strafprozessordnung das Recht auf Verteidigung und das Recht, Beweisanträge zu stellen. Weiterhin steht Ihnen gemäß § 91 Strafprozessordnung das Recht der Beschwerde zu. Haben Sie hierzu noch Fragen?«

Prenzlau verneint und gibt an: »Ich habe die Belehrung verstanden. Ich fühle mich gut und kann durchaus auf mir gestellte Fragen antworten.«

Dann schildert er den Ablauf des Tattages. Dabei betont er, dass es im Garten seiner Eltern keinerlei Streitigkeiten mit den Schwestern Dagmar und Kathrin gegeben habe. Warum er später den beiden nachfuhr, erklärt der 21-Jährige damit, dass er seinen Schwestern »Angst machen« wollte, weil sie in der Vergangenheit immer über ihn »genörgelt« hätten. »Einmal haben sie sogar angedeutet, dass sie mich kalt machen wollen.« Wie das »Angstmachen« konkret aussehen sollte, darüber habe er sich zu diesem Zeitpunkt noch keine Gedanken gemacht.

Er beschreibt, wie er das Fleischmesser in der Küche aus der Besteckade nahm und auf den Hocker im Kinderzimmer einstach, um ihnen »Angst zu machen«. Er schildert, wie er von den dreien ausgelacht wurde und dann aus Frust auf Dagmar und Petra einstach.

Während des Verhörs berichtet er auch von seiner Flucht aus Halle, gibt allerdings an, dass er keinesfalls bereits vor dem Mord eine »Flucht in den Westen« geplant habe. Die Idee »abzuhauen« sei ihm erst in Brandenburg gekommen. Doch kurz vor der Festnahme habe er »den Gedanken aufgegeben«, weil es »zwecklos war und ich keine Lust mehr hatte«. Der Mörder sagt, dass er nach der Tat mit dem Gedanken gespielt habe, sich zu stellen oder sich umzubringen. Das Messer, das bei dem Berliner Polizeioberwachtmeister das Misstrauen geweckt hat, habe er »aus Spielerei« bei sich getragen, »zum Messerwerfen und so«.

Prenzlau gibt zu Protokoll, dass er »des Öfteren vom Töten träumt, vom Erschießen und Erstechen«. Aber an Einzelheiten dieser Träume erinnere er sich nicht.

Den Vernehmern erscheint die Aussage des 21-Jährigen wenig glaubhaft. Sie haken nach: »Warum haben Sie auf Ihre beiden Schwestern eingestochen? Ihre bisher dazu gemachten Aussagen sind zweifelhaft.«

Prenzlau räumt nun ein, dass er schon auf dem Weg vom Garten die Absicht hatte, sie umzubringen. Wörtlich sagt er »mit dem Messer zu behandeln«. Der Hass und der Gedanke, sie zu bestrafen, weil sie wegen seiner Tötungs-Träume schlecht über ihn geredet hätten, habe sich in ihm festgesetzt. Warum er nicht auch Kathrin niedergestochen habe, will Kripo-Oberleutnant Constabel wissen. »Die Kathrin war ja auf der Toilette. Wenn sie im Zimmer gewesen wäre, weiß ich nicht, ob ich auch auf sie eingestochen hätte. Sie war ja auch nicht ganz so schlecht zu mir.«

Ein paar Zimmer weiter sitzt Kathrin Prenzlau dem Kripo-Oberleutnant Zschintzsch gegenüber. Sie wird von ihm über ihren Bruder befragt. Dabei macht die 20-Jährige eine Aussage, die der Kriminalist später mit einem Bleistiftstrich am Protokollrand hervorhebt: »In letzter Zeit hat sich mein Bruder sehr verändert. Er kam des Öfteren in unsere Wohnung, und wenn ich am Klavier saß, umfasste er mit beiden Händen meinen Hals und äußerte: ›Ich bringe dich um.‹« Das habe sie auch der Mutter mitgeteilt und gemeinsam hätten sie überlegt, mit Frank zum Nervenarzt zu gehen.

Am Tattag in der elterlichen Wohnung habe sich der Bruder »sehr seltsam« benommen. »Er ging nervös durch die Zimmer, sah mal dort hin, mal da hin. Er wusste wohl nichts mit sich anzufangen«, vermutet Kathrin.

Bei einer Vernehmung am 27. Mai wird Frank Prenzlau von Oberleutnant Constabel und Oberleutnant Stöber erneut zum Tatmotiv befragt. »Meine Schwestern haben mich gehasst und ich sie«, sagt Prenzlau. »Sie waren zum Beispiel immer neidisch, wenn ich von meinen Eltern etwas geschenkt gekriegt habe.« Gleichzeitig räumt er ein »selbst immer neidisch gewesen« zu sein, wenn seine Schwestern Geschenke erhielten. Woher die Mädchen von seinen »Tötungs-Träumen« etwas gewusst haben, könne er sich nur damit erklären, dass er »im Schlaf geredet« habe. Als er noch zu Haus gewohnt habe, »müssen mich meine Schwestern belauscht haben«.

Am 19. Mai habe er Dagmar »schon im Garten eins auswischen wollen«, ändert er nun seine vorherigen Aussagen. »Aber das Messer, das ich dabeihatte, war nicht groß genug.« Außerdem seien »zu viele Leute im Garten« gewesen.

Wäre ihm die Flucht aus der DDR gelungen, sei Bolivien sein Ziel gewesen, sagt er. »Dort wollte ich in der Natur leben.«

Erneut wird Prenzlau gefragt, warum er bei seiner Festnahme das Tatmesser bei sich trug. Und diesmal gibt er zu: »Um es im Bedarfsfall schnell bei der Hand zu haben. Ich meine damit, wenn mich mein Vater verfolgt hätte, hätte ich ihm mit dem Messer gedroht.«

Am 10. Juni entschließt sich Prenzlau, die ganze Wahrheit zu sagen. Gleich zu Beginn der Vernehmung spricht er davon, dass er Dagmar »umbringen« wollte. Warum er sich entschlossen habe, reinen Tisch zu machen, fragt Kripo-Oberleutnant Stöber. »Ich hatte das in den bisherigen Vernehmungen noch nicht so genau gesagt, weil ich Angst hatte, dafür die Todesstrafe zu bekommen. Ich weiß nicht, was mich erwartet, aber so ist das kein Leben mehr.«

Wie in der Strafprozessordnung der DDR vorgesehen, berät das »Kollektiv der Volkseigenen Verkehrsbetriebe Halle, Hauptwerkstatt, Brigade II« am 11. Juni den Fall. Kripo-Oberleutnant Stöber informiert die Arbeitskollegen Prenzlaus über die Tat. Dann wird den neun anwesenden Brigademitgliedern das Wort erteilt. Viel Gutes können sie über den 21-Jährigen nicht sagen. Er habe Arbeiten, die nicht direkt zu seinem Aufgabenbereich, der Reparatur von Drehgestellen der Straßenbahnen, gehörten, nur widerwillig durchgeführt. Auf Kritik habe er geäußert:

Das Fahrrad des Täters auf dem Hof der Kirchnerstraße 9. Am Fahrradgriff befindet sich Blut.

»Macht doch euren Mist alleine!«, und den Kollegen Werkzeuge vor die Füße geworfen. Nahezu jeden Tag sei er zwischen 15 und 30 Minuten zu spät gekommen. Im Februar 1986 sei Prenzlau der Arbeit unentschuldigt ferngeblieben. Er erhielt einen strengen Verweis. Im Betrieb habe er oft herumgestanden und einen »abwesenden Eindruck« vermittelt. Er galt als »unnahbar«.

Nach der Besprechung benennt die Brigade dann wie üblich den Vertreter für die Hauptverhandlung und den sogenannten gesellschaftlichen Ankläger.

Am 18. Juni liegt der Morduntersuchungskommission Halle der kriminaltechnische Auswertungsbericht vor. Doch da sowohl Frank Prenzlau als auch seine Schwestern Petra und Dagmar Blutgruppe Null haben, kann der Sachverständige für Gerichtsbiologie, Kripo-Oberleutnant Dr. Sackewitz, das Blut am Ärmel des grauen Oberhemds Prenzlaus, am Lenkergriff seines Fahrrads und an der Klinge des Tatmessers nicht eindeutig zuordnen.

Am 17. November erhält die Staatsanwaltschaft Halle das psychiatrisch-psychologische Gutachten der Klinik für Psychiatrie und Neurologie an der Martin-Luther-Universität. Es soll die Frage klären, ob, beziehungsweise inwieweit, der Schwesternmörder strafrechtlich zur Verantwortung gezogen werden kann. Auf 22 Seiten kommen sowohl der Oberarzt als auch der leitende Psychologe der Klinik zu dem Ergebnis, dass an Frank Prenzlau »keine Anzeichen für das Vorliegen einer körperlich nicht begründbaren Geisteskrankheit oder eines Gemütsleidens feststellbar« sind.

Das intellektuelle Niveau des Untersuchten liege »an der unteren Grenze des Durchschnitts. Ein strafrechtlich relevanter Schwachsinn kann jedoch ausgeschlossen werden.«

Die Gutachter charakterisieren Prenzlau als »introvertiert, instabil, vorwiegend gehemmt und zurückhaltend agierend.« Sie verweisen darauf, dass der junge Mann erhebliche Probleme habe, mit Frustrationen umzugehen. »Egozentrisch, emotional übernachhaltig reagierend und zum Affektstau neigend.« Die Grundstimmung Prenzlaus sei »mürrisch und dysphorisch« (ängstlich bedrückt).

Im Gutachten heißt es weiter, Prenzlau neige zur »paranoiden Verarbeitung vermeintlicher Kränkungen«. Als Beispiel führen die Ärzte die Auseinandersetzungen mit seinen Schwestern und die Vorstellung an, diese hätten sogar geplant, ihn umzubringen. Frank hatte während der Begutachtung wiederholt betont, dass er sich das gut vorstellen könnte, obwohl er nie konkrete Äußerungen gehört hätte.

Seit etwa einem Jahr habe sich immer mehr Hass in ihm angestaut. Der habe sich besonders gegen Dagmar gerichtet, weil sie ihn angeblich vor anderen »schlecht gemacht« habe. Die Mordphantasien hätten sich aber nicht nur auf seine Schwestern beschränkt, vielmehr sei »auch der Wunsch in ihm aufgestiegen, einfach einen fremden Menschen zu töten«. Deshalb sei er immer mit einem Messer in der Tasche herumgelaufen. Es habe sich allerdings »keine Gelegenheit dazu ergeben«.

Die psychischen Auffälligkeiten seien als Ausdruck einer »schweren abnormen Entwicklung seiner Persönlichkeit« zu betrachten, dem jedoch kein Krankheitswert im Sinne des Gesetzes zukomme. »Der Beschuldigte ist fähig gewesen, sich von den durch die Tat berührten Regeln des gesellschaftlichen Zusammenlebens leiten zu lassen«, schließt die Einschätzung der Experten.

Bei einer Vernehmung durch Staatsanwalt Krause am 9. Dezember 1986 wird Frank Prenzlau zu Widersprüchen in seinen Aussagen befragt »Bei den bisherigen Vernehmungen haben Sie gesagt, dass Sie nur Dagmar und Petra töten wollten. Bei der Begutachtung haben Sie angegeben, dass Sie alle drei Schwestern umbringen wollten.«

Der 21-Jährige schildert noch einmal detailgetreu die Messerattacke und sagt: »Eigentlich wollte ich Petra auch umbringen. Aber wegen ihrer Hilferufe habe ich nicht weiter auf sie eingestochen.« Auch Kathrin habe er »so behandeln« wollen. »Aber weil sie auf der Toilette war und ich nicht wusste, wann meine Eltern nach Hause kommen, habe ich es nicht getan.«

Staatsanwalt Krause und Oberleutnant Stöber sind fassungslos, als Prenzlau auf die Frage, wie er die Tat heute sehe, antwortet: »Wenn sich in den Beziehungen zwischen mir und meinen Schwestern nichts ändern würde, würde ich es genau wieder so tun.«

Zu seiner Entlastung könne er »nichts sagen«. Er glaube allerdings, dass für sein Verhalten »krankhafte Umstände« verantwortlich sein könnten. »So meine ich, dass ich eine übermäßige Lust zum Menschentöten habe.«

Am 28. Januar 1987 beginnt vor dem IV. Strafsenat des Bezirksgerichts Halle der Prozess gegen Frank Prenzlau. Am dritten Verhandlungstag spricht der Vorsitzende Richter Botsch das Urteil: »Der Angeklagte wird wegen Vorbereitung zum Mord sowie versuchten und vollendeten Mordes zu lebenslanger Freiheitsstrafe verurteilt. Ihm werden die staatsbürgerlichen Rechte für dauernd aberkannt.«

Der Vorsitzende betont, dass die begangenen Straftaten »schwerste Verbrechen gegen das Leben mehrerer Menschen« waren. Er spricht von »Brutalität« und »Heimtücke«. »Die außerordentliche hohe Schädlichkeit besteht darin, dass menschliches Leben vernichtet (Dagmar), eine lebensgefährliche Gesundheitsschädigung in Tötungsabsicht verursacht (Petra) und die Vernichtung eines weiteren menschlichen Lebens (Kathrin) vorbereitet wurde.« Das Gericht schließt sich der Auffassung der Gutachter an, dass Prenzlau für seine Taten voll verantwortlich sei.

Prenzlaus Rechtsanwalt Vogt legt am 9. Februar 1987 Berufung gegen das Urteil ein. Der Richterspruch soll zu 15 Jahren Haft abgeändert werden, und die Aberkennung der staatsbürgerlichen Rechte nur für zehn Jahre gelten. Vom Vorwurf der Vorbereitung zum Mord soll Prenzlau freigesprochen werden. Vogt begründet die Berufung damit, dass das Bezirksgericht der Pflicht, alle Umstände der Tat aufzuklären, »nicht in vollem Umfang nachgekommen« sei. Er verweist auf die »Konfliktlage« zwischen Täter und Opfern, auf die im Gutachten hingewiesen worden sei. Außerdem habe der Angeklagte aufgrund seiner »intellektuellen Befähigung« nicht die volle Tragweite seiner Taten erkannt. Das Bestreben des Angeklagten sei es gewesen, den Schwestern »Angst« zu machen. Weiterhin argumentiert Vogt, dass auch das Alter Prenzlaus eine Verminderung der Haftstrafe auf 15 Jahre rechtfertige.

Bei der öffentlichen Berufungsverhandlung vor dem V. Strafsenat des Obersten Gerichts der DDR in Berlin wird Franks Vater angehört. Günter Prenzlau sagt: »Frank muss für seine Taten geradestehen. Nur möchte ich mich zum Punkt ›psychiatrisches Gutachten‹ der Verteidigung anschließen. Irgendwie sind wir doch damit nicht einverstanden. Unser Sohn ist zwar voll verantwortlich. Aber ob ein zweimaliges Vorstellen vor einem Ärzteteam ausreicht bei einer so harten Strafe, da haben wir Bedenken.«

Der Senat weist am 12. Mai 1987 die Berufung zurück. Aufgrund der Schwere der Verbrechen gebe es für eine zeitlich begrenzte Haftstrafe keine Voraussetzungen. Der Senat hege »keine Zweifel an der Richtigkeit der Entscheidung des Bezirksgerichts Halle«.

Der Mörder wird von der Untersuchungshaftabteilung im Gefängnis von Halle in den Strafvollzug verlegt.

Nach der Wende beginnt für Prenzlau ein in der Justizgeschichte Sachsen-Anhalts beispielloser Gang durch medizinische und juristische Instanzen, der erst Ende 2016 vorübergehend zum Stehen kommt.

Im Mai 1992 wendet sich die Staatsanwaltschaft Halle an das Niedersächsische Landeskrankenhaus Göttingen. Es bestehe Anlass, den inzwischen in der JVA Naumburg einsitzenden Frank Prenzlau erneut psychiatrisch zu begutachten. Die vom Täter mehrfach erwähnten »Tötungsphantasien« seien im Gutachten der Martin-Luther-Universität sechs Jahre zuvor zwar erwähnt, »aber nicht berücksichtigt« worden. Hintergrund für die erneute Aufnahme des Verfahrens ist, dass Anfang der 1990er Jahre alle DDR-Urteile überprüft werden, in denen eine lebenslange Haftstrafe verhängt wurde. Allerdings sieht die Justiz im Falle Prenzlaus auch nach eingehender Prüfung des Sachverhalts keinen Grund, den Verurteilten auf Bewährung aus der Haft zu entlassen.

Dennoch wird Prenzlau regelmäßig psychologischen Untersuchungen unterzogen. Im August 1998 diagnostiziert die Psychiatrisch-Neurologische Abteilung der Berliner Vollzugsanstalten bei dem inzwischen 33-Jährigen eine »schizoide Persönlichkeitsstörung mit paranoiden und anankastischen (zwanghaften) Zügen.« Während der Haft hätten sich die krankhaften Züge weiter verstärkt. Prenzlau »schneide Grimassen« und mache »bizarre Handbewegungen«. Seine »Ängste vor ungesunden Nahrungsmitteln« hätten »krankhafte Züge« angenommen. Eine medikamentöse Behandlung seiner seelischen Störung lehne der Strafgefangene ab.

Prenzlaus Akte wird im Frühjahr 2000 Hendrik Weber von der Staatsanwaltschaft Halle vorgelegt. Eine Naumburger Rechtsanwaltskanzlei hat den Antrag auf Prüfung der Hafttauglichkeit gestellt. Bei einer weiteren Begutachtung sagt Prenzlau sinngemäß: »Wenn ich hier rauskomme, erwische ich meine anderen Schwestern auch noch.« Frank Prenzlau bleibt nicht zuletzt wegen dieser Äußerung, aber auch wegen der insgesamt schlechten Sozialprognose weiter in Haft.

Im Laufe der Jahre verfestigt sich seine psychische Erkrankung. Für Staatsanwalt Weber ist die Sache klar: »Prenzlau ist ein Straftäter, aber ein kranker. Er gehört nicht in ein Gefängnis.« Dem schließt sich die Haftvollstreckungskammer des Landgerichts Halle an.

Immer wieder pendelt der Strafgefangene zwischen dem Gefängnis und psychiatrischen Kliniken.

2007 wird durch die Strafvollstreckungskammer des Landgerichts Halle wiederum die Begutachtung von Frank Prenzlau angeordnet. Es soll untersucht werden, ob immer noch eine Gefahr von ihm ausgeht. Hintergrund ist, dass der 42-Jährige einen Antrag auf vorzeitige Entlassung gestellt hat. »Die Gefahr bestehe noch immer«, wird nach Prüfung aller Fakten eingeschätzt.

Staatsanwalt Weber bemüht sich weiter, Prenzlau im Maßregelvollzug unterzubringen. Da ein Platz dort sehr teuer ist, wehrt sich das Sozialministerium, das die Aufsicht über die geschlossene Einrichtung für kranke Straftäter hat. Von Naumburg, wo Prenzlau bei Schließung der Haftanstalt einer der letzten Insassen ist, wird er – statt in den Maßregelvollzug des Fachklinikums im altmärkischen Uchtspringe – als »Lebenslänglicher« ins neue Gefängnis nach Burg-Madel verlegt. Dort sitzt der kranke Mörder zuletzt »apathisch in seinem eigenen Dreck«. Mitgefangene reinigen gegen ein »kleines Entgelt« seine Zelle.

Erst eine Gesetzesänderung – Staatsanwalt Weber nennt die Novellierung »Lex Prenzlau« – führt dazu, dass wieder Bewegung in den Fall kommt. Der inzwischen 50-Jährige ist 2016 der erste und bis Mitte 2017 der einzige zu lebenslanger Haft Verurteilte in Sachsen-Anhalt, der von der Strafhaft in den Maßregelvollzug überführt wird.

Wie es mit dem Schwestermörder weitergeht, ist allerdings ungewiss. Nach § 63 der Strafprozessordnung werden im Maßregelvollzug untergebrachte kranke Straftäter jährlich intern und alle fünf Jahre extern begutachtet, um zu klären, ob sie eine Gefahr für die Allgemeinheit darstellen. Im »Sonderfall Prenzlau«, wurde sich noch nicht auf eine künftige Vorgehensweise geeinigt. Für Staatsanwalt Weber ist allerdings eines sicher: »Frank Prenzlau gehört zu den seelisch kranken Tätern, die wohl bis zu ihrem Lebensende in einer geschlossenen Psychiatrie bleiben müssen.«

TÖDLICHE HILFE

Am 11. Februar 1988 stellt ein Mann gegen 13.45 Uhr sein Fahrrad am Volkspolizeikreisamt Bernburg in der Philipp-Müller-Straße, heute Franzstraße, ab. Dem 31-Jährigen steht die Aufregung ins Gesicht geschrieben. Mit Schweißtropfen auf der Stirn, hochrotem Kopf und schwer atmend tritt er auf den Wachhabenden an der Pforte zu. »Ich habe eine Meldung zu machen«, keucht er. »Ich glaube der alten Frau Zorn* ist etwas passiert.«

»Beruhigen Sie sich erst mal, Bürger«, versucht der Schutzpolizist sein Gegenüber zu beschwichtigen, der den Eindruck macht, gleich zu kollabieren. »Erstmal Ihren Personalausweis, bitte.« Mit zitternder Hand reicht der Mann das blaue Dokument durch den Schlitz. Der Wachhabende liest: »Michael Mier*, geboren in Weißenfels, wohnhaft in Bernburg, Theatersänger.« Er mustert ihn eindringlich und kommt zu dem Schluss, dass er es nicht mit einem Spinner oder Betrunkenen zu tun hat. »Bitte setzen Sie sich dort drüben hin«, deutet er auf ein paar Stühle im Wartebereich. Er wählt die Nummer der Abteilung Kriminalpolizei. Kurze Zeit später öffnet sich eine Seitentür, und ein Mann in Zivil kommt auf ihn zu. »Hauptmann Rudolph«, stellt er sich vor. »Bitte folgen Sie mir in mein Dienstzimmer.« Dort angekommen fragt er: »So, der Wachhabende hat mir gesagt, Sie hätten eine Feststellung gemacht. Worum geht es?«

Mier holt tief Luft und schildert, was ihn so in Aufregung versetzt hat: »Also, um 13.30 Uhr bin ich mit dem Fahrrad vom Theater gekommen und wollte die Rentnerin Ursula Zorn* in der Hohestraße besuchen. Ich habe gesehen, dass der Rollladen vorm Wohnzimmerfenster unten ist. Ich habe ihn ein Stück hochgeschoben und gegen die Scheibe geklopft. Aber es hat sich niemand gemeldet. Da habe ich den Rollladen wieder runterrutschen lassen.«

Die Tote liegt im sogenannten kleinen Wohnzimmer inmitten von Papier und Wäsche

Mier gibt an, er habe danach geklingelt. Vergeblich. Kurz darauf habe er es bei der Nachbarin versucht. »Frau Porst* hat mir auch die Haustür aufgemacht und auf meine Frage geantwortet, sie wisse auch nicht, wo Frau Zorn ist. Sie habe ihre Nachbarin den ganzen Tag über noch nicht gesehen. Die Sache komme ihr komisch vor, weil die Zeitung noch im Kasten stecke. Ich solle doch mal vom Hof aus durch das Küchenfenster gucken.«

»Und, was haben Sie gesehen?«, will der Kripo-Hauptmann wissen.

»Nur, dass ein Kasten herausgezogen war und auf dem Abwaschtisch stand. Ach, und eine Scheibengardine war heruntergerissen.«

Er habe Frau Porst gesagt, dass er schnell nach Hause fahren und den Schlüssel zu Wohnung der 83-Jährigen holen wolle. »Nachdem ich zurück war, habe ich die Tür aufgeschlossen. Ich hatte Frau Porst und eine andere Nachbarin, Frau Stehr*, gebeten, dabei zu sein.« Abgesehen davon, dass rechts auf der Sitzbank ein Schlüssel lag, sei ihm im ersten Raum, dem Wohnzimmer, nichts Besonderes aufgefallen.

»Als Nächstes sind wir durch die Tür auf der linken Seite ins sogenannte kleine Zimmer gegangen. Aber dort konnten wir kaum treten. Es herrschte große Unordnung und alle möglichen Sachen lagen auf dem Boden.« Im ersten Moment habe er die alte Frau gar nicht bemerkt. »Dann sah ich zwei Beine. Der restliche Körper war mit Papieren und Sachen bedeckt. Da ich sah, dass Frau Zorn nicht atmete, bin ich gleich wieder aus der Wohnung raus und habe die Tür hinter mir abgeschlossen.« Er habe sich dann sofort aufs Rad geschwungen und sei zur Volkspolizei gefahren.

»Haben Sie etwas in der Wohnung angefasst?«, will der Kriminalist wissen.

»Nein, und ich habe auch nichts verändert.«

Dann erinnert sich Mier an ein Ereignis, das schon einige Monate zurückliegt. »Anfang Dezember des vergangenen Jahres wollte ich Frau Zorn ebenfalls besuchen. Damals hatte ich auch ans Stubenfenster geklopft. Dabei habe ich durchs Fenster gesehen, dass die Tür von der Schlafstube zum kleinen Zimmer langsam geschlossen wurde.« Erst habe er gedacht, es sei die Rentnerin gewesen, aber dann sei eine Nachbarin gekommen, die gesagt habe: »Da ist keiner zu Hause. Ich habe Oma Zorn gerade in der Stadt gesehen.«

»Da ist ein Einbrecher in der Wohnung«, sei ihm durch den Kopf geschossen und er habe die Hausbewohner alarmiert. »Ich bin in den Hof gegangen und habe vom Küchenfenster aus einen Mann gesehen, aber nur von hinten. Er ging von der Küche ins Schlafzimmer.«

Mit Hilfe der Nachbarn habe er sich Zutritt zur Wohnung verschafft. »Die Wohnung war leer. Der Mann muss über den Hof Richtung Bahnhofstraße abgehauen sein, als wir vorn reinkamen. Kinder, die da spielten, haben gesagt, dass ein ziemlich großer Mann aus dem Fenster gesprungen ist.«

»Konnten die Kinder beschreiben, was der Mann angehabt hat?«

»Einen dunkelblauen Anorak oder eine Kutte, haben sie erzählt.«

»Hat etwas gefehlt?«

»Später habe ich von Frau Zorn erfahren, dass 200 Mark weg waren, die sie in mehreren Geldbörsen aufbewahrt hat. Zwei Tage später habe ich von Schlosser Schmidt in der Leninstraße zwei Sicherheitsschlösser einbauen lassen. Frau Zorn hat mir dann je einen Schlüssel zu den Schlössern gegeben, damit ich reinkomme, wenn ihr mal etwas passiert.«

»Gab es noch mehr Schlüssel?«, fragt der Hauptmann der Kriminalpolizei.

»Die überzähligen Schlüssel, die Oma Zorn nicht benutzte, hat sie in eine Blumenvase auf dem Wohnzimmerschrank gelegt.«

»Bitte warten Sie einen Augenblick. Nehmen Sie draußen Platz. Wir brauchen Sie aber gleich noch mal«, fordert der Polizeibeamte den Zeugen auf. Als Mier das Dienstzimmer verlassen hat, greift er zum Telefon. In wenigen Sätzen fasst er die Aussage des Zeugen zusammen und schickt einen Streifenwagen in die Hohe Straße, östlich vom Stadtzentrum.

Kurze Zeit später kommt über Funk die Meldung, dass die Schutzpolizisten die Wohnung so vorgefunden haben, wie der 31-Jährige sie beschrieben hatte. »Die Wohnungsinhaberin ist tot. Es gibt Anzeichen dafür, dass sie erwürgt wurde.«

»Das Gebäude sichern«, weist der Kriminalist an. »Ich setze die Genossen in Marsch.«

Zwei Stunden nach den Mitarbeitern der Morduntersuchungskommission treffen gegen 18.30 Uhr die Kriminaltechniker der Bezirkspolizei Halle K-Hauptmann Hoffmann und K-Hauptmann Dr. Sackewitz ein. Die Tatortuntersuchung übernehmen Kripo-Oberleutnant Stöber und K-Leutnant Worsch. Frau Dr. Romanowski vom Institut für gerichtliche Medizin der Martin-Luther-Universität untersucht die Tote.

Wie die Ermittler feststellen, wurde keine der Türen gewaltsam geöffnet. Das Küchenfenster zum Hof mit dem Plumpsklo und zwei stallartigen Schuppen ist geschlossen. In der unaufgeräumten und schmutzigen Küche findet die Kripo auf und in einem kleinen Schränkchen direkt unter dem Fenster verschiedene Papiere, darunter Kontoauszüge und zwei Sparkassenbücher.

Rechts neben dem Küchenschrank geht es ins Schlafzimmer. Dort herrscht totales Chaos. Stöber notiert: »Auf dem Fußboden des Schlafzimmers liegen bis zu einer Höhe von 50 Zentimetern diverse Papiere, Kleidungsstücke, Bettwäsche, Handtücher, Kartons und anderes verstreut. Links der Schlafzimmertür steht ein dreitüriger und rechts der Schlafzimmertür ein zweitüriger Kleiderschrank. Alle Schranktüren sind geöffnet, die Fächer durchwühlt und Wäsche sowie Kleidungsstücke herausgezogen.« Auch ein dritter Kleiderschrank im Raum wurde durchwühlt, die Schubfächer einer Kommode stehen teilweise offen. Im Durchgangszimmer neben dem Schlafzimmer bietet sich dasselbe Bild: aufgerissene Kartons, Bekleidung und Papiere auf dem Fußboden.

Die Kriminalisten sichern Fingerabdrücke und Schuhspuren, während die Rechtsmedizinerin die Tote untersucht.

An der Außenseite des rechten Unterarms findet die Ärztin oberflächliche Hautabschürfungen. Außerdem stellt sie sogenannte Blutablaufspuren auf der linken Gesichtshälfte des Opfers fest, die von der Nase bis zum Ohr reichen. Unterhalb des Kinnes befinden sich besonders am Kehlkopf dunkelrot-blaue Verfärbungen. Gegen 21 Uhr werden die sterblichen Überreste von Ursula Zorn zum Institut für gerichtliche Medizin gebracht.

Während die Tatortuntersuchungen in vollem Gange sind, wird Michael Mier, der die Leiche entdeckt hat, erneut von Hauptmann Rudolph vernommen. Diesmal werden ihm detailliertere Fragen gestellt.

»Seit wann kennen Sie Frau Zorn?«

»Im August 1984 kam ich vom Theater aus Meinigen nach Bernburg. Nachdem ich meine Wohnung in der Bahnhofstraße bezogen hatte, habe ich bei einem Spaziergang ein paar Häuser weiter einen alten Ofen auf der Straße stehen sehen. Ich erkundigte mich, wem der Ofen gehört und im Haus sagte man mir, dass Frau Zorn ihn entsorgen will.« Er habe den Ofen übernommen und danach immer mal wieder die alte Frau besucht. »Ich war ihr bei kleinen Reparaturen behilflich und unterstützte sie auch anderweitig, zum Beispiel beim Einkaufen und Kohleholen. Zuletzt mehrmals in der Woche.« Innerhalb von eineinhalb Jahren habe sich »ein Vertrauensverhältnis entwickelt«. Er habe der 83-Jährigen auf deren Wunsch versprochen, sie in allen Belangen zu unterstützen, wenn sie ins Altersheim eingewiesen werden sollte. Sie habe sich bereits mehrmals im »Pfauschen Stift« erkundigt. »Frau Zorn hat mir auch mitgeteilt, wie alles geregelt werden soll, wenn ihr etwas passiert. Sie hat ein Testament geschrieben. Am 22. Februar wollten wir damit zum Staatlichen Notariat gehen.«

»Wann haben Sie Frau Zorn letztmalig lebend gesehen?«

Mier überlegt kurz: »Das war am 10. Februar, so gegen 15.30 Uhr. Ich kam vom Einkaufen und habe bei ihr ans Fenster geklopft, um zu sehen, wie es ihr geht.« Er habe für sie dann noch einige Dinge erledigt.

Zu den finanziellen Verhältnissen der Rentnerin gefragt, antwortet der Theatersänger, er habe nie irgendwelche Wertgegenstände gesehen. Ihm sei lediglich bekannt, dass sie drei Sparbücher hatte. Mier schätzt das »Sparguthaben auf etwa 2.000 Mark«.

Der Kriminalist legt Mier eine Liste mit Namen vor, zu denen er sich äußern soll. Viele kennt der Theatersänger. Er weiß zum Beispiel, dass engerer Kontakt zwischen einem Herrn Bartosz* und dem Sohn von Nachbarin Porst bestand. Letzterer wohnt in der Bergstraße und hatte die alte Frau, laut Mier, ebenfalls hin und wieder unterstützt.

Nach einer detaillierten Angabe der Alibis für den 10. und 11. Februar wird Mier aus dem Verhör entlassen.

Die Kriminalpolizei beginnt mit den Ermittlungen im Umfeld des Mordopfers. Dazu wird zunächst der Personenkreis unter die Lupe genommen, der unmittelbar etwas mit der alten Frau zu tun hatte. Neben Michael Mier sind das in erster Linie die Bewohner des Hauses.

Maria Porst*, die seit mehr als 20 Jahren im selben Haus wie die Ermordete wohnt, wird als eine der ersten verhört. Sie cha-

Die Tatwohnung vom Hof aus gesehen. Der Pfeil kennzeichnet das Küchenfenster.

rakterisiert Ursula Zorn als eine Frau, die »keine freundschaftlichen Beziehungen zu den Nachbarn hatte«. Sie sei »sehr jähzornig« gewesen, sagt die 71-jährige. »Man konnte ihr nichts recht machen.«

Das letzte Mal habe sie die Nachbarin am 9. Februar gesehen. Am frühen Abend habe sie sich mit ihr etwa eine Stunde lang unterhalten. Frau Schultz*, eine weitere Hausbewohnerin, sei ebenfalls dabei gewesen.

Am 11. Februar habe sie bereits gegen 9.30 Uhr auf dem Weg zur Trockentoilette auf dem Hof, durchs Fenster die Unordnung in der Küche von Frau Zorn gesehen. Ihrer Nachbarin Schultz habe sie noch gesagt: »Die wird doch nicht wieder umgefallen sein.« Die Schilderungen des weiteren Verlaufs decken sich mit Miers Aussage.

Bereits am darauffolgenden Tag sitzt Maria Porst erneut einem Mitarbeiter der Morduntersuchungskommission Halle gegenüber. Diesmal wird sie von K-Oberleutnant Cramer verhört. Als die Rentnerin den Verlauf des 10. Februar schildert, kommt sie auch darauf zu sprechen, dass ihre Schwiegertochter

Christiane Baumann* gegen 20.30 Uhr geklingelt habe und wissen wollte, ob Marias Sohn Klaus* da sei. »Ich habe gesagt, dass ich ihn nur am Nachmittag gesehen habe, als er für Frau Zorn ein Päckchen zu Post gebracht hat. Ich habe ihr nur noch kurz meinen neuen Fernseher gezeigt, und dann ist sie auch schon wieder gegangen.«

Ob sie Michael Mier am 10. Februar im Haus oder Hof gesehen habe, will Cramer wissen. Doch das verneint die 71-Jährige: Ob an jenem Tag »überhaupt jemand bei Frau Zorn war, kann ich nicht sagen«. Nur, dass ihr Sohn einen Botengang für die Rentnerin gemacht habe, wisse sie sicher.

»Haben Sie in diesem Zusammenhang etwas Auffälliges an Ihrem Sohn Klaus bemerkt?«

Er sei wie immer gewesen. Nicht aufgeregt. Er habe mit seiner Schwester und seinem Neffen noch herumgealbert und ihre Wohnung zwischen 16.15 und 16.30 Uhr verlassen.

Inzwischen haben Kriminalisten den Hof gründlich untersucht. In den Schuppen liegen Säcke und Kisten voller Altpapier. Auch drei Aschekübel und eine Regenwassertonne nehmen die Ermittler unter die Lupe. Ergebnislos.

Der »Päckchenbote« Klaus Bormann wird bereits am 11. Februar verhört. Auf Nachfrage der Polizei gibt der 47-Jährige an, aus dem Wohnhaus seiner Mutter »Frau Zorn aus dem Erdgeschoss und Frau Schultz aus dem 2. Stock« zu kennen. Er habe beiden Rentnerinnen des Öfteren unter die Arme gegriffen. Besonders Ursula Zorn, denn »sie kann schlecht laufen«.

Auf das Paket kommt Bormann selbst zu sprechen. »Erst heute, nein, Entschuldigung, gestern, habe ich ein Paket für sie aufgegeben. Den Paketschein mit der Nummer 584 habe ich noch in meiner Geldbörse. Die Adresse ist eine Frau in Unseburg. Ich wollte Frau Zorn den Schein bei nächster Gelegenheit übergeben.« Außerdem habe er einige Briefe in den Fernbriefkasten am Boulevard eingesteckt.

Oberleutnant Warthemann, der das Verhör durchführt, interessiert dieser Botengang besonders: »Wann war das?«

»Gegen 16 Uhr war ich auf der Hauptpost.«

»Und danach?«

»Ich bin zusammen mit einem Kollegen, den ich unterwegs getroffen habe, in die »Bauernstube« gegangen. Das war gegen 16.30 Uhr. Eine halbe Stunde später kam ein anderer Bekannter ins Lokal und hat sich zu uns gesetzt.«

»Haben Sie einen Schlüssel zur Wohnung von Frau Zorn?«

»Ich hatte mal einen, aber den hat jetzt mein Bruder Horst*.«

»Besaß Frau Zorn Wertgegenstände oder Bargeld in der Wohnung?«

»Beim Kaffeetrinken hat sie immer gutes Besteck aufgelegt. Das war wohl Silber. Ansonsten ist mir nichts bekannt.«

Dann befragt Warthemann ihn erneut zum Gaststättenaufenthalt. »Wann haben Sie die Gaststätte verlassen?«

»19.30 Uhr schließt die ›Bauernstube‹. Da sind wir gegangen.«

Die nächsten Sätze streicht der Kriminalist nach der Vernehmung im Protokoll rot an: »Ich ging danach erstmal noch eine Weile an die frische Luft, weil mir der Zigarettenrauch, die acht Glas Bier und die acht doppelten Pfefferminzlikör doch zu schaffen machten. Ich war gegen 21 Uhr zu Hause. Meine Frau kam um 21.30 Uhr.«

Neben der roten Markierung vermerkt Warthemann handschriftlich: »Alibi?«

Wenig später geht der Oberleutnant mit den anderen Ermittlern das Vernehmungsprotokoll durch. »Das mit dem Spazierengehen nach dem Kneipenbesuch kann stimmen, muss aber nicht«, wiegt er nachdenklich den Kopf. »Wir sollten an dieser Stelle nachhaken. Zumal der Bormann ja zu dem Personenkreis gehört, der eine Beziehung zum Opfer und am Tattag, noch wenige Stunden vor dem Verbrechen, Kontakt zu Frau Zorn hatte.«

Zwölf Stunden später, um 21.50 Uhr, sitzt Klaus Bormann wieder im Vernehmungszimmer der Morduntersuchungskommission im Bernburger Volkspolizeikreisamt. Es gebe da noch einige Dinge zu klären, beginnt K-Leutnant Portius das Gespräch. Ob ihm möglicherweise noch etwas eingefallen sei, will der Kriminalist wissen. Ihn interessiere da speziell die Zeit, nachdem Bormann die Gaststätte verlassen hat.

»Ich bin ganz langsam bis zum Denkmal im Clara-Zetkin-Park gegangen. Von da aus zurück zu meiner Wohnung.« Dort sei er zwischen 20.45 und 21 Uhr angekommen, behauptet Bormann.

»Sind Ihnen bei Ihrem Spaziergang andere Personen begegnet?«

»Darauf habe ich gar nicht geachtet. Ich weiß es nicht.«

Eine halbe Stunde vor Mitternacht kann Bormann das zweite Mal an diesem Tag nach Hause gehen. Zuvor hatte er Portius noch den Einlieferungsschein der Päckchensendung übergeben.

Anhand des Belegs bestätigt die Postangestellt Angela Krietsch* am nächsten Tag, dass das Päckchen kurz vor ihrem Feierabend um 16 Uhr aufgegeben wurde. Von wem, daran könne sie sich aber nicht erinnern. Auch als ihr das Personalausweisfoto von Bormann vorgelegt wird, schüttelt die 27-Jährige den Kopf: »Bei uns ist immer so viel Betrieb …«

Interessant für die Ermittler ist die Aussage des Mannes, der mit Bormann am Nachmittag des 10. Februar in der »Bauernstube« getrunken hatte. Obwohl Hans-Jürgen Böll*, wie er selbst einräumt, stark betrunken war, kann er sich daran erinnern, dass sein Arbeitskollege vom VEB Serumwerk Bernburg vor ihm das Lokal verlassen hat. Bei Schichtschluss am nächsten Tag sei ihm aufgefallen, dass er eine andere Hose als am Vorabend angehabt habe. Bormann behauptete, die andere »vollgebrochen« zu haben. »Ich bin am sowjetischen Ehrenmal im Clara-Zetkin-Park eingeschlafen und bin vollgekotzt um 21 Uhr aufgewacht«, gibt Böll die Worte seines Kollegen wieder.

Auch Christiane Bormann, die Ehefrau von Klaus Bormann, wird am 11. und 12. Februar als Zeugin vernommen. Sie gibt an, ihr sei »nichts Besonderes« an ihrem Mann aufgefallen, als er am späten Abend des 10. Februar nach Hause gekommen ist. Doch sie sagt nicht die Wahrheit:

In der Nacht des 10. Februar wartet die 32-Jährige in der gemeinsamen Wohnung auf ihren Ehemann. Den ganzen Abend schon beschleicht sie ein unerklärliches, ungutes Gefühl. Um 23.15 Uhr tritt Klaus Bormann mit hochrotem Kopf und fahrigen Bewegungen ins Wohnzimmer. Christiane Bormann glaubt erst, er sei betrunken, denn sie riecht die Alkoholfahne. Mit zitternden Händen wirft er eine braune Reisetasche auf das Sofa. Schweißperlen haben sich auf seiner Stirn gebildet. Nervös geht er in der Stube auf und ab. »Was ist denn los mit dir?«, fragt die Mitarbeiterin der Reichsbahn verwundert. »Geht es dir nicht gut? Bist du krank?«

Doch ihr Ehemann schüttelt nur den Kopf und lässt sich in einen Sessel fallen.

»Nun sag schon, ist etwas passiert?«, hakt die 32-Jährige nach.

Bormann gibt sich einen Ruck: »Ich war in der Wohnung von Oma Zorn.«

Seine Frau versteht nicht: »Das weiß ich doch. Du hilfst ihr doch hin und wieder.«

»Nein, nein, heute, als sie starb, war ich da. Ich glaube, ich habe sie umgebracht.«

Christiane Bormann schaut ihren Mann ungläubig an. Nur langsam dringt die Bedeutung der Wörter zu ihr durch. »Und wie bist du da reingekommen?«, fragt sie nun ebenfalls mit zitternder Stimme.

Doch darauf bekommt die Zugführerin keine Antwort. »Ich habe da was durchgekramt. Dabei hat sie mich überrascht. Ich wollte es doch gar nicht tun«. Klaus Bormann laufen Tränen über die Wangen. »Aber sie stand plötzlich vor mir. Und sie hätte mich doch angezeigt …«

»Was hast du getan?«, flüstert die Frau, die sich kaum noch auf den Beinen halten kann.

»Als sie dalag, habe ich nach Wertsachen gesucht und auch etwas mitgenommen. Für den Fall, dass die Sache doch rauskommt, wollte ich wenigstens etwas davon haben.« Dann öffnet Klaus Bormann die Reisetasche und will seiner Frau das Diebesgut zeigen. Aber sie dreht sich weg: »Lass mich. Ich will das nicht sehen.«

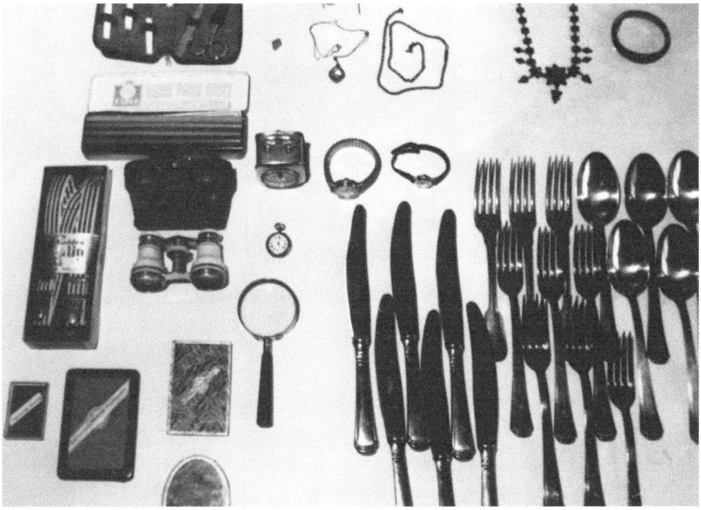

Das Diebesgut

»Wirst du mich verraten?«, fragt er verzweifelt. Sie schüttelt den Kopf. Dann gehen sie schlafen.

Am nächsten Tag lässt sich Christiane Bormann dann doch die gestohlenen Wertgegenstände im Schlafzimmerschrank hinter der Wäsche zeigen. Sie fragt nun auch genauer nach den Ereignissen des Vorabends und erfährt, dass ihr Ehemann die Rentnerin »erwürgt« hat. Außerdem bittet er sie: »Wenn dich jemand fragt, wann ich gestern nach Hause gekommen bin, sagst du um 21 Uhr.«

Am 12. Februar beschließt das Paar, die Wertsachen aus der Wohnung zu schaffen. »Wir verstecken sie im Keller«, schlägt Klaus vor und holt aus der Küche Geschirrtücher und Tüten. Gemeinsam verpacken sie darin Silberbesteck, Ringe, Ohrringe, eine Taschenuhr, eine Damenarmbanduhr und weitere Dinge aus der Wohnung von Ursula Zorn und legen alles unter einen Haufen gehacktes Holz im Keller.

Doch die Tat ihres Mannes lässt Christiane Bormann keine Ruhe. Am 13. Februar meldet sie sich gegen 21.30 Uhr im Polizeiamt: »Ich möchte eine Aussage machen.« Dann berichtet sie

Christiane Bormann zeigt auf einen Holzhaufen im Keller. Dort waren die gestohlenen Dinge versteckt.

den Mordermittlern von dem Geständnis, das ihr Mann ihr gegenüber abgelegt hat, und von den gestohlenen Gegenständen. Dass sie bereits seit drei Tagen von der Tat weiß, verschweigt sie allerdings. »Ich habe die Sache heute Abend meinem Schwager erzählt. Er hat gesagt: ›Bist du verrückt? Du musst sofort zu Polizei und das melden!‹«

Dann bricht die Frau weinend zusammen und fleht: »Bitte, bitte, machen Sie jetzt Schluss. Ich kann nicht mehr. Ich kann im Moment nichts mehr sagen.«

Eine knappe Stunde später steht die Kriminalpolizei mit Christiane Bormann im Keller des Wohnhauses in der Steinstraße. Sie schließt den Verschlag auf, der zu ihrer Wohnung gehört. Dann zeigt sie auf einen Holzhaufen, der neben einem Regal mit Äpfeln und eingewecktem Obst liegt. Die Kripo fotografiert, wie die Dunkelhaarige rechts daneben hockt. Im Protokoll schreibt sie: »Freiwillige Herausgabe von Diebesgut«.

Parallel dazu erlässt das Kreisgericht gegen Klaus Bormann Haftbefehl wegen Mordverdachts. Um 4.50 Uhr klingeln Kripo-Oberleutnant Constabel und Wolter an seiner Wohnungstür.

Der Tatverdächtige ist gerade dabei, sich anzuziehen, um sich auf den Weg zur Arbeit zu machen. Bereits durch die Abwesenheit seiner Frau alarmiert, ahnt er sofort, worum es geht, als er die Männer in Zivil auf dem Flur stehen. Die Beamten bestätigen seine Vermutung: »Gegen Sie liegt ein Haftbefehl vor. Sie stehen in dringendem Tatverdacht die Rentnerin Ursula Zorn am 10. Februar getötet und anschließend beraubt zu haben.« Schweigend und widerstandslos lässt Klaus Bormann sich zum Funkstreifenwagen führen, der auf der Straße wartet.

Während der folgenden Vernehmung verstrickt sich der 47-Jährige in Widersprüche. So stimmt seine Schilderung, in welche Richtung er nach dem Gaststättenbesuch am Abend des 10. Februar nach Haus gegangen war, nicht mit den Aussagen seiner Arbeitskollegen überein. Auch das sogenannte Zeit-Wege-Diagramm ist angreifbar. Als er darauf hingewiesen wird, will Bormann nun »eine Zeitlang an einem Baum gestanden« haben. Aber wo, wisse er nicht mehr.

Dann schildert er, dass Frau Zorn aus dem Küchenschrank eine Büchse herausgenommen und ihr ein Fünfmarkstück entnommen habe, »wohl als Entlohnung dafür, dass ich ihr Kohlen aus dem Keller geholt hatte«. Die Büchse habe er selbst dann wieder zurückgestellt. In dem Schubfach habe auch ein rotes Sparbuch gelegen.

Constabel unterbricht: »Warum haben Sie dann eingangs gelogen, Sie wüssten nicht wo Frau Zorn das Sparbuch aufbewahrt?«

»Ich habe doch nicht gedacht, dass dies so wichtig ist. Mit einem Sparbuch kann man doch nichts anfangen.«

Dann die nächste Frag: »Was haben Sie in der Küche am Kuchenschrank an diesem Tag angefasst?«

»Ich habe dort nichts angefasst.«

»Und wie erklären Sie sich dann, dass dort Fingerabdrücke von Ihnen festgestellt wurden?«

»Es kann sein, dass ich mich dort abgestützt habe.«

Die Vernehmung muss viermal unterbrochen werden, und es ist bereits später Abend, als Constabel die Ergebnisse der Befragung mit den Worten: »Ihre Aussagen sind unglaubhaft.« zusammenfasst. Sein Ton wird nun etwas schärfer: »Machen Sie wahrheitsgemäße Angaben!«, fordert er Klaus Bormann auf. Es wirkt: »Ich habe es mir überlegt. Ich möchte jetzt die Wahrheit sagen …«

… Mittwoch, der 10. Februar 1988. Es ist 19.30 Uhr. Klaus Bormann verlässt die »Bauernstube«. Allein. Seine Arbeitskollegen feiern noch. Sie haben sich zwei ziemlich betrunkene Frauen angelacht, die im Lokal eine Betriebsfeier hatten. Die beiden Männer sind zu beschäftigt, um zu bemerken, dass sich der 47-Jährige verdrückt. Außerdem haben sie einige Biere und Schnäpse intus.

Bormann geht in die Hohestraße. Er braucht Geld und glaubt, es bei Ursula Zorn zu finden. Von einer Nachbarin hat er gehört, dass die Rentnerin eine Menge Bargeld in der Wohnung hat. Viertel vor acht kommt er an. Die Haustür ist nur angelehnt. Darauf bedacht, dass ihn keiner der Hausbewohner sieht, schleicht er sich in den Hof. Am Küchenfenster der Parterrewohnung drückt er das Oberlicht auf. Er hat bereits am Nachmittag gesehen, dass der Riegel nicht richtig geschlossen war. Er fasst hindurch und öffnet von innen den linken Fensterflügel. Nachdem er eingestiegen ist, schließt er das Fenster sofort wieder.

Bormann, der sich gut in der Wohnung auskennt, geht zielgerichtet ins Schlafzimmer und lässt dort das Rollo herunter. Er zieht eine Schublade nach der anderen auf. Er findet ein paar alte Stoffhandschuhe, die er sofort überstreift. »Wegen der Fingerabdrücke«, wie er später aussagen wird. Da hört er die Tür zum Wohnzimmer klappen. Die Rentnerin steht im Türrahmen und ruft verwundert aus: »Klaus, was willst du denn noch hier?« Dann sieht sie die geöffneten Schubladen und ruft wütend: »Das muss ich melden!«

Bormann wird sich der Situation bewusst: »Die zeigt dich an!«, schießt es ihm durch den Kopf. »Du musst ins Gefängnis.« Er packt die gehbehinderte alte Frau vorn an der Bekleidung und stößt sie in das kleine Wohnzimmer, in dem der Fernseher

Das Tathaus in der Hohen Straße in Bernburg.
Der Pfeil deutet auf das »kleine Wohnzimmer«, in dem die Ermordete gefunden wurde

steht. Neben dem Tisch wirft er sie zu Boden. Dann kniet sich der ertappte Dieb auf die alte Frau und würgt sie. Zwei, drei Minuten drückt er zu. Bis sie sich nicht mehr bewegt.

»Die ist hin«, denkt er. Doch das kümmert ihn in diesem Augenblick nicht besonders. Er ist weiter auf Beute aus und durchwühlt auch die Schränke in diesem Raum. Den Inhalt der Schubfächer wirft er auf den Fußboden. Es soll so aussehen, als hätte ein Fremder nach Wertsachen gesucht. Auch Bücher und Zeitungen wirft er neben die regungslose Frau auf den Boden. Er hofft, dass so der Eindruck entsteht, die alte Frau habe einen Herzschlag bekommen, nachdem sie den Einbrecher ertappt hat.

Auch das Schlafzimmer und die Küche durchsucht er. Dann verschwindet er durch die Küchentür und schließt mit dem Originalschlüssel, den er zuvor innen abgezogen hat, von außen ab. Um nicht gesehen zu werden, schaltet er im Flur die Straßenbeleuchtung des Hauses aus. Auf seinem Weg nach Hause wirft er die Handschuhe in einen Container. Den Schlüssel entsorgt er ein paar Häuser weiter in der Philipp-Müller-Straße durch einen Gitterrost an einer Hauswand.

Bei einer erneuten Vernehmung am 17. Februar macht der Mordermittler Bormann darauf aufmerksam, dass die Obduktion der Toten noch andere Spuren von körperlicher Gewalt ergeben hat.

»Sie haben noch nicht die ganze Wahrheit gesagt. Äußern Sie sich dazu!«

Doch der Untersuchungshäftling streitet vehement ab, sein Opfer geschlagen zu haben.

Außerdem leugnet er noch immer, etwas aus der Wohnung entwendet zu haben.

Doch diesmal konfrontiert Kripo-Oberleutnant Flögel den Verdächtigen mit dem Stand der Ermittlungen: »Ihre Frau hat am 13. Februar der Kriminalpolizei des VPKA Bernburg Gegenstände übergeben, die Sie Frau Zorn entwendet haben. Was sagen Sie dazu?«

Plötzlich lenkt der Verdächtige ein und beginnt mit erstaunlicher Präzision aufzuzählen: »Im Oktober 1987 habe ich Oma Zorn ein buntes, viereckiges Blechkästchen aus dem großen Wohnzimmerschrank gestohlen. Da waren Schmuckketten und Armreifen drin.« Er habe den Schmuck hinter der Wäsche im Schlafzimmerschrank seiner Wohnung versteckt.

Anfang Dezember 1987 war er erneut auf Diebestour, als die Rentnerin nicht zu Hause war. Auf eine Liste schreibt er: »Silberbesteck für sechs Personen, Damentaschenuhr, Hartgeld – ungefähr 70 Mark – vier Bilderrahmen aus Metall, eine Damenarmbanduhr, zwei, drei Ringe, Schmuckketten.«

»Im Januar 1988 habe ich eine Tüte Kaffee und zwei Flaschen Korn mitgehen lassen.«

Flögel legt das Beschlagnahmeprotokoll vom Kellerfund auf den Tisch. Bormann liest es aufmerksam durch. Dann nickt er. »Ja, soweit ich mich erinnern kann, ist da alles drauf auf der Liste.« Ein Sachverständiger wird später den Großteil des Diebesguts begutachten und den Zeitwert mit 4.124 Mark beziffern.

Ein Experte der Antiquitätengalerie am Hansering bewertet sechs weitere Stücke – eine Lupe, ein Opernglas und vier Bilderrahmen – mit 350 Mark.

Trotz der umfassenden Angaben zu den entwerteten Gegenständen geben sich die Ermittler mit den Ausführungen des Täters nicht zufrieden. Bei weiteren Vernehmungen versuchen sie, die Herkunft der »Zeichen mehrfacher, stumpfer Gewalt« zu klären, die durch die Rechtsmedizin der Uniklinik Halle festgestellt wurden. Am 1. März räumt Bormann schließlich ein: »Wenn das festgestellt worden ist, will ich es nicht länger bestreiten. Es kann durchaus sein, dass ich der Frau Zorn beim Umstoßen ins Gesicht geschlagen habe. Es war dann aber nicht mit Absicht.«

Dann fügt er hinzu, dass er noch während er in der Tatnacht in der Stadt herumgelaufen ist, daran gedacht habe, sich das Leben zu nehmen. »Ich habe es dann aber doch nicht getan, weil ich meine Frau nicht alleine lassen wollte.«

Als Motiv für den Diebstahl gibt er an, er habe die gestohlenen Gegenstände für den Fall aufbewahren wollen, dass »sich meine Frau mal von mir trennen sollte. Als neuen Anfang hätte ich die Dinge später verkauft. Sie müssen verstehen: Meine Frau ist 15 Jahre jünger als ich.«

Aufgrund der Aussage ihres Mannes wird Christiane Bormann »nachverhört« und auf die Widersprüche zwischen ihrer Aussage und der ihres Mannes hingewiesen. Sie gibt nun zu, die Wahrheit bereits am Tattag erfahren zu haben. »Ich liebe doch meinen Mann. Ich konnte es nicht fertigbringen, ihn anzuzeigen.«

Am 13. Mai 1988 fällt der IV. Strafsenat des Bezirksgerichts Halle das Urteil gegen den Transportarbeiter Klaus Bormann. Er wird wegen Mordes und mehrfachen Diebstahls von persönlichem Eigentum zu 15 Jahren Freiheitsstrafe verurteilt.

Dass er nicht die sonst bei Mord übliche lebenslängliche Haftstrafe verhängt, begründet der Vorsitzende Oberrichter Hennemann wie folgt: »Nach geltender Rechtsprechung ist der Ausspruch der lebenslänglichen Freiheitsstrafe bei vollendetem Mord zum Beispiel dann gerechtfertigt, wenn der Täter mit besonderer Brutalität und auf der Grundlage einer auch in seinem sonstigen Verhalten sichtbar gewordenen allgemein rücksichtslosen Einstellung zur Durchsetzung egoistischer Interessen gehandelt hat.« Auch »bei heimtückischer oder unter Anwendung gemeingefährlicher Mittel erfolgter Tatausführung, bei Tötungshandlungen in Verbindung mit anderen schweren Gewalt- oder Sexualverbrechen oder zur Absicherung einer asozialen Lebensweise, wenn der Täter mehrfach oder mit dem Ziel gehandelt hat, sich finanzieller Verpflichtungen zu erziehen« werde im allgemeinen auf eine lebenslängliche Freiheitsstrafe erkannt. »Gleiches gilt für Täter, die wegen schwerer Gewaltverbrechen vorbestraft sind.«

Die Betrachtung der vorliegenden Tat habe beim Senat jedoch zu der Auffassung geführt, dass »zwar der Ausspruch der höchsten zeitigen Strafe notwendig und ausreichend« sei, nicht aber eine Isolierung des Angeklagten auf Dauer.

Die Staatsanwaltschaft Halle, die eine lebenslängliche Haftstrafe beantragt hatte, erhebt umgehend Einspruch gegen das Urteil. Unter anderem verweist der zuständige Staatsanwalt darauf, dass die Tat wie ein »überfallartiger Raubmord abgelaufen« und das Erwürgen, als »äußerst qualvoll zu bewerten« sei.

Das Oberste Gericht der DDR in Berlin verhandelt am 2. August 1988 den Einspruch. Noch am Nachmittag revidiert der V. Strafsenat den Urteilsspruch der Bezirksrichter: »Der Angeklagte wird wegen Mordes und mehrfachen Diebstahls persönlichen Eigentums zu lebenslänglicher Freiheitsstrafe verurteilt.«

In der Urteilsbegründung stützen sich die Richter weitgehend auf die Protestbegründung der Anklagebehörde. Somit ist das Urteil rechtskräftig.

Ein Kassationsantrag von Bormanns Rechtsanwalt Frenzel im Dezember 1988 hat keinen Erfolg. Drei Jahre später wird auch der Überprüfungsantrag von Rechtsanwalt Professor Müller als »offensichtlich unbegründet« verworfen. Es liege durch das urteilende Gericht »weder eine schwerwiegende Verletzung des Gesetzes vor, noch ist das Urteil im Strafausspruch gröblich unrichtig oder nicht mit rechtsstaatlichen Maßstäben vereinbar«, heißt es in einer Stellungnahme der Staatsanwaltschaft Halle.

Somit bringt auch das Ende der DDR keine Wende in dem Urteil: Der Kassationssenat des Bezirksgerichts Magdeburg schließt sich am 24. Oktober 1991 in großen Teilen seiner Begründung den Ausführungen der Staatsanwaltschaft aus dem Jahre 1988 an.

Dennoch sorgt der Fall auch weiterhin für einiges Aufsehen.

Nachdem Klaus Bormann bereits 14 Jahre in Haft verbracht hat, sendet er über seinen Gefängnisseelsorger ein Gnadengesuch an Reinhard Höppner, den damaligen Ministerpräsidenten Sachsen-Anhalts. Als Regierungschef ist Höppner laut Landesverfassung als einziger befugt, lebenslänglich Verurteile zu begnadigen. Obwohl die Landtagswahl des Jahres 2002 kurz bevorsteht, liest sich der SPD-Politiker in den Fall ein. Nach intensiver Beratung mit Sachverständigen entschließt er sich zu einer Begnadigung. Das entsprechende Schriftstück liegt bereits zur Unterschrift bereit, als die Presse darauf aufmerksam wird und eine öffentliche Auseinandersetzung mit dem Fall Bormann auslöst.

Die Justiz hält Bormann nach wie vor für gefährlich und der Rechtsexperte und ehemalige CDU-Justizminister Sachsen-Anhalts, Walter Remmers, nennt den Vorgang »in höchstem Maße irritierend«. Auch Karin Schubert (SPD), die eigentlich als liberal geltende Justizministerin Sachsen-Anhalts, spricht sich gegen eine Begnadigung aus.

Der Hauptgrund für den Widerspruch ist, dass sich Höppner gegen eine Begutachtung des Mörders durch einen Psychiater ausgesprochen hat. Diese ist aber nach § 454 der Strafprozessordnung in einem solchen Fall zwingend erforderlich. Gegenüber der »Mitteldeutschen Zeitung« äußert Walter Remmers: »Wenn zu meiner Zeit die gesamte Justiz gegen die Begnadigung gewesen wäre, wäre es zwischen mir als Minister und dem Regierungschef zum handfesten Krach gekommen.«

Aufgrund des öffentlichen Drucks rudert die Staatskanzlei zurück und kündigt an: »Der Fall ist noch nicht abgeschlossen.«

»Das Gnadengesuch wird mit der gebotenen Sorgfaltspflicht zu Ende gebracht«, lässt Regierungssprecher Franz Stänner verlauten. Bormann wird nun doch einem Psychiater vorgestellt.

Nachdem das Verfahren so alle vorgeschriebenen Schritte durchlaufen hat, heißt es in einer Pressemitteilung: »Nach intensiven Gesprächen mit Innenminister Manfred Püchel (SPD) und Generalstaatsanwalt Jürgen Konrad teilt der Regierungschef mit, dass es nach eingehender Beurteilung und unter Berücksichtigung der Gesamtsituation keine herausragende Gründe für eine positive Entscheidung gibt.« Ministerpräsident a.D. Reinhard Höppner wird später in seinen Erinnerungen »Acht unbequeme Jahre« von einem Skandal und einer Intrige sprechen.

Klaus Bormann bleibt vorerst in Haft.

Am 10. Februar 2003 entscheidet die Strafvollstreckungskammer in Potsdam dennoch, ihn auf Bewährung zu entlassen. Auf den Tag genau 15 Jahre nach dem Mord öffnen sich für den 62-Jährigen die Gefängnistore in die Freiheit.

DIE KUNSTRAUB-VERSCHWÖRUNG

Sonntag, der 11. Februar 1990. Bruno Nuss ist zufrieden. Der Polizist ist seit Sonnabend 18 Uhr als Streife am Schloss Georgium in Dessau eingesetzt, das nordwestlich vom Zentrum der Stadt liegt. Er hat gerade die Fenster im Erdgeschoss der Gemäldegalerie kontrolliert. Alle Jalousien sind vorschriftsmäßig heruntergelassen. Dass auch kurz nach 22 Uhr Licht aus den Ausstellungsräumen mit den berühmten Meistern dringt, beunruhigt den 50-Jährigen nicht. Es ist üblich, das Licht über Nacht brennen zu lassen. Bis 3 Uhr dreht der Wachmann seine Runden. Dann ist für ihn Pause. Bei strömendem Regen läuft er 15 Minuten bis zum Volkspolizeikreisamt (VPKA), um etwas Warmes in den Bauch zu kriegen. In der Zwischenzeit hat niemand ein wachsames Auge auf die Kulturschätze im Bezirk Halle.

Als der Polizist gegen 4 Uhr zurückkommt, sieht er sofort, dass etwas nicht stimmt: Das erste Fenster an der rechten Giebelseite steht offen. Die Scheibe ist eingeschlagen und die Jalousie halb hochgeschoben. An der hinteren linken Giebelseite

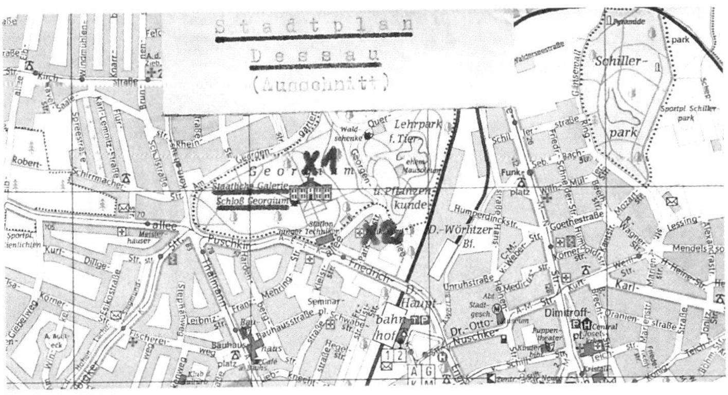

Ausschnitt Stadtplan – X1: Tatort, X2: Standort Pkw

Die Nordfront des Schlosses. Der Pfeil kennzeichnet das Fenster, aus dem die Täter flohen.

lehnt ein Gemälde an der Mauer. Drei weitere liegen auf dem Geländer der Kellertreppe. Nach einer Schrecksekunde alarmiert Nuss über sein Sprechfunkgerät das Revier: »Genossen, ich brauche Verstärkung. Hier, am Georgium. Es sieht nach Einbruch aus. Am besten, ihr schickt eine Funkstreife.«

Eine Viertelstunde später hört er die Martinshörner von zwei Polizeifahrzeugen. Sekunden später sind die beiden Autos am Schloss. Nuss bewacht das offene Fenster, die Funkstreifen fahren jeder auf einem anderen Weg um die Gebäude herum.

In einem der Fahrzeuge sitzt Schutzpolizist Wolfgang Schley. Er hatte gerade Pause, als ihn und seinen Kollegen Michael Miethe der Funkspruch erreichte. Schley spricht sich mit den Polizisten im zweiten Funkwagen ab: »Wir fahren zusammen den Fußweg lang, der von der Station Junge Techniker bis zur Galerie führt. An der Pforte trennen wir uns dann.«

Schley fährt nach links und stellt sein Fahrzeug neben dem Personaleingang ab. Miethe steigt aus, um von Bruno Nuss Näheres zu erfahren. Vielleicht eine Minute später bewegt sich etwas an der Hinterfront der Galerie. Schley sieht, dass seine Kollegen zwei Männer verfolgen.

Der Mercedes mit Berliner Kennzeichnen

In seinem Bericht schildert Miethe später die Situation: »Ich wollte eigentlich mit Wachmann Nuss sprechen. Doch nach ein paar Schritten sah ich, wie jemand weglief. Ich bin sofort hinterher.«

Schley schaltet den Suchscheinwerfer am Auto ein, richtet den Lichtkegel auf die fliehenden Männer und nimmt die Verfolgung mit dem Auto auf. Einer der Männer rennt auf den Ionischen Tempel zu. Schley unterbricht die Verfolgung um seinem Kollegen Miethe zur Hilfe zu eilen, der den anderen Verdächtigen etwa 60 Meter von der Galerie entfernt aus einem Gebüsch zerrt und zu Boden wirft. Mit einer sogenannten Führungskette fesselt Miethe den Mann mit der auffälligen Stirnglatze. Dann führt er ihn gemeinsam mit Schley zum Polizeiauto.

»Ihr Personaldokument, bitte!«, fordert er den Verdächtigen auf. »Waren noch weitere Personen mit Ihnen unterwegs?« Wortlos reicht ihm der Mann im grünen Lodenmantel seinen Ausweis. Die Antwort auf die Frage bleibt er jedoch schuldig.

Miethe zeigt Schley das Papier und tippt auf die persönlichen Angaben: Hermann Solms*, 47, geboren in Mainz, wohnhaft in Steglitz, Berlin (West). »Wo steht Ihr Kfz?«, will Schley wissen. »Weiter oben«, antwortet der Festgenommene kurzerhand.

Auf dem Weg zum Kreisamt der Volkspolizei Dessau sehen die Beamten tatsächlich vor der Parkstraße Nr. 9 einen Mercedes 190 E mit Westberliner Kennzeichen stehen.

In der Zwischenzeit konnte die zweite Funkstreifenbesatzung den anderen Verdächtigen festnehmen:

Peter Manz und Obermeister Erhard Summa hatten die mutmaßlichen Einbrecher schon vom Schloss in Richtung Georgenallee rennen sehen. Vergeblich hatte Manz sie aufgefordert, stehenzubleiben, doch die setzten ihre Flucht fort und trennten sich nach etwa 30 Metern. Manz nahm die Verfolgung eines der Männer auf. Der untersetzte Mittelblonde warf unterwegs seine braunen Lederhandschuhe weg. Seine Schirmmütze wurde ihm durch einen herunterhängenden Ast vom Kopf gerissen. Nach etwa 200 Metern endete seine Flucht unweit der Römischen Ruine, gegenüber dem Hort der 3. Oberschule Dessau. Manz hatte dem Verdächtigen mit seinem Handfunksprechgerät gegen den Kopf geschlagen, woraufhin dieser sofort zusammengesackt war.

»Sind Sie Bürger der DDR?«, fragt ihn VP-Obermeister Summa, nachdem er mit dem Streifenwagen am Ort des Geschehens eingetroffen war. Immer noch leicht benommen schüttelt der Gefragte den Kopf. Bei der Durchsuchung nehmen die Polizisten dem Brillenträger im langen dunkelblauen Lodenmantel den Ausweis ab: Manfred Rulff*, 50, wohnhaft in Reinickendorf, Berlin (West). Als er nach einem Pkw gefragt wurde, antwortete der Verdächtige: »Ich sage jetzt gar nichts mehr.«

Während seiner Vernehmung auf dem Volkspolizeikreisamt interessiert sich der Verdächtige Solms auffallend für die Bewaffnung der DDR-Polizisten. »Sie haben wohl keine Pistole?« Auf den fragenden Blick der Volkspolizisten erklärt er: »Bei uns drüben wird einem bei der Festnahme die Pistole sofort an die Schläfe gehalten. Da seid ihr hier leichtsinniger. Ich arbeite ja prinzipiell ohne Waffe. Aber die junge Generation – die 20-, 25-Jährigen – haben alle eine Pistole und machen davon auch Gebrauch. Mit denen wäre es zu einer wilden Schießerei gekommen.«

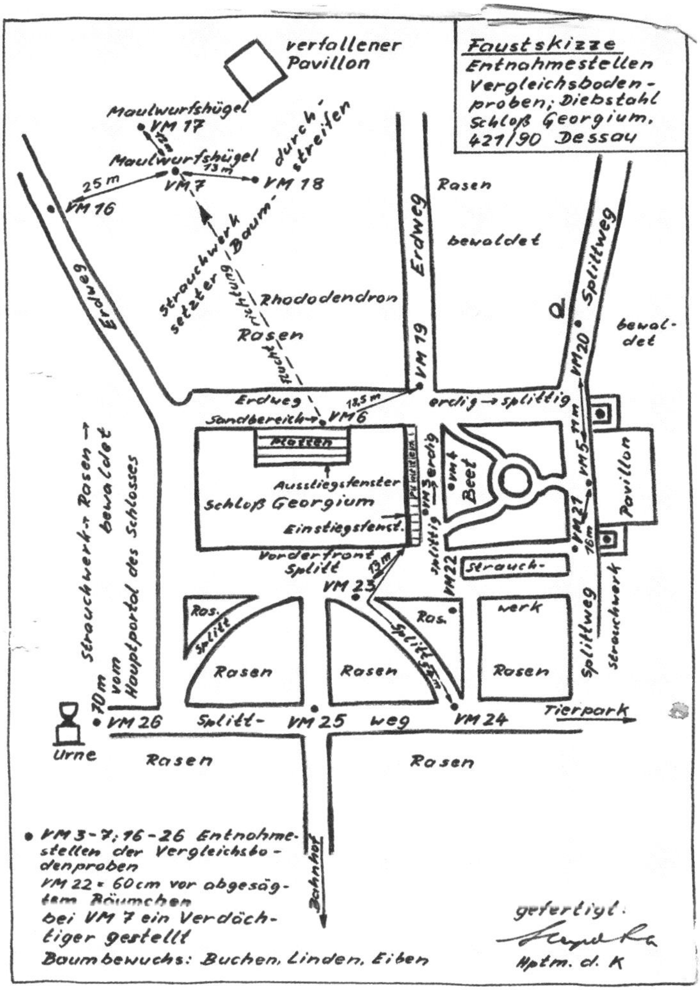

Skizze des Tatorts und seiner Umgebung

Auch Solms wird durchsucht. Dabei fallen dem Diensthabenden ein Vierkantschlüssel und eine Kugelschreibertaschenlampe auf. Außerdem entdecken sie, dass Solms sich bei der Festnahme eingenässt hat. Er darf sich gründlich auf der Toilette reinigen, bevor das Verhör fortgesetzt wird.

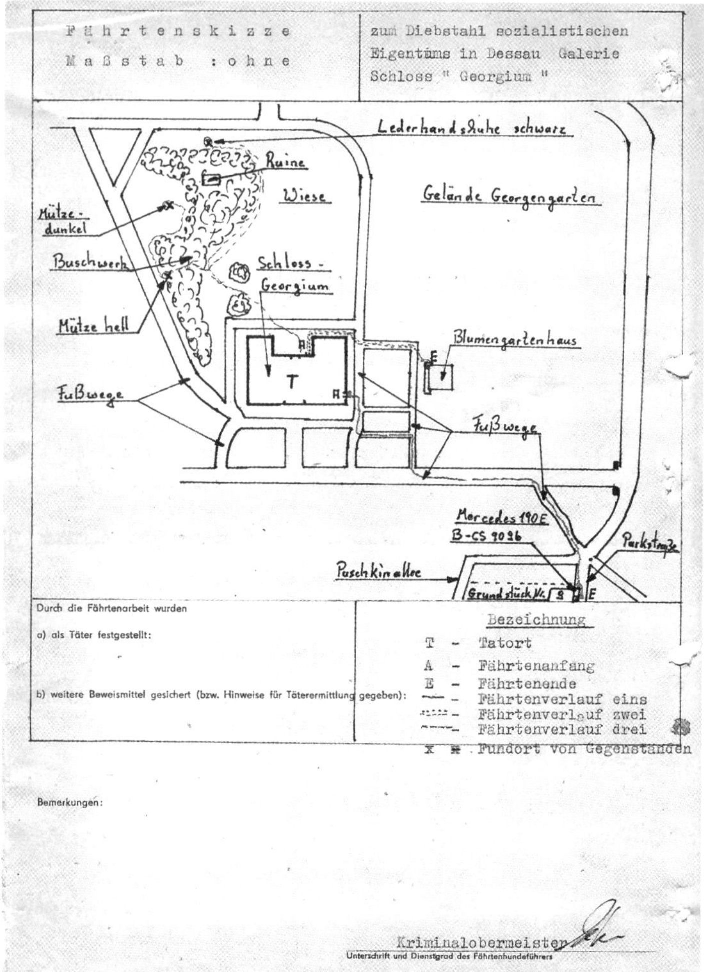

Die Skizze zeigt den Laufweg des Fährtenhundes

Der Westberliner wirkt sehr mitgenommen. Er schwitzt stark. Immer wieder fasst er sich unruhig an den Kopf. »Was gibt es denn bei euch für solche Sachen?«, will er wissen. Der Polizist, der ihn bewacht, antwortet nur: »Das weiß ich nicht. Das kann ich Ihnen nicht sagen.« Der 47-Jährige nuschelt vor sich hin: »Na, vielleicht so drei Jahre?« Dann wieder an seinen Bewacher gewandt: »Gibt es hier in Dessau ein Untersuchungsgefängnis und ein Gericht?« Schweigen.

»Ich hätte mir nicht träumen lassen, dass ich mal in der DDR in den Knast komme. Der soll ja bei euch ziemlich schlimm sein«, sagt Solms weiter. Und er vermutet: »Vor der Wende wäre die Sache wohl ein Fall für die Stasi gewesen.« Er wechselt das Thema: »Ich bin politisch sehr interessiert. Schade, dass ich die Entwicklung bei euch künftig nicht mehr verfolgen kann.« Dann räumt er ein, dass es nicht der erste Einbruch war, den er auf dem Kerbholz hat.

Einige Stunden zuvor: Rosemarie Hartwig* arbeitet beim Betriebsschutz des Schlosses. Wie bei jeder Schicht macht die 43-jährige Frau des Schloss-Hausmeisters auch am Morgen der Tat alle zwei Stunden einen Rundgang durchs Haus. Am 11. Februar 1990 dreht sie gegen 3.30 Uhr ihre Runde. Zuerst kontrolliert sie alle Siegel der Büros im 2. Obergeschoss. Dann geht sie eine Etage tiefer. Die Ausstellungsräume sind nicht verschlossen. Hin und wieder lauscht sie in die Stille hinein: Alles in Ordnung.

Nach 15 Minuten betritt sie das Erdgeschoss. Der Besuchereingang ist ordnungsgemäß durch eine Eisenstange verriegelt. Durch den »Feuerbach-Saal« geht sie in den dahinter liegenden »Tischbein-Saal« und von dort aus in den Belegschaftsraum. Nirgends fällt ihr etwas Verdächtiges auf. Sie wählt die Nummer des VPKA und meldet: »Keine besonderen Vorkommnisse. Im Schloss ist alles ruhig.« Ein paar Minuten später brüht sie sich in ihrer Wohnung, die sich im 2. Obergeschoss des Gebäudes befindet, einen Kaffee auf. Kurz darauf hört sie unten ein Fahrzeug. Die 43-Jährige schaut aus dem Fenster und sieht eine Funkstreife. Es klingelt. Die Schutzpolizisten teilen ihr mit, dass eingebrochen wurde. »Fassen Sie nichts an, bis die Spurensicherung hier war«, wird sie ermahnt.

Als Rosemarie Hartwig erneut die Räumlichkeiten kontrolliert bemerkt sie, dass in der Ausstellung der Bildenden Künstler

Gestohlen: *Pompeji*

eines der beiden Fenster auf der linken Seite offensteht und zwei Gemälde aus dem »Tischbein-Saal« fehlen: *Pompeji* und *Die drei Geschwister*. Sofort ruft sie die stellvertretende Museumsleiterin der Staatlichen Galerie Schloss Georgium an.

Bereits zehn Minuten später trifft Helga Hach* im Schloss ein. Ein Mitarbeiter der Kriminalpolizei bittet sie, ihn zum Nordteil des Gebäudes zu begleiten. Dort zeigt er ihr mehrere Gemälde, die unterhalb eines Fensters auf einem Eisengeländer liegen. Auch im spärlichen Licht der Taschenlampe erkennt die 49-Jährige sofort, um welche Gemälde es sich handelt: eine zeitgenössische Kopie nach Hieronymus Bosch *Versuchung des Heiligen Antonius*, eines der ältesten Bilder der Sammlung mit einem Schätzwert von 5 Millionen DM, die *Kreuzigung Christi* von Lucas von Cranach dem Älteren, ein Gemälde, das schon viele Male im Ausland ausgestellt wurde und schätzungsweise 10 Millionen DM wert ist, *Pompeji* von Heinrich Wilhelm Tischbein, ein Bild mit hoher Bedeutung für die Entwicklung der klassizistischen Malerei in Deutschland, das auf etwa eine Million DM geschätzt wird, und *Die Tochter und zwei Neffen des Künstlers* von Johann Heinrich Tischbein dem Älteren, das ebenfalls etwa eine Millionen DM wert ist. Nur die ersten beiden Gemälde befinden sich noch im Rahmen.

Von Rosemarie Hartwig, die in der Zwischenzeit die gesamte Ausstellung abgegangen ist, erfährt Hach, dass zwei weitere Bilder aus der oberen Etage fehlen: Peter Paul Rubens Bildnis *Ludwig XIII. v. Frankreich*, international von hoher Bedeutung und mit einem Schätzwert von 10 Millionen DM, und das auf etwa eine Millionen DM geschätzte *Bildnis eines fünfzehnjährigen Knaben* von Frans Hals dem Älterem. Die stellvertretende Museums-Chefin überschlägt, dass die Gemälde einen Gesamtwert von etwa 28 Millionen DM haben. Sie alle stammen aus dem ehemaligen Kunstbesitz des Hauses Anhalt und fallen als besonders schützenswerte Kulturgut unter das Kulturschutzgesetz der DDR.

Gestohlen: Kopie *Versuchung des Heiligen Antonius*

Ende März wird der geschätzte Gesamtwert der Bilder in einem Gutachten von Dr. Werner Schade auf knapp 4 Millionen DM heruntergesetzt. Von ihm werden Cranachs *Kreuzigung* und Rubens *Ludwig XIII.* mit 2,1 Millionen DM beziehungsweise 1,5 Millionen DM am höchsten geschätzt.

In einem weiteren Gutachten, das der hallesche Staatsanwalt Hendrik Weber Mitte Mai 1990 erhält, schätzen Experten der Kunstausstellung Kühl in Dresden den Wert der Bilder auf rund 3,4 Millionen DM.

Gegen die mutmaßlichen Täter, gegen die das Kreisgericht Dessau noch am 11. Februar Haftbefehl erlassen hat, wird wegen »verbrecherischen Diebstahls sozialistischen Eigentums« ermittelt.

Gestohlen: *Tochter und zwei Neffen* Tischbeins

Am Tag der Festnahme sagt Solms beim ersten Verhör durch Haftrichter Buchwald um 19.30 Uhr: »Ich möchte mich zu den Beschuldigungen im Moment nicht äußern. Ich werde das zu einem späteren Zeitpunkt nachholen.« Er habe gerade zum ersten Mal gehört, welchen Wert die Gemälde haben. Und er fühle sich »benutzt. Ich muss erstmal alles überdenken.« Er bittet aber um »frische Wäsche«.

In einem anderen Trakt des Untersuchungsgefängnisses Halle sitzt Solms' Komplize Manfred Rulff. Er gibt sich noch wortkarger und bestätigt lediglich, dass er am Georgium festgenommen wurde.

In dem Mercedes mit Westberliner Kennzeichen machen die Ermittler eine interessante Entdeckung. Auf einem liniierten A4-Blatt finden sie eine Aufstellung von 25 Malern verschiedener Epochen, darunter Rembrandt und Boucher. Die Namen auf der Liste, von der sich später herausstellt, dass sie von Solms verfasst wurde, sind mit rotem, grünem beziehungsweise gel-

Gestohlen: *Bildnis Ludwig XIII. v. Frankreich*

Gestohlen: *Bildnis eines fünfzehnjährigen Knaben*

bem Signalstift und mit einer unterschiedlichen Anzahl von Kreuzen gekennzeichnet.

Als der arbeitslose Solms beim nächsten Verhört gefragt wird, aus welchen Gründen er sich in der DDR aufhält, gibt der Tatverdächtige an: »Ich möchte sagen, dass ich im Auftrag am heutigen Sonntag in die Deutsche Demokratische Republik eingereist bin.« Sein »Mitreisender« Manfred Rulff sei der Fahrer gewesen. »Die Tragweite des gesamten Sachverhalts« sei ihm allerdings »erst jetzt so richtig klar«. Um zu schildern, unter welchen Umständen er Stunden zuvor festgenommen worden sei, fühle er sich aber »zurzeit nicht in der Lage«.

Im gesamten Ermittlungsverfahren wird der Mann keine persönlichen Angaben machen. Einige spärliche Informationen über den 47-Jährigen entnehmen die Ermittler dem Zentralregisterauszug der Bundesrepublik. So erfahren sie, dass er seit 1956 vierzehnmal vorbestraft ist – siebenmal davon wegen Eigentumsdelikten. Das letzte Mal war er am 22. Juni 1986 durch das Landgericht Berlin unter anderem wegen gemeinschaftlichen Bandendiebstahls in 15 Fällen, zu sieben Jahren Gefängnis

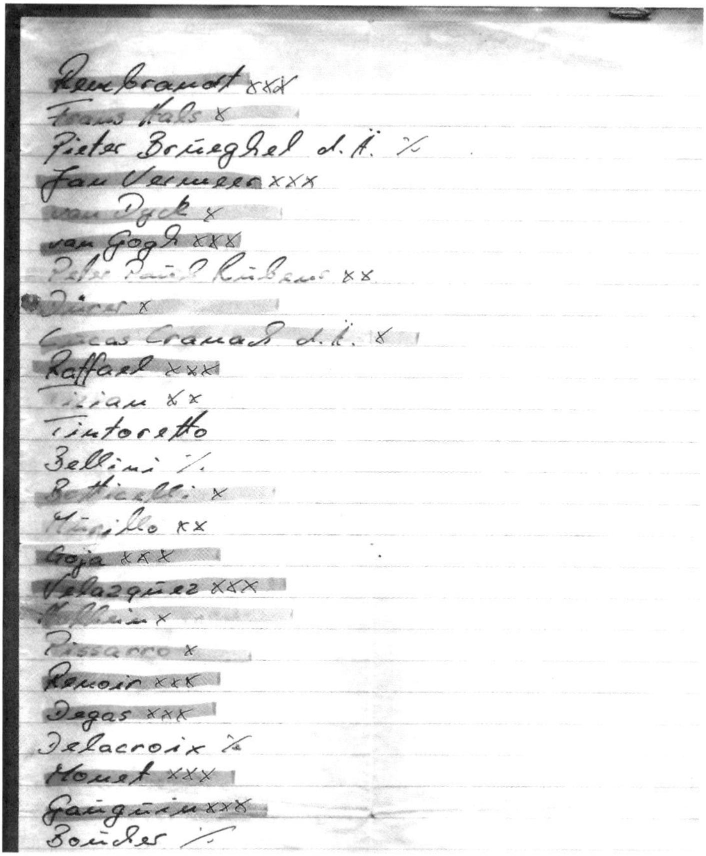

Die Liste mit den Bildern

verurteilt worden. Außerdem geht aus den Akten hervor, dass Solms noch bis zum 17. Mai 1993 auf Bewährung ist.

Am 24. Februar 1990 schreibt Solms an die Bezirksstaatsanwaltschaft Halle einen Brief, der zehn A4-Seiten umfasst. Darin heißt es, er habe bisher geschwiegen, weil er sich nicht im Klaren gewesen sei, ob er seinen »Auftraggeber benennen« solle. Diese Frage habe er nun endgültig für sich verneint. »Es gibt keine objektiven Beweise gegen ihn, sodass er meine Aussage einfach als Lüge abtun könnte und würde.« Er hingegen hätte im Falle einer Aussage, nach seiner Rückkehr in die BRD, Konsequenzen zu befürchten.

Dann wird die Aussage des Untersuchungshäftlings noch abenteuerlicher. Er habe gar nicht die Absicht gehabt, Bilder aus der Galerie zu stehlen. »Das war überhaupt nicht mein Auftrag.« Sein Auftraggeber »aus der besseren Gesellschaft«, den er schon 20 Jahre kenne und der ihn 1983, als er »auf der Flucht war, Wochen bei sich versteckt hat«, habe ihn gebeten »einige Einbrüche vorzutäuschen«. Innerhalb von »einigen Monaten« habe er »in drei, vier kleinere DDR-Museen« einsteigen und Gemälde entwenden, die Bilder dann aber außerhalb der Ausstellungen stehen lassen sollen. »Alles sollte nach einer wilden Flucht aussehen.« Nach dem »Sinn« dieser Aktion gefragt, habe sein Bekannter ihm den eigentlichen Hintergrund erläutert: Die Entwicklung in der DDR steuere auf eine »Einverleibung durch die Bundesrepublik« zu. »Mein Bekannter hat gesagt: Es ist nur noch eine Frage der Zeit, bis uns die DDR in den Schoß fällt. Und wenn das erstmal geschehen sei, gäbe es jede Menge Menschen beziehungsweise Interessengruppen, die die unterschiedlichsten Widergutmachungsansprüche an die Konkursverwalter der DDR hätten. Jeder, der durch die Kommunisten enteignet worden sei, habe dann Recht auf sein Eigentum. Um spätere Entschädigungen so hoch wie möglich ausfallen zu lassen, müssten die Kunstpreise in der DDR öffentlich hochgepeitscht werden. Mit aller Gewalt.« Der Bekannte habe ihm 10.000 Mark »pro Fall« zugesichert.

Um auch die richtigen Maler zu erwischen, habe er ihm 100 Mark gegeben, damit er sich »Fachliteratur« kaufen könne. »Anhand von Museumsführern sollte ich mir eine eigene Liste machen.«

Nachdem sein Bekannter diese Aufstellung abgenickt habe, habe Solms versucht, einen Partner zu finden. Nachdem er »vier Absagen bekommen« habe, sei ihm Manfred Rulff eingefallen, den er seit 1980 kenne: Er sei zwar etwas gierig, aber ruhig und stelle wenige Fragen. »Ich habe ihm erzählt, dass wir 10.000 Mark pro Mann verdienen. Er sagte zu.« Am 7. Februar

51

Hermann S Halle, den 24.2.90

An die

Bezirksstaatsanwaltschaft

Halle

Daß ich bis heute mit einer Aussage gewartet habe, hat mehrere Gründe.

Der andere wichtige Grund war für mich die Frage, ob ich meinen Auftraggeber namentlich benennen soll und kann.
Diese Frage habe ich mir heute endgültig selbst verneint.
Es gibt keinen objektiven Beweis gegen ihn, sodaß er meine Aussage einfach als Lüge abtun könnte und würde. Ich hingegen müßte bei meiner späteren Rückkehr mit Folgen rechnen!

10 60

Bleibt mir nur noch zu erklären, daß ich diese Seiten als Geständnis verstanden wissen möchte.
Strafbar habe ich mich gemacht. Aber es bestand zu keinem Moment die Absicht etwas zu stehlen.
Mein Auftrag lautete Einbrüche vorzutäuschen aber nichts mitzunehmen. Dafür sollte ich bezahlt werden!

Halle, den 24.2.90 Hermann S

Geständnis Solms

habe er erst einmal allein die Galerie besichtigt. »Ich war total erstaunt. So ungesichert ist bei uns nicht mal eine Frittenbude.« Einen Tag später sei Rulff dazugekommen.

Am Sonnabend seien die beiden Männer gegen 21 Uhr in Berlin losgefahren. Um nicht zu früh in Dessau zu sein, hätten sie den Weg über Landstraßen genommen. »Am Schloss angekommen, gingen wir gleich an die Arbeit. Es gelang uns, die Jalousie hochzuschieben und eine Astgabel als Stütze darunter zu stellen.« Rulff habe die mitgebrachte Folie zurechtgeschnitten und an die Scheibe geklebt. Mit einem Stein hätten sie dann das Glas eingeschlagen und das Fenster mit dem Vierkant entriegelt.

Nachdem sie etwa 20 Minuten abgewartet hätten, ob sich etwas im Schloss rührt, seien sie eingestiegen und in den ersten Stock geschlichen. »Laut Auftrag sollten wir erst die ›Prominenz‹ raustragen. Ich fand den Rubens und hängte ihn ab, Rulff den Frans Hals.« Sie hätten die Gemälde dann ins Erdgeschoss gebracht und dort ein Fenster zur weniger beleuchteten Hinterfront geöffnet. »Ich habe die Bilder zum Pavillon getragen. Als ich zurück war, wollte ich die vier Cranachs holen. Der eine war aber zu groß. So schnappten wir uns erst die anderen drei. Im Erdgeschoss hängten wir noch zwei Bilder ab.« Er habe Rulff die fünf Gemälde aus dem Fenster gereicht.

Um weitere Bilder »zum fiktiven Abtransport zusammenzustellen«, sei er danach in den »Tischbein-Saal« gegangen. Dort habe er Motorengeräusche gehört. »Ich sah vom Fenster aus, wie Rulff im Scheinwerferlicht in den Park flüchtete. In Panik sprang ich aus dem Fenster – genau vor ein Polizeifahrzeug.«

Er wolle die Zeilen »als Geständnis verstanden wissen«. Er wiederholt: Etwas zu stehlen, sei zu keinem Moment seine Absicht gewesen. »Mein Auftrag lautete: Einbrüche vorzutäuschen, aber nichts mitzunehmen. Dafür sollte ich bezahlt werden.«

Während Solms sich hinsichtlich seiner persönlichen Biografie weiter bedeckt hält, können sich die Ermittler in den Verhören ein umfassendes Bild von Manfred Rulffs Werdegang machen: Der arbeitslose Verfahrenstechniker aus Berlin-Reinickendorf war 1956 mit seiner Mutter vom Osten der Stadt

Spurennummer 7: Der Rahmen des gestohlenen Gemäldes von Franz Hals *Bildnis eines fünfzehnjährigen Knaben*, der neben dem Blumengartenhaus abgestellt wurde

in den Westteil übergesiedelt. Zuvor hatte er in der DDR aber schon einschlägige Erfahrungen mit der Justiz gesammelt. Nach eigener Aussage wurde er bereits mit 14 Jahren in den Jugendwerkhof eingewiesen, aus dem er mehrfach getürmt war. Später wurde er wegen Diebstahls zu einem Jahr Haft verurteilt, die er im Jugendhaus verbüßte. In Westberlin machte er dort weiter, wo er im Osten aufgehört hatte: Gemeinschaftlicher schwerer Raub und schwere Körperverletzung brachten ihn acht Jahre hinter Gitter. 1964 wurde er aus der Haft entlassen. Nur drei Jahre blieb er in Freiheit, bevor er wegen Einbruchsdiebstahls erneut zu vier Jahren verurteilt wurde. Nach seiner Entlassung machte er das Fachabitur und schloss 1977 ein Ingenieurstudium in Verfahrenstechnik an der TH Westberlin ab. Weil er aufgrund seiner Vorstrafen keine Anstellung bekam, hielt er sich vor allem mit Gelegenheitsjobs über Wasser. Sowohl 1982 als auch 1986 stand er erneut wegen Diebstahls und Hehlerei vor Gericht und wurde zu 18 Monaten beziehungsweise zwei Jahren Haft verurteilt. 1983 habe er Solms in der Untersuchungshaft in Berlin-Moabit kennengelernt, sagt er nach dem Einbruch in Dessau aus.

Rulff hatte bereits zehn Tage vor seinem Kumpan zum Kugelschreiber gegriffen und eine handschriftliche Erklärung abgegeben. Von einem fingierten Diebstahl war darin allerdings ebenso wenig die Rede wie von einem einheitspolitischen Hintergrund. Rulff gab hingegen an, er sei von Solms angesprochen worden, ob er bereit wäre, sich an einem Kunstraub zu beteiligen. Als er zustimmte, hätten sie zuerst die Galerie in Berlin-Dahlem unter die Lupe genommen. Bei einem Besuch der Ausstellung am 4. Februar seien sie allerdings zu der Erkenntnis gekommen, dass ein Diebstahl dort unmöglich sei. »Am 7. oder 8. Februar hat mich Solms angerufen, dass ein Auftrag für eine bestimmte Galerie, und zwar in Dessau, für durchführbar gehalten wird. Wir fuhren zusammen dorthin und stellten fest, dass keine Sicherungseinrichtung vorhanden ist.« Dann schildert er den Ablauf des vereitelten Gemäldediebstahls am 11. Januar ähnlich wie sein Komplize und endet: »Als ich das vierte Bild gerade in der Hand hatte, kamen mehrere Funkwagen, und ich bin abgehauen.«

Bei einer weiteren Vernehmung wird der 50-Jährige konkreter: »Durch Solms wurde mir bekannt, dass gezielt Gemälde aus Galerien auf dem Gebiet der DDR entwendet werden sollten. Unsere Gemälde sollten nach erfolgtem Diebstahl nach Westberlin gebracht werden.«

Er gab zudem an, dass weitere Werke von Cranach gestohlen werden sollten. Darunter auch *Die Verlobung der Heiligen Katharina*. Doch sei dieses Bild ebenso wie die *Kreuzigung Christie* für den Abtransport im Kofferraum des Mercedes zu groß gewesen. Ein Test durch die Kriminalpolizei mit 120 × 83 beziehungsweise 117 × 95 Zentimeter großen Platten, die der Originalgröße der betreffenden Bilder entsprechen, untermauert später die Aussage Rulffs.

Rulff wird in seiner Vernehmung am 19. Februar auch zu der ominösen Liste befragt, die die Kripo auf dem Beifahrersitz des Mercedes gefunden hatte. Das sei eine Aufstellung von Malern, »die wir mitbringen sollten«, sagt der Verhörte. Sie müsse aber

Gestohlen: *Kreuzigung Christi*

schon älter gewesen sein, denn nicht alle Gemälde, die darin aufgelistet seien, habe man im Georgium entdeckt. »Nur einige der Namen haben wir gefunden. Die Kreuzchen hinter den Malern haben etwas mit der Wichtigkeit zu tun. Namen mit drei Kreuze waren vorrangig.« Den Sinn der farblichen Kennzeichnung kenne er nicht.

So ganz ohne einheitspolitischen Bezug ist aber auch Rullfs Aussage nicht: Erst habe er das Angebot Solms ablehnen wollen, doch ein Artikel in der »Morgenpost« habe ihn umgestimmt. »Dabei ging es um die Prinzessin von Sachsen-Anhalt, die Anspruch auf 15 Schlösser in der DDR erhebt.« Da habe er keine Skrupel mehr gehabt. »Ich bin davon ausgegangen, dass sie die Schlösser auch bekommen wird, so wie die politische Situation ist.«

Anders als in der Version vom vorgetäuschten Bilderraub lässt Rulffs Aussage Solms nicht als passiven Handlanger dastehen. Er gibt an, Solms habe vorgeschlagen, über Drewitz/Dreilinden als Transitreisende nach Westdeutschland einzureisen und von Hannover über Dessau zurück nach Westberlin zu fahren. »Wir hofften so, die Gemälde, die wir aus dem Georgium herausholen wollten, sicher zurück über die Grenze zu kriegen, weil Transitreisende nicht kontrolliert werden.«

Die Kripo legt Wolfgang Büche von der Staatlichen Galerie Moritzburg die »Einkaufsliste« vor. Der Leiter der Gemäldesammlung sieht darin »eine recht zufällige Zusammenstellung von namhaften Künstlern, deren Bedeutung gute Absatzmöglichkeiten garantiert«. Verwundert sei er, dass Künstler der Klassischen Moderne fehlten, »deren Werke auf internationalen Auktionen Höchstpreise erzielen«. Der Listenverfasser habe nicht gewusst, welche wertvollen Bilder es in DDR-Museen gibt. »Es sind Künstler aufgeführt, von denen sich meines Wissens keine Bestände in unserem Land befinden, zum Beispiel van Gogh und Velásquez.« »Kreise des professionellen Kunstraubes« schließt der Experte darum als Auftraggeber aus.

Dennoch bleibt Solms auch beim Verhör durch den Staatsanwalt Hendrik Weber am 29. Mai 1990 bei der Geschichte von dem mysteriösen Hintermann. Der Jurist legt dem verhinderten Gemäldedieb das Strafgesetzbuch der DDR vor und deutet auf § 229. Solms liest: »Vortäuschung einer Straftat. Wer gegenüber einem staatlichen Organ der Rechtspflege oder Sicherheitsorgan die Begehung einer Straftat vortäuscht, wird mit Freiheitsstrafe bis zu zwei Jahren oder mit Verurteilung auf Bewährung, Geldstrafe oder mit öffentlichem Tadel bestraft.«

Dann nickt er: »Nach dem Auftrag, den ich hatte, müsste das in etwa passen.« Das Wertgutachten zu den Gemälden, das ihm ebenfalls gezeigt wird, schiebt er ohne es anzusehen von sich: »Das interessiert mich nicht. Der Wert war uninteressant für mich. Es ging nicht ums Geld, sondern nur darum, einen Diebstahl vorzutäuschen«, wiederholt er erneut sein angebliches Motiv.

Am 16. Juli 1990 beginnt vor dem IV. Strafsenat des Bezirksgerichts in Halle die öffentliche Hauptverhandlung gegen Hermann Solms und Manfred Rulff. Am vierten Verhandlungstag, dem 23. Juli, spricht Oberrichter Friedrich das Urteil. Wegen verbrecherischen Diebstahls in Tateinheit mit Verletzung des Kulturgutschutzgesetzes der DDR im schweren Fall, wird Solms zu zehn Jahren Haft, Rulff zu neun Jahren verurteilt.

Die Version des Tathergangs, von der Solms nicht abrückt und die Rulff bei der Hauptverhandlung teilweise übernimmt, bewertet der Senat als Schutzbehauptung. Über Rulffs Angaben sagt Senats-Vorsitzender Friedrich: »Die abweichenden Aussagen in der Hauptverhandlung dienen offensichtlich dazu, die ihm nun bekannten Darstellungen des Angeklagten Solms insbesondere auch durch eine bestimmte Entlastung glaubwürdiger erscheinen zu lassen.«

Das Gericht nennt als Tatmotiv: »persönliches Bereicherungsstreben.« Im Urteil sei zudem die »Art und Weise der Tatbegehung, der erhebliche Umfang der beabsichtigten Schädigung des Eigentums der Staatlichen Galerie Dessau und die damit verbundene unersetzliche Schädigung wertvoller Kulturgüter der DDR berücksichtigt« worden. Bei Solms sei erschwerend hinzugekommen, dass er der Initiator des Kunstdiebstahls war.

Am 30. Juli 1990 legt die Rechtsanwältin Edith Scholz* für ihren Mandanten Manfred Rulff Berufung gegen das Urteil ein. Sie beantragt beim Obersten Gericht der DDR eine Abänderung des Urteils auf ein Jahr Freiheitsstrafe wegen »in Mittäterschaft begangener Vortäuschung einer Straftat.« Mit dem gleichen Argument geht auch Solms Anwalt Peter Nostaliers* in Berufung und fordert die Herabsetzung der Strafe auf 18 Monate.

Am 6. September 1990 wird das Urteil des Bezirksgerichts durch den II. Strafsenat teilweise aufgehoben. Der Fall wird zurück nach Halle verwiesen, da dem Obersten DDR-Gericht unter anderem die Höhe der verhängten Strafen unangemessen erscheint.

Die juristische Aufarbeitung des Kunstraubs geht in die nächste Runde. Derselbe Fall, ein anderes Land. Noch kurz vor der Wiedervereinigung hatten die Rechtsanwälte gefordert, die Haftbefehle gegen ihre Mandanten aufzuheben.

Am 8. Oktober schreibt Staatsanwalt Weber an den IV. Strafsenat des Bezirksgerichts Halle, dass »nunmehr die rechtlichen Regelungen der Strafprozessordnung der Bundesrepublik Deutschland« heranzuziehen seien. Allerdings verweist er darauf, dass »auch unter Beachtung der rechtlichen Korrekturen, die durch das Oberste Gericht vorgenommen wurden, die Voraussetzungen der Untersuchungshaft ebenso wie der dringende Tatverdacht weiterhin fortdauern«.

Die beiden Berliner bleiben in Untersuchungshaft.

Der III. Strafsenat des Bezirksgerichts Halle verurteilt Solms am 15. November 1990 wegen Diebstahls in besonders schwerem Fall zu acht Jahren Haft. Rulff wird wegen desselben Delikts zu sieben Jahren Haft verurteilt.

Beide Rechtsanwälte gehen umgehend in Revision. Doch dagegen wehrt sich die Staatsanwaltschaft mit einer »Gegenerklärung« an den Vorsitzenden des III. Strafsenats.

Der Generalbundesanwalt am Bundesgerichtshof beantragt im April 1991, die Revision als »teils unzulässig, teils unbegründet« abzulehnen.

Der IV. Strafsenat des Bundesgerichtshofs gibt diesem Antrag am 3. Juni 1991 einstimmig statt. Eine Prüfung des Urteils habe ergeben, dass keine »Rechtsfehler zum Nachteil der Angeklagten« begangen wurden.

Auch der Einwand der Strafverteidiger, die Bezirksrichter hätten systembedingt keine andere Entscheidungsmöglichkeit gehabt, nachdem das Oberste Gericht der DDR, das Urteil – wenn auch mit Einschränkungen – für rechtens erklärt hatten, wird entkräftet.

Der Bundesgerichtshof stellt klar: »Ein Weisungsrecht des Obersten Gerichts der DDR an den Tatrichter, in einem bestimmten Sinn zu einem vorgegebenen rechtlichen Ergebnis hin die Beweise zu würdigen, gab es nicht.« Mit anderen Worten: Ein Weisungsrecht der obersten DDR-Richter kann nicht nachgewiesen werden.

Während ihrer Haft in der Justizvollzugsanstalt (JVA) Berlin-Tegel versuchen Solms und Rulff im Februar 1992 die Wiederaufnahme ihrer Verfahren zu erreichen. Sie begründen ihren Antrag damit, dass Artikel des Grundgesetzes und somit ihre Grundrechte verletzt worden seien. Doch ohne Erfolg. Rulff verbüßt etwas mehr als zwei Drittel seiner Haftstrafe und wird im Januar 1996 entlassen. Solms nutzt 1999 einen Freigang zur Flucht, wird aber nach kurzer Zeit aufgegriffen. Er muss die volle Haftstrafe verbüßen. Erst 2001 öffnen sich für ihn die Gefängnistore.

GLOSSAR UND ABKÜRZUNGSVERZEICHNIS

ABV: Abschnittsbevollmächtigter; Polizeiangehöriger, der für einen bestimmten Abschnitt in Städten und Gemeinden für die öffentliche Ordnung und Sicherheit zuständig war und dabei engen Kontakt zur Bevölkerung halten sollte

Altneubau: zwischen 1950 und 1965 neu errichtete viergeschossige Wohnhäuser, erste Objekte des staatlichen Wohnungsbaus in der DDR

DSF: Gesellschaft für Deutsch-Sowjetische Freundschaft; eine Massenorganisation in der DDR mit dem Ziel, die Freundschaft zur Sowjetunion zu fördern

EOS: erweiterte Oberschule; vier- bzw. später zweijährige Gemeinschaftsschule in der DDR, die mit dem Abitur und damit der Hochschulreife abschloss

FDGB: Freier Deutscher Gewerkschaftsbund; Dachverband der 15 Einzelgewerkschaften in der DDR

FDJ: Freie Deutsche Jugend; staatliche Jugendorganisation der DDR

GST: Gesellschaft für Sport und Technik; eine vormilitärische Massenorganisation der DDR

Harzer Juwel: Mehrfruchtwein in der DDR

Haushaltstag: in der DDR ein zusätzlicher freier Tag im Monat für berufstätige Frauen mit Kindern, Frauen ab 40 und alleinerziehende Männer

HO: Handelsorganisation; Sammelbezeichnung für den seit 1948 bestehenden sogenannten volkseigenen Einzelhandel sowie das volkseigene Gaststätten- und Hotelwesen

Jugendwerkhof: Spezialheim zur Umerziehung schwer erziehbarer und straffällig gewordener Jugendlicher im Alter von 14 bis 20 Jahren

K: Kriminalpolizei

K-Hauptmann: Hauptmann der Kriminalpolizei; in der DDR entsprachen die Dienstgrade der Polizei denen des Militärs

Kombinat: in sozialistischen Staaten Zusammenschluss von eng zusammenarbeitenden Industriebetrieben zu einem Großbetrieb

LPG: landwirtschaftliche Produktionsgenossenschaft

Maßregelvollzug: Klinik für Forensische Psychiatrie, in der psychisch kranke und suchtkranke Straftäter untergebracht sind

Mitropa: Mitteleuropäische Schlafwagen- und Speisewagen-Aktiengesellschaft; 1917 gegründet, in der DDR als Unternehmen für die Versorgung Reisender in den Bahnen und auf Bahnhöfen weitergeführt

Moko: Mordkommission

MTS: Maschinen-Traktoren-Station in der DDR-Landwirtschaft

MUK: Morduntersuchungskommission

NKWD: Volkskommissariat für innere Angelegenheiten der UdSSR

POS: polytechnische Oberschule

Reichsarbeitsdienst: 6-monatiger Arbeitsdienst während der NS-Zeit

Schnellkommando der Volkspolizei: bis 1967 Einsatzformationen der Schutzpolizei, die u. a. bei Notrufen zum Einsatz kamen

Station Junger Techniker: Betreuungseinrichtung der DDR in der schulpflichtige Kinder und Jugendliche sich im Bereich der Technik fortbilden konnten

Silastik: DDR-Bezeichnung für elastische Texturseide aus Kunstfaser

SMH: Schnelle Medizinische Hilfe; seit 1976 der Notfall-Rettungsdienst der DDR

Strafsenat: Strafkammer bei Gerichten

Toni: Code für die Berliner Funkstreifenwagen der DDR

VEB: volkseigener Betrieb

VP: Volkspolizei

VPKA: Volkspolizei-Kreisamt

Authentische Kriminalfälle
Bernd Kaufholz
Mord für 40 Ostmark
mitteldeutscher verlag

Bernd Kaufholz

MORD FÜR 40 OSTMARK

Authentische Kriminalfälle

2. Auflage
128 Seiten, gebunden, mit s/w-Abbildungen
ISBN 978-3-89812-703-5

Spannende Fälle aus der DDR der 1960er und 1970er Jahre. Verbrechen waren auch in der DDR keine Seltenheit, und selbst die Motive unterschieden sich kaum zu früheren oder heutigen Zeiten: Habgier, Missgunst, sexuelle Abnormität, Überforderung als Mutter/Vater, Rache etc.
Der Journalist Bernd Kaufholz hat erneut authentische Kriminalfälle aus der DDR aufwändig recherchiert und stellt viele erstmals einem größeren Publikum vor, denn an einer weiten medialen Verbreitung war man zur Tatzeit politisch nicht interessiert. Spannend beschreibt er die Arbeit der Kriminalpolizei, beleuchtet das soziale Umfeld der Opfer und Täter.

Authentische Kriminalfälle
Bernd Kaufholz
Der Würger im Strohsack
mitteldeutscher verlag

Bernd Kaufholz

DER WÜRGER IM STROHSACK

Authentische Kriminalfälle

2. Auflage
168 Seiten, gebunden, mit s/w-Abbildungen
ISBN 978-3-89812-598-7

Von 1963 bis 1972 reicht der zeitliche Rahmen der authentischen Kriminalfälle, die der Madgeburger Reporter Bernd Kaufholz in diesem Band unter die Lupe nimmt. Wieder hat er sich durch Berge von Archivalien und zeitgenössischem Pressematerial gearbeitet, um aufsehenerregende Verbrechen zu rekonstruieren.
Viele dieser Fälle, die seinerzeit kaum die engen Grenzen der lokalen Medienberichterstattung überschritten, werden erstmals vollständig sichtbar: Mord an Minderjährigen, am eigenen Kind, der Freundin oder Frau, am Gatten, am Lehrer oder auch an einem Rentner. Vielfältig wie die Tatumstände sind auch die Motive: Eifersucht, sadistische Triebe, Eheprobleme, Habgier.
Kaufholz begleitet die Ermittlungen bis hin zum Gerichtsverfahren, befasst sich mit Opfern wie Tätern – und entwirft so auch ein Zeitbild des »anderen Deutschland« vor 1989.

Authentische Kriminalfälle
Bernd Kaufholz
Der Muttermörder
mit dem Schal
mdv

Bernd Kaufholz

DER MUTTERMÖRDER MIT DEM SCHAL

Authentische Kriminalfälle

2. Auflage
216 Seiten, gebunden, mit s/w-Abbildungen
ISBN 978-3-89812-535-2

In diesem Band seiner sorgfältig recherchierten Kriminalfälle ist Bestseller-Autor Bernd Kaufholz Verbrechen auf der Spur, bei denen zwischen 1959 und 1972 in der DDR Menschen getötet wurden. Der Leser folgt u.a. den Spuren des Chefs der Magdeburger Morduntersuchungskommission Adalbert Winter und seiner Mitarbeiter bei der Aufklärung von Kapitalverbrechen und bekommt einen Einblick in die Obduktionsprotokolle des renommierten Rechtsmedizinerduos Dr. Friedrich Wolff und Dr. Margot Laufer, das jahrzehntelang die »Sprache der Toten« übersetzte und so zur hohen Aufklärungsquote bei Mord und Totschlag beitrug.
Auch ein Mordfall, der schon im Buch »Der Ripper von Magdeburg« (2001) geschildert wurde, wird vom Autor noch einmal neu »aufgerollt« – der sogenannte Glacis-Mord, der sich im Mai 1965 in Magdeburg ereignete und für große Aufregung sorgte. In diesem Fall waren es besonders die Fingerabdruckexperten, die zur Aufklärung beitrugen. Daneben berichtet Kaufholz über erschreckende Sexual-, Gatten- und Kindermorde, die umso größere Betroffenheit hervorrufen, ganz gleich, wie lange sie zurückliegen mögen, da hier Opfer und Täter Teil der Wirklichkeit und keine bloße Fiktion sind.

Bernd Kaufholz, geb. 1952 in Magdeburg, studierte Maschinenbau und später Journalistik. Seit 1976 ist er Reporter bei der »Volksstimme« in Magdeburg (unterbrochen von vier Jahren im öffentlichen Dienst von 2012 bis 2016) und ab 1993 als Chefreporter in vielen Kriegs- und Krisengebieten der Welt unterwegs. Seine Bücher, in denen er authentische Kriminalfälle aufarbeitet, trugen ihm den Titel »Ehrenkommissar des Landes Sachsen-Anhalt« (2002) und eine Beförderung zum »Oberkommissar ehrenhalber« (2011) ein. Der Autor lebt im Jerichower Land.

2019
© mdv Mitteldeutscher Verlag GmbH
www.mitteldeutscherverlag.de

Alle Rechte vorbehalten.

Gesamtherstellung: Mitteldeutscher Verlag, Halle (Saale)
Lektorat: Friederike Hofert
Layout und Satz: Stefanie Bader

ISBN 978-3-96311-109-9

Printed in the EU